Newton Compton Editores

Título original: *A Metropolitan Murder*

© 2003, Lee Jackson
Lee Jackson ha hecho valer su derecho, en virtud de la Copyright, Designs and Patents Act de 1988, a ser identificado como autor de esta obra.
© 2024, de la traducción por Marcelo E. Mazzanti
© 2024, de esta edición por Antonio Vallardi Editore S.u.r.l., Milán

Todos los derechos reservados

Primera edición: septiembre de 2024

Newton Compton Editores es un sello de Antonio Vallardi Editore S.u.r.l.
Pl. Urquinaona, 11, 3.º 1.ª izq. Barcelona, 08010 (España)
www.newtoncomptoneditores.com

Gruppo editoriale Mauri Spagnol S.p.A.
www.maurispagnol.it

ISBN: 978-84-10080-64-5
Código IBIC: FA
DL: B 8.167-2024

Composición:
Javier Sánchez Meco

Diseño de interiores:
David Pablo

Impreso en septiembre de 2024 en Puntoweb s.r.l., Ariccia (Roma), en Italia.

Lee Jackson

Un asesinato en Baker Street

Traducción de Marcelo E. Mazzanti

Newton Compton Editores

Barcelona, 2024

PRIMERA PARTE

Capítulo 1

El metropolitano avanza atronador por el túnel, escupiendo humo y levantando nubes de polvo. En su rugido hacia King's Cross pasa por una serie de curiosos huecos iluminados por solitarias lámparas amarillas; son las cuevas artificiales por las que vagan los trabajadores ferroviarios, encogidas sombras subterráneas que muestran de forma intermitente el blanco de sus ojos y esperan al último tren, cuando podrán comenzar su labor nocturna en las vías.

–¿Algo impuntual, Bill? –le dice uno a otro.

–Eso parece –responde su camarada, adusto.

El metropolitano sigue avanzando de estación a estación por el túnel bajo la New Road, socavando el negocio de los humildes carros y ómnibus, ignorando los pasos lentos y cansados de los transeúntes por las calles de arriba. Para algunos de ellos, el precio de un billete de ida y vuelta es sencillamente inasequible; para otros, el metro presenta un aspecto diabólico, y muchos juran que preferirían enfrentarse a lo peor del invierno londinense antes que bajar a esas grutas antinaturales. Pero qué le importa eso al hombre que trabaja bajo los pies de ellos. La ignorancia de los habitantes de la superficie se la trae al fresco, aunque admite que es cierto que el tren tiene algo de infernal, vomitando humo de la garganta de su chimenea, escupiendo cenizas ardientes que suben como la bilis y producen chispas al chocar contra los ladrillos ennegrecidos. Al menos, dice, la empresa paga bien, está a salvo del frío de la lluvia, y es cierto que el maldito tren va de lo más rápido a donde debe; de hecho, es lo más rápido que puede viajar una persona sin poner en peligro la salud (aunque también es cierto que a la gente de hoy no le importa mucho los datos ni los números). Y se están creando líneas nuevas que irán aquí, allá y a todas partes, eso hay que reconocerlo. Pero esta línea en concreto siempre va a ser la más antigua, y, por tanto, la más conocida. Es la línea Metropolitana. Y este va a ser el último tren del día.

¿Quiénes cogen el último tren? Echemos un vistazo al último vagón, llamado de «segunda clase». Esparcidos en bancos cubiertos de tela (una tela de lo más ligera y vulgar, ojo), viaja media docena de personas en silencio, gente que no tiene los medios o las ganas de pagar seis peniques por los más mullidos privilegios de «primera». En un extremo hay una joven, atractiva pero desarreglada, con el pelo rojo atado torpemente solo con una cinta; dormita encogida, con la cabeza apoyada en la pared. La verdad es que va un poco demasiado desarreglada, la mantilla demasiado gastada y deshilachada incluso para segunda clase. Eso no impide que algunos de sus compañeros de viaje la envidien: al menos ella no tiene que hacer como si leyera los anuncios pegados por las paredes del vagón, cosa que es una distracción claramente obligatoria para la mayoría de los pasajeros. Por ejemplo, en la otra punta hay una criada con la cara sin pintar que se siente obligada a estirarse las mangas de forma estentórea e ignorar las miradas del apuesto vigilante que se sienta enfrente mientras fuma en pipa y se mesa distraído sus grandes patillas; no va de uniforme, pero ella reconocería a un vigilante en cualquier parte: conoce bien a esa clase de hombre y no desea enamorarse de otro más. Además, sentada al lado de la mujer va su misses, lo que, afortunadamente, impide cualquier clase de flirteo; y es que la misses requiere de atención constante: no le gusta viajar, le da por elevar la vista al cielo –o al menos hacia la superficie– con cada traqueteo del vagón y mantiene las manos bien unidas, como si rezara en silencio. Está tan ansiosa que la crinolina parece temblar por sí misma. También ella va con cuidado de no mirar a los demás pasajeros, aunque no puede evitar echar un vistazo ocasional; de hecho, parece llamarle especialmente la atención un curioso joven sentado frente a la chica que dormita; lleva un grueso y sucio abrigo y toma notas a lápiz en una libretita con tapas de cuero mientras el tren sigue su camino. Pero entonces él le devuelve la mirada y la saluda con un ligero y educado gesto de la cabeza, provocando que ella vuelva a mirar al cielo. Tras pasar una cantidad razonable de tiempo, ella mira de nuevo en dirección hacia él. Contempla a la chica durmiente, cuyo cuerpo se mece a un lado y al otro, la cara medio oculta por la mantilla; ahora se da cuenta de que huele a ginebra. Hace un leve chasquido de desaprobación con la lengua y alza las cejas, animando silenciosamente a su sirvienta a que se una a ella con algún gesto similar de oprobio, cosa que esta hace sin perder un segundo.

Pero ¡alto! Un rugido de vapor y los frenos empiezan a cumplir con su función a medida que el vehículo se acerca a Baker Street, el raíl se divide en dos y atisban por un momento otro tren en otro túnel, hasta detenerse del todo y de forma poco ceremoniosa entre lo que parecen mil farolas de gas. Y en el andén aparece el rostro sombrío de un joven revisor con su uniforme, cuyo deber es inspeccionar el vehículo. Una vez detenido este del todo, abre las puertas una a una, con independencia de si hay alguien en el vagón o no.

–Aquí acaba el trayecto, damas y caballeros, debido a las obras en Paddington. Por aquí, damas y caballeros, por favor.

–¡Qué desgracia! –exclama uno.

–¡Esto es un timo! –clama otro.

Murmullos de quejas por todas partes. El revisor, apocado, se encoge de hombros.

–Lo mejor, si están descontentos –dice–, es una carta al jefe de estación.

Lo repite una, dos, media docena de veces, y acaba siendo suficiente. Poco a poco el tren se vacía: caballeros de sombrero alto y andares torpes, borrachos, sobrios, alegres y tristes; una tropa de damas muy propias, salidas del centro cívico; gente que regresa de los teatros y los *music-halls*; hombres, mujeres y niños; primera clase y segunda clase, mezclados; en definitiva, todos los que han comprado su billete. No existe ninguna institución, piensa el revisor, tan democrática como el metro.

Pero ¿qué pasa? Parece que el último vagón está tardando más que los otros en vaciarse. Sí, el vigilante ha salido de inmediato, demasiado rápido para el gusto de la sirvienta, que decide que de todas maneras no le gustaba nada. A continuación sale su misses, la del miriñaque, que parece interpretar una comedia de enredo cuando su circunferencia no pasa por la puerta y ha de ser empujada por la sirvienta mientras el revisor tira de ella. Aún quedan dos, la mujer bebida y el joven de la libreta.

–Caballero, por favor, este es el fin del trayecto. Esta noche el último tren acaba en Baker Street. En Paddington hay obras.

–Oh, lo siento. No prestaba atención.

Mira a su alrededor, como si acabase de despertar de un sueño. La joven de la cinta en la cabeza sigue dormida.

–¿Despierto a, hum, mi compañera de viaje? –se ofrece el hombre.

–Se lo agradecería, si no es molestia.

–Por supuesto.

El joven se guarda la libreta en el abrigo, se inclina sobre la durmiente y le tira con suavidad de la manga. Ella no se mueve. Él mira al revisor como disculpándose y tira de nuevo, un poco más fuerte. Ella se inclina ligeramente hacia delante y se desploma hacia un lado; acto seguido se cae del asiento y se da de cabeza contra el suelo de madera polvoriento. Y ahí se queda, sin hacer el menor ruido, con el cuello torcido y una expresión sin vida, muerta, con la mirada perdida en el hombre.

–¡Por Dios! –exclama el revisor, que duda si entrar en el vagón o mantenerse lo más lejos posible. Acaba optando por lo segundo–. ¡Por Dios! ¡La ha matado!

El joven niega con la cabeza, aunque es imposible saber si debido a la estupefacción o porque no le parece que pueda ser real. Se pone en cuclillas y le toca la cara. Está fría.

–¡Asesinato! –grita el revisor, y su grito se extiende por el andén y resuena en las bocas sucias y oscuras de los túneles, aunque para entonces apenas queda ya nadie para oírle.

Un par de los últimos pasajeros se vuelven y miran, pero al momento empiezan a subir las escaleras para regresar a sus casas. Mientras, el joven del vagón se ha quedado un momento como paralizado. Entonces, se incorpora de golpe; al hacerlo, se le cae la libreta. Corre a través de la puerta abierta, apartando de un empujón al revisor, que no se atreve a impedirle el paso, y corre arriba hacia las taquillas.

El revisor contempla el cuerpo sin vida.

–¡Asesinato! –exclama de nuevo, pero esta vez sin apenas alzar el tono, y se le parte la voz.

Capítulo 2

Medianoche

Dejemos Baker Street por un momento y viajemos dos o tres kilómetros al este, hacia la venerable plaza de Lincoln's Inn Fields. En una casa nada pretenciosa, en un callejón cerca del antiguo jardín, hay una mujer trabajando a la luz de una lámpara. Se llama Philomena Sparrow, y está inclinada sobre un cuaderno marcado como CUENTAS DE FEBRERO. Por todo su escritorio hay recibos y albaranes. Su rostro es de concentración intensa. Solo cuando suenan las doce en un reloj, el de pie que hay en el pasillo al que da su estudio, levanta la vista, sorprendida por lo tarde que se ha hecho. Se quita las gafas sin ganas y se frota los ojos. Parece un poco ansiosa, pero, sean cuales sean sus pensamientos, estos se ven interrumpidos por las voces altas que le llegan desde más allá de la puerta, resonando en el rellano de las escaleras. Frunce el ceño y se masajea la frente con las puntas de los dedos. Un momento después respira hondo y se levanta, irguiendo bien la espalda.

–¡Jenny! –llama desde el pasillo.

–Sí, miss –le contesta una chica con uniforme de enfermera, que baja las escaleras con paso ligero, hacia ella.

–¿Qué es ese ruido?

–Es Agnes White, miss. Está muy agitada. Dice que quiere tomar de nuevo su medicina.

–¿Más? Por favor, recuérdale la quinta regla de la casa: «Sobriedad en todo». Esto es cosa de su hija, que la ha puesto nerviosa. Ya lo había dicho yo: siempre acaba peor después de las visitas.

–Sí, miss.

–Dile a Agnes White que esto es un refugio, no una farmacia.

No va a recibir más medicina hasta mañana a su hora. Y puedes decirle también que, si nos da más problemas, vamos a revisar su carta de recomendación.

–Sí, miss. ¿De verdad va a hacerlo, miss?

–No, no, supongo que no, pero díselo igualmente. Y supongo que no habrá rastro de Sally Bowker.

–No, miss, ni rastro. Desde después del té.

–Tenía esperanzas con Bowker, Jenny. ¿Por qué se habrá saltado la hora de cierre?

–Lo siento, miss; no lo sé, miss.

Miss Philomena Sparrow suelta un suspiro, da las buenas noches a la enfermera y se dirige cansada a su habitación, al fondo de la casa. Encima de la puerta hay un lema cosido en tela con intrincadas letras góticas, enmarcado en cristal, minuciosa obra de una residente previa o quizá una superintendenta como ella misma.

HOGAR, DULCE HOGAR
REFUGIO HOLBORN PARA MUJERES PENITENTES

Agnes White se sienta en el borde de la cama. No es vieja; no tiene más de cuarenta años, pero no le lucen demasiado. En concreto, su rostro está demacrado y tiene arrugas y su piel es de un color cetrino, lo que le da una apariencia lánguida acentuada por sus largos cabellos negros como el carbón y que le caen sueltos sobre el camisón blanco sucio que le dieron las enfermeras. Además, tiene la mirada casi perdida del todo.

¿Qué hora es? ¿Quién hay ahí?

–Hola, mamá.

–¿Lizzie?

Hace un año que no ve a su hija, pero la reconocería en cualquier parte; a fin de cuentas, es carne de su carne. ¡Y cuánto ha crecido!

Pero ¿qué hora es?

Esto está mal. Lizzie no puede estar aquí, no ahora.

–Hola, mamá. He venido a verte de nuevo.

Ah, ¿ya ha estado antes? No lo recuerda.

–¿Me oyes, mamá? ¿Qué pasa? Estás confusa. Es por la medicina que te dan, ¿verdad?

Me ayuda a descansar, dice. No, un momento. ¿Está hablando? Igual solo le parece que le habla. Es difícil saberlo.

–¿Mamá? Estás dormida, ¿no?

¿Qué hora es?

Bueno, piensa, qué más da si ya estoy durmiendo.

–¿Agnes?

¿Qué hora es?

¿La hora del té? No, eso fue antes. Esta tarde.

La hora del té. Veinte chicas rezando

–Padre nuestro, que estás por los suelos –susurra Agnes White. Vale. Hecho.

–Perdona, Aggie, querida.

Agnes ve cómo Sally Bowker se excusa y se levanta de la mesa. El perrito faldero de miss Sparrow. *Silly Sally*, «Sally la tontita». Agnes no la soporta, con esos aires que se da aunque todo el mundo sabe que abriría las piernas más que el Tower Bridge por un beso y una palabra amable. «Perdona, querida». ¡Anda ya!

Sally hace una pequeña genuflexión ante miss Sparrow y sube por las escaleras. Agnes espera un momento, también se levanta y la sigue.

Qué raro. La casa es diferente a como esperaba. Las escaleras no parecen estar donde deberían.

No importa.

–¿Vas a salir?

Sally lleva su mejor vestido de algodón estampado, el pelo rojo apenas recogido con una cinta marrón deshilachada en las puntas. Se pasa la mantilla sobre los hombros. A Agnes White le parece una mantilla andrajosa. Muy adecuada para Sally: barata y sucia.

–Métete en tus asuntos –contesta la chica, que se da la vuelta sobre los talones, sale y cierra la puerta.

Agnes la sigue, baja los escalones hasta la calle.

Pero es la calle equivocada. No es Serle Street, la callecita bien ordenada a un lado de Lincoln's Inn Fields, que, con sus limpios escalones y sus placas de latón en las puertas parece reprender al Refugio Holborn para Mujeres Penitentes. Esta es muy diferente; no recuerda a ninguna calle en concreto, sino a muchas en general. En realidad es estrecha y apretujada, más como un callejón, como esos lugares a los que Agnes White llevaba a hombres y jovencitos –o ellos a ella– entre los almacenes de Wapping High Street.

Le resulta suficientemente familiar.

Camina nerviosa, tambaleándose un poco sobre los adoquines húmedos y desparejos, mientras se pregunta cómo ha ido a parar tan lejos de casa. Aquí, por supuesto, no hay farolas de gas ni sale ninguna luz de los almacenes, y llega la niebla del río.

¡Alto! Un ruido.

Tap, tap, tap, tap. Tacones sobre los adoquines, detrás de ella. No puede ser Sally, que ni siquiera tiene un par de botines decentes. No ve a nadie. Mejor seguir caminando.

Tap, tap, tap, tap.

Ahora suena más cerca. Pies apresurados. La alcanzan. Un aliento caliente en su cuello. Una mano fría en su garganta.

Y cae, cae, cae.

–¿Agnes? ¿Agnes? ¿Estás despierta?

Agnes White se despierta entre toses. Tiene la garganta tan cerrada que no se siente con fuerzas ni para ponerse en pie. Nota la piel fría y pegajosa, la ropa húmeda por el sudor. La chica la ayuda a incorporarse, le levanta la almohada.

–¿Lizzie? –pregunta con poco más que un murmullo.

–No, Aggie. Soy yo, Jenny. Me reconoces, ¿verdad?

Ella asiente y mira somnolienta a la enfermera.

–Estabas soñando. Acababa de acostarte. Me has despertado. Si no vas con cuidado, también despertarás a la miss.

Agnes vuelve a toser, una tos que le hace temblar los huesos y la golpea en el pecho, haciéndole encoger tanto los hombros que se le quedan marcados en el camisón como cuchillos que le asomaran de la piel.

—No hables, que vas a hacerte daño. Mira, te he traído tu medicina. La miss me dijo que no te la diera, pero…, en fin. ¿Quieres que te la dé yo?

Agnes White asiente. La chica mide cuidadosamente el líquido del botellín y le ofrece una cucharada. Agnes se inclina hacia delante y traga con ganas, como un bebé hambriento, el líquido marrón, denso y meloso. Sabe a azúcar quemado y pasa tan fácil que enseguida quiere más, y tira del brazo de la chica, rogándole otra cucharada. La enfermera niega con la cabeza y aparta el frasco.

—Con calma. Solo queda la mitad.

Agnes no dice nada. Siente cómo el líquido gelatinoso viaja por su cuerpo, le cae al pozo del estómago y desde allí se extiende. El efecto soporífero de la mezcla de láudano la envuelve desde dentro y le hace sentir como la calidez de una chimenea en un día de frío. La acaricia, le hace volver a meter los brazos en la cama, le hace cerrar los ojos.

—Mucho mejor, ¿verdad, querida? —dice Jenny—. La miss dice que tu hija te ha puesto nerviosa al venir así, de repente. Es eso, ¿no?

Agnes asiente, exhausta, y vuelve a quedarse dormida, aunque le duele mucho la garganta.

Capítulo 3

–¡Asesinato!

A la salida de la estación de Baker Street, un hombre llamado Henry Cotton corre más rápido que nunca. Es una suerte que sea joven y esté en forma. Pasa a toda velocidad, impunemente, por entre los taxis que esperan bajo las farolas. Sigue por Marylebone Road. No presta atención al tráfico, no mira a derecha ni a izquierda mientras corre. Tampoco se vuelve en ningún momento ni se detiene a escuchar los gritos lejanos que llegan resonando desde la estación. Solo avanza, los bajos del abrigo revolotean a su alrededor. Está como poseído por un instinto primitivo de supervivencia. Se tambalea al resbalar en el lodo viscoso que cubre la calle. Agita los brazos en el aire, descontrolado, pero no se cae, y sigue adelante frenético y sin aliento hacia las sombras.

Por supuesto, su carrera no ha pasado desapercibida, pero pronto desaparece de la vista de quienes lo persiguen. No es sorprendente que nadie esté seguro de qué camino ha tomado; él mismo no tiene ni idea del nombre de la calle por la que gira ni por qué decide doblar de nuevo y otra vez más. La verdad es que durante varios minutos no tiene ni idea del mundo que lo rodea, hasta que se queda del todo sin aliento y se ve obligado a parar.

Cuando por fin se recupera un poco, ve que está en unas bien cuidadas caballerizas, un callejón descendente de adoquines donde los caballos y los carruajes de los edificios cercanos se guardan bajo llave. Siente los pulmones a punto de reventar y tiene que apoyar un brazo extendido contra una pared para no caerse ante el repentino mareo que lo envuelve por completo. Imposible determinar cuánto tiempo se queda ahí parado, totalmente inmóvil, oyendo los martillazos de su corazón contra el pecho.

En uno de los establos un caballo suelta un resoplido; sin duda, todo eso lo ha despertado. A Henry Cotton lo sobresalta el ruido, y camina dando tumbos y siguiendo la pared de la caballeriza. Medio resbala de vez en cuando en los adoquines mojados. Llega a la otra punta del oscuro callejón y sale a otra calle. Una única llama de gas de una farola ilumina la escena, mostrándole las manchas de barro espeso pegadas a sus pantalones.

Respira, vuelve a caminar a paso rápido y, unos metros después, se da cuenta de que ha girado hacia Marylebone High Street.

–¿Un asesinato?

–Sí. Véalo usted mismo.

–¡Caramba! ¿Y él ha salido corriendo?

–Como un demonio.

Henry Cotton mantiene el paso decidido. El viento es frío. Se levanta las solapas del abrigo y se cubre el cuello con ellas. Mantiene la cabeza gacha y mira al suelo.

Observa que Marylebone High Street, un lugar lleno de vida de día, en la oscuridad de la noche no conserva un ápice de su vigor mañanero. Hasta las luces de las farolas están amortecidas. Se cruza con un puñado de peatones, todos representantes de la tribu sin hogar y apenas ropa que vaga por las calles antes del amanecer; su sola presencia le resulta opresiva. Un hombre de pelo oscuro, apoyado en cuclillas contra una pared, de apariencia irlandesa, lo mira pasar, desconfiado. Dos más que hablan entre ellos encogidos aceleran el paso y cruzan al otro lado de la calle, quizá para evitarlo a él. Nadie le pide dinero; va demasiado desarreglado como para que ni lo intenten. Intenta sacudirse el lodo de las perneras, pero solo consigue extender las manchas y ensuciarse las manos.

Vuelve a subirse las solapas y sigue caminando tan rápido como puede. Al poco gira hacia las calles que llevan a Regent's Circus. De vez en cuando, en algunas de las casas, hay una luz encendida en el salón o en un dormitorio, un toque de calidez tras las cortinas o persianas bien cerradas. Pero el aire nocturno es gélido y, mientras camina, se fija en el brillo de la luna en cuarto menguante en lo alto del cielo, que va desapareciendo y reapareciendo por detrás de los tejados. Algo en su fría y gris palidez le recuerda el rostro de la chica tumbada en el suelo del vagón, y la luz de la luna se vuelve horriblemente poco acogedora.

—¿Ha ido alguien a buscar a la bofia?

Asienten.

—No va a llegar lejos.

Un taxi negro, elegante y lustroso, avanza a toda velocidad por Portland Place, hacia el parque; los cascos del caballo marcan un ritmo rápido. Henry Cotton espera a que pase. Solo después ve al policía que hay detrás, y que está ocupado hablando con una chica que tiene a su lado, una *demi-mondaine* con un estridente vestido color esmeralda. Ella, coqueta, le toca una mejilla, y se cuelga de su brazo como si estuviesen paseando juntos. A pesar de ello, el hombre no ha perdido de vista el mundo que lo rodea, y le dedica una mirada fugaz a Henry Cotton que lo obliga a cruzar.

—Buenas noches, míster —le dice el policía, ahora examinándolo mejor.

—Buenas noches, agente.

—¿Necesita ayuda, míster? —pregunta, mientras los pantalones cubiertos de barro le hacen levantar una ceja.

—Solo necesito cambiarme cuando llegue a casa. He resbalado cruzando la calle. Toda una torpeza.

El agente sonríe.

—Pues tenga cuidado, míster. Las prisas solo nos llevan más rápido a la muerte, ¿eh?

—Sí, desde luego. Buenas noches.

El hombre asiente, satisfecho con el progreso de su «investigación». Tanto que enseguida vuelve a su conversación con la mujer, y Henry Cotton se aleja.

Cinco minutos más tarde a buen ritmo, Cotton está en la puerta de su vivienda, una habitación en una casita de Castle Street. Mira a ambos lados de la calle para comprobar que no haya nadie mirando. Una vez que se ha asegurado, se limpia las suelas en la acera, abre con la llave y sube las escaleras en silencio.

La habitación en sí es pequeña, en el piso de arriba, y está amueblada al estilo espartano del que son más partidarios los propietarios que sus inquilinos. Cotton se sienta en la cama. La única luz son los restos que llegan de la farola de fuera y que se filtran por la guillotina de la ventana. Aun así ve que hay barro en la alfombra y que tendrá que limpiarlo. Seguro que en los escalones de fuera también hay. Instintivamente se lleva la mano a la cabeza para quitarse el sombrero, y se da cuenta de que no lo tiene.

El recuerdo de la chica muerta lo asalta como una puñalada, le revuelve el estómago.

Se dejó el sombrero en el tren.

Y también la libreta.

Capítulo 4

Durante el día, la estación de Baker Street se mantiene cálida debido al tráfico humano constante que pasa por el vestíbulo y baja y sube hasta y desde los andenes. Si hace muy mal tiempo y no entra luz por el sistema de claraboyas muy bien distribuidas del techo, se enciende el gas, y los pasajeros son recibidos por los brillantes globos que cuelgan como enormes burbujas por encima de sus cabezas. En las mañanas con mucha escarcha, la estación también les ofrece el calor extra que proviene de las calderas de los trenes detenidos o del vapor que emiten estos al ponerse en marcha, y que se condensa en pequeñas gotas sobre los ladrillos ya húmedos. Sin embargo, por la noche el lugar se vuelve más frío; a menudo las cañerías no transportan gas, por lo que no podría usarse ni aunque se desease, y los pocos hombres que trabajan en las vías llevan lámparas de aceite y visten gruesos abrigos de invierno. Al vigilante nocturno de la estación, que de vez en cuando los ve en la distancia, le parecen espectros amarillentos que pasan flotando y desaparecen, luciérnagas fantasmales que entran y salen de los túneles, aunque él mismo es el primero en admitir que tiene una imaginación muy dada a la fantasía. Pero esta noche no tiene ocasión de entregarse a ella. Lo que se encuentra es que el andén no está vacío, y el último tren no ha partido a su descanso nocturno. Hay un policía alto y barbudo, de aspecto grave y muy serio, a la entrada, y un grupo de media docena o más de colegas uniformados, cada uno con su linterna de ojo de buey, en el andén, examinando el último vagón o hablando entre ellos, inquietos. El vigilante baja a ver más de cerca.

—Va a venir un inspector, ¿verdad, sargento? —oye como un agente joven le pregunta a otro mayor que agita ligeramente los pies en un intento vano de darse calor.

–Desde luego que van a enviar a alguien, chico. No van a dejar este lío para el agente que vio primero el cuerpo. Solo estaba cumpliendo con su deber, pero no es lo bastante listo.

–¿Fue usted quien lo vio?

–Sí, fui el primero en llegar, pero –añade con sarcasmo– la gente como yo no estamos dotados para trabajos muy cerebrales, ¿sabe?

Las conversaciones por el estilo se prolongan durante una hora o más; aparte de eso, nadie hace ni dice nada importante. Deben de ser las dos de la madrugada cuando les llega un grito a los hombres del andén, que tras interrogar al vigilante hace rato que están tomando café en torno a un hornillo.

–¡Haced como que trabajáis, que viene alguien! –exclama una voz desde las taquillas.

–¿Quién?

–¡Buf! ¿Es que no lo oís? No puedo creérmelo.

–¿Que si no oímos qué?

–¡Eso! Es Webb, ¿verdad? Han hecho venir a Webb. ¡Vaya suerte la nuestra!

Ante la mención de ese nombre, un par de los agentes ríen e intercambian sonrisas cómplices; otro par da salida a una selección de palabras malsonantes. El joven que había hablado antes con el sargento deja su café y sube apresuradamente las escaleras.

Sí, desde luego es un extraño ruido el que se acerca desde la calle: un traqueteo de ruedas metálicas que dan vueltas y vueltas con fuerza. El joven se abre paso para ver la fuente de tanta agitación: un hombre en equilibrio precario en un velocípedo de dos ruedas a transmisión por correa, pedaleando a toda máquina hacia la estación. El agente mismo no puede contener una sonrisa; ha visto unos pocos aparatos como aquel circulando por los parques, pero normalmente los conducen jóvenes deseosos de presumir de agilidad (o de moretones) ante las chicas que pasean. En este caso, el hombre es un corpulento policía cerca de la cincuentena y que va dando saltitos en el asiento ante la superficie irregular de Marylebone Road.

—Pues sí, que Dios nos ayude —susurra el sargento, sardónico—. Es Webb, el *bobby* en bici.

—No es un *bobby*, es inspector —le reprende otro—. Y va a oírle.

—Chissst.

Decimus Webb se inclina sobre la rueda delantera del velocípedo y dobla frente a la estación. Nadie lo consideraría un hombre atractivo. Tiene una buena pelambrera rizada oscura que le asoma incontrolable por debajo del casco, una barba poblada y grandes ojos con gruesos párpados; estos últimos, especialmente, le dan cierto aspecto serio y tristón muy apropiado para su trabajo, recuerdan a un viejo perro de caza de mofletes caídos. A pesar de que su manejo de la bicicleta resulta cómico, con la cara roja por el esfuerzo en contraste con sus rasgos lánguidos, también es cierto que consigue trazar el arco del giro con pericia y estilo. Tal logro solo se ve empañado por su expresión ligeramente nerviosa al incorporarse, pasar la pierna izquierda por encima del cuadro y posar el pie en el suelo. Corto de aliento, no dice ni una palabra antes de haber apoyado el aparato contra la pared de la estación y limpiarse el polvo con las manos.

Mira al grupo de hombres de azul y frunce el ceño.

—Pronto les asignarán una de estas a cada uno, ténganlo por seguro —les dice, señalando la bicicleta—. Una máquina excelente, creación de monsieur Michaux, de París.

—Yo no pienso ir en esa carraca franchute —murmura el sargento. Webb oye el comentario, pero lo ignora.

—Es usted el sargento Watkins, ¿verdad?

—Sí, míster —responde él, reluctante.

—Bien, pues, sargento Watkins. —Webb habla lentamente, con mordacidad, mientras observa a los agentes que tiene ante sí como si estuviese pasando revista—. Me imagino que estamos esperando alguna clase de revuelta. —Hace una pausa para mayor efecto dramático—. Una revolución socialista subterránea, quizá.

—¿Una revuelta, míster? No acabo de entender…

—¿Por qué si no iba a encontrarme a la mitad de las divisiones D y X defendiendo la estación de Baker Street? Por favor, dígame, sargento, ¿cuántos hombres hay aquí?

Detrás del sargento, un par de agentes bajan sus tazas, avergonzados. Hasta el propio Watkins se ruboriza ligeramente.

—Bien, míster, en un asunto serio como este, en fin, es natural, cuando soplé el silbato vinieron unos pocos de los chicos, y…

Webb suelta un largo suspiro y agita la cabeza. El sargento calla.

—Organícelos un poco, por favor, que no parezca una fiesta de cumpleaños.

—Muy bien, míster.

—Y quizá, cuando acabe —añade Decimus Webb, con tono exagerado de exasperación—, yo podría echarle un vistazo al cadáver, si no es molestia. Y usted, agente…

—¿Sí, míster? —dice el joven, obsequioso.

—Vigíleme la carraca, por favor.

—¿Así es como la encontraron?

Decimus Webb contempla el cadáver de la mujer en el suelo.

—Sí, así exactamente —responde el revisor desde detrás de él—. Bueno, le dimos la vuelta y…

—Pare, hombre, pare. Aún no hemos llegado a ese punto. Al menos no la han cambiado de lugar; eso ya es algo. ¿Y a qué hora salió el tren de Farringdon Street?

—Debió de ser a las once y media, míster.

—Y, sin duda, se detuvo en todas las estaciones.

El hombre asiente.

—En todas y cada una, míster.

—Cuando el tren llegó aquí, ¿había otros viajeros en el vagón, aparte del hombre que salió corriendo? Era el de segunda clase, ¿verdad?

—Sí, míster, lo era. Vi a otras personas: un hombre, un par de mujeres…

—Y, por supuesto, dejó usted que se fueran sin más.

—Ya se habían ido cuando recuperé la compostura después del empujón que me dio el tipo que huyó, míster; fue tan fuerte que casi me hizo salir volando.

—Bien, veo que tenemos que volver al tipo en cuestión. Tenemos su descripción, ¿verdad, sargento?

–Sí, míster –responde él–. Era…

–No hace falta que me la diga, sargento; al menos, aún no. Por el momento es suficiente que dispongamos de ella. –Webb se sienta en el banco, sin dejar de mirar a la víctima–. Ahora estoy más interesado en la mujer. ¿Qué sabemos de ella?

–La estrangularon, míster. –El sargento ha seguido de cerca a Webb–. Marcas en el cuello. Y las extremidades aún no estaban rígidas, así que no debía de haber sucedido hacía mucho.

Webb se inclina y aparta suavemente la mantilla del cuello de la chica. A la luz de la linterna del sargento ve sombras de las abrasiones en la garganta. Frunce el ceño.

–No usaron ninguna clase de ligadura. Se lo hicieron con las manos.

El revisor da un paso atrás. Se ha quedado blanco.

–¿Con las manos? –repite.

–En cuanto al hombre que salió corriendo –interviene el sargento Watkins–, se dejó el sombrero.

–¿Y qué hemos averiguado del estudio de dicho sombrero, Watkins? –pregunta Webb, mirando la prenda y alzando una ceja con ironía. Es negro, sin nada especial, y reposa en el banco frente al cadáver–. ¿Tenía una cabeza muy grande? ¡Entonces es nuestro hombre, sin duda! En serio, sargento, ¿de verdad cree que fue él el culpable? ¿Por qué iba a quedarse en el tren? Tenemos que encontrarlo, por supuesto, pero le recomiendo que mantenga la mente abierta.

–Iba a añadir que también se dejó una libreta, míster.

–¿Contiene algo útil? –Webb no presta mucha atención a Watkins mientras rodea el cadáver para examinar el otro lado–. ¿Su dirección, quizá?

El sargento niega con la cabeza.

–Solo he conseguido leer una parte, míster. Muchas partes están escritas con símbolos como de taquigrafía. De lo que he podido entender…

No acaba la frase al ver que Webb acerca mucho su cara a la de la víctima y examina los rasgos con gran atención.

–¿Cree usted que era una, hum, mujer de la calle, sargento? Parece que llevaba colorete pero no sombrero. Tiene pinta de furcia, ¿no?

–Es posible, míster. No hemos encontrado nada que nos ayude a identificarla. En cuanto a la libreta…

–¿Qué le pasa a la libreta? Ya la examinaré en su momento.

–Solo es que creo que puede hacer que cambie usted de opinión sobre el hombre.

–¿Qué hombre? –pregunta Webb, aún concentrado en el cuerpo, que estudia desde diferentes ángulos.

–El hombre que salió corriendo.

Webb se vuelve hacia su insistente colega y, aún inclinado sobre el cadáver, lo mira a los ojos.

–¿Cree que va a hacerme cambiar de opinión? ¿En serio? –Quizá haya deslizado un deje de ironía en la pregunta. Hace una pausa, como valorando la remota posibilidad de que sea cierto–. Muy bien, sargento; he de confesar que me ha intrigado usted.

Capítulo 5

Por la mañana

Hay una chica de veinte años a la entrada del Refugio Holborn para Mujeres Penitentes, en la esquina de Serle Street, mientras el sol intenta superar las elaboradas chimeneas del cercano Lincoln's Inn e iluminar las polvorientas labores de las águilas legales que apenas se ganan la vida en esa fortaleza de ladrillo rojo. La chica se llama Clara White y parece fuera de su elemento, con su vestido liso de algodón y su mantilla. Y es que es la hora del día en la que, como peladuras de hierro, una masa de empleados con sus trajes negros y cargados de papeles unidos por cintas rojas se ven atraídos desde los despachos hacia el imán de los tribunales.

–¡Cuidado!

Le cuesta un instante reconocer que esa brusca advertencia iba dirigida a ella. Ha provenido de un hombre que lleva una docena de carpetas amarillas contra el pecho, en lo que parece una posición bastante precaria. Ella se da cuenta de que al dar un paso atrás casi lo ha empujado a la calle. Se vuelve para ofrecerle unas pocas y tímidas palabras de disculpa, pero él ya ha pasado de largo, sin ni siquiera volverse a mirarla; no tiene tiempo para esas formalidades. El caso es que a la sombra de las altas paredes del Lincoln's Inn hace tanto frío que Clara tiene que moverse para entrar en calor, cosa que la vuelve aún más peligrosa para los sobrecargados leguleyos. Así, decide arrimarse un poco más a la barandilla del refugio.

El Refugio Holborn en sí tiene tres plantas y la fachada cubierta de hollín. Es la última de un conjunto de tres casas iguales. La mayoría de los edificios cercanos están relacionados con la justicia, sea como oficinas o como viviendas para empleados. Así, la presencia del refugio es una especie de anomalía, resultado del excéntrico, si no desafiante, legado de un benefactor fallecido hace ya muchos años; la clase de gente que entra y sale de un lugar como ese es más tolerada que bienvenida por sus vecinos. Clara White es muy consciente de ello, y se siente de todo menos cómoda.

Por fin llegan las nueve. Suenan las campanas de Saint Dunstan-in-the-West, en Fleet Street, y se extienden por los tejados. Clara se detiene un instante, y por fin se acerca tímidamente a los escalones que dan a la puerta, que está pintada de negro y tiene una gran aldaba de hierro que sin duda representa a algún animal impresionante aunque ya indistinguible por el desgaste del metal ante las exigencias de la vida diaria. En eso la aldaba guarda cierta relación con las habitantes de la casa.

Clara golpea suavemente la puerta.

No obtiene respuesta.

Vuelve a darle a la aldaba.

La puerta se abre en mitad de la segunda llamada. La mujer que se encuentra ante ella es la superintendenta en persona, miss Sparrow, con su uniforme de trabajo de tela azul, de un tono parecido al de la policía.

–Ah, miss White –dice–. ¿Se da cuenta de que llega usted temprano? El horario de visita es de nueve y cinco a nueve y media exactamente. Aquí valoramos mucho la puntualidad, como seguro que recuerda usted.

–Lo siento, miss, pero hace bastante frío; creí que no les importaría.

–Todo eso está muy bien, pero sabe que hemos de dar ejemplo a las chicas. De todas formas, ya que está aquí, pase.

–Gracias.

Clara White la sigue hasta el vestíbulo, pero miss Sparrow se detiene antes de cerrar la puerta.

–Antes de seguir, miss White, me temo que su madre sigue bastante enferma, o, al menos, eso parece. Y lamento tener que informarla de que se han despertado sospechas sobre su conducta.

–¿Sospechas, miss?

A Clara se le hunde el corazón en el pecho.

–Sin duda recordará usted nuestra tercera regla de oro. Me temo que su madre no la cumple.

La chica intenta recordar los detalles de la guía de conducta del refugio. Su respuesta no intenta ser humorística y, de hecho, se ruboriza ligeramente al pronunciarla.

–¿La castidad?

La propia miss Sparrow se ruboriza también.

–¡Por favor! La abstinencia, miss White. La tercera regla es la abstinencia. Ayer entré en su habitación mientras hacía sus tareas, y me pareció oler a ginebra.

Espera a que la gravedad del mensaje impacte en la joven, pero no parece sorprenderse demasiado. Aunque percibe una clara inquietud en su rostro, esta parece moderada por una larga familiaridad con las transgresiones de su madre.

–No puede usted estar segura, ¿no? –aduce tímidamente–. ¿Podría ser otra de las mujeres?

Miss Sparrow hace un gesto de descartar la pregunta.

–En estos momentos no dispongo de pruebas, cierto, pero ¿recuerda usted nuestra posición en cuanto a licores intoxicantes, miss White?

–Sí. Pero, si eso es todo, miss, ¿puedo verla?

–Sí, supongo que sí –contesta la mujer a regañadientes–. Tiene usted suerte de que sus jefes le permitan visitarla con tanta frecuencia. –Clara asiente–. Muy bien. Sígame.

Y sube las escaleras de forma imperiosa, aunque la invitada sería muy capaz de encontrar el camino por sí sola. Al llegar al rellano se detiene.

–Diez minutos y no más, miss White –le dice, muy seria, y, tras dejarla ante la puerta, empieza a bajar de nuevo–. No querríamos cansarla, ¿verdad?

Clara White mira cómo Philomena Sparrow regresa a su estudio, y después echa un vistazo a la habitación. Agnes White está sentada en el borde de la cama; la ve pequeña, encogida, y con cada acceso de tos le tiembla todo el cuerpo, se le tensan los hombros y se le hinchan las mejillas. La sala, que sin duda había sido una biblioteca o algo así cuando la casa era una residencia privada, ahora apenas contiene dos camas de hierro para sus residentes y un sencillo lavabo. Al principio su madre no repara en su presencia y Clara se limita a observarla en silencio, hasta que por fin la ve.

–Clarrie –le dice, saludándola sin énfasis, como si solo continuaran una conversación en marcha–. Me siento muy mal. ¿La has traído?

–¿El qué?

–La medicina que dijo el doctor. ¿La has traído?

–¿Qué medicina?

–Lo siento. Creo que se refiere a esto –interviene una enfermera, que ha salido al pasillo desde la habitación contigua–. Anoche tuve que quedarme un rato con ella. Le dio bastante fuerte, ¿verdad, Aggie?

Clara se vuelve y mira a la chica, no mucho mayor que ella misma. Sostiene una botellita marrón de medicina.

Sedante Patentado Balley's
El mejor extracto de láudano

–Lo ha estado tomando sin parar, ¿verdad, Aggie? Pensé que nos quedaba una botella o dos, pero se lo ha tomado todo.

–¿Le hace bien? –pregunta Clara.

–Detiene la tos, la ayuda a dormir. Pero este mes no tendremos más; miss Sparrow dice que no podemos permitírnoslo.

Agnes White vuelve a toser.

–¿Puedo hacer algo? –La joven mira con lástima a su madre–. ¿Cree que yo podría conseguirle más medicina?

–¿De esta? No creo que la miss tuviese ninguna objeción. Bueno, las dejo en paz. –La enfermera le dedica una sonrisa comprensiva, y mientras le da la espalda y vuelve hacia el otro lado del pasillo, añade–: Tengo que ver a las demás, pero creo que su madre va a ponerse bien. Es usted muy fuerte, ¿verdad, Aggie?

Clara le da las gracias y mira de nuevo a su madre.

–Esa la quiere para tomársela toda ella –dice Agnes White mientras la contempla marcharse.

–¿Tu medicina? No creo.

–Ya verás. Pero da igual, ya es demasiado tarde para mí. Me ha llegado la hora. Voy a ser la próxima.

Señala hacia la otra cama, frente a la suya. Alguien que no conociese aquella habitación podría no entender el comentario de Agnes, pero a su hija le resulta muy claro: la cama está recién hecha, y los pequeños y curiosos adornos que pertenecían a la compañera de su madre y que tenía perfectamente ordenados sobre la mesilla de noche ya no están. Clara frunce el ceño ante las ideas morbosas de Agnes.

–Mejor que me vaya –dice–, o van a echarme de menos. Solo he venido para asegurarme de que estabas bien.

–¿Volverás mañana?

–Si puedo escaparme, supongo que sí.

–Da igual. Para entonces ya no estaré.

–Mamá, no seas ridícula. El doctor dijo que no es nada.

–Los doctores no se enteran. Me estoy muriendo.

–De verdad que tengo que irme.

–Lizzie sabe que tengo razón. Lo sabe. Está de acuerdo conmigo.

–¿Lizzie?

Clara está confusa.

–Yo le dije: «Me estoy muriendo, ¿verdad?». Y ella me contestó: «Sí, pobrecilla, me temo que sí».

–No te preocupes, mamá, mañana vuelvo. Tú descansa, ¿eh?

Agnes murmura algo en respuesta, pero Clara no se queda a averiguar qué ha dicho. Baja directamente al estudio de miss Sparrow y llama a la puerta.

–Adelante. –Clara entra y ve a la superintendenta sentada al escritorio–. Ah, miss White. ¿Cómo ha visto a su madre?

–¿Puedo preguntarle una cosa, miss?

–Como quiera, pero sea breve. Tengo trabajo que acabar.

–Solo es una cosa que ha dicho mi madre. Sé que a veces habla sin sentido, pero ¿ha tenido alguna otra visita?

–Sí, desde luego. Creo que ayer vino a verla la hermana de usted.

–¿Lizzie?

Philomena Sparrow consulta su libro de notas y vuelve a mirarla.

–Elizabeth White. Sí, tengo apuntado su nombre. ¿Hay algún problema?

–Es solo que nosotras…, bueno, yo no la he visto desde hace un año o más.

–Estoy segura de que sus asuntos domésticos son muy urgentes, miss White, pero debo seguir con lo mío. Por favor, transmítale mis saludos al doctor Harris.

Y le dedica una mirada afilada mientras se sube las gafas.

–Lo haré. Siento la interrupción.

La saluda con una inclinación de cabeza y vuelve al pasillo, donde se encuentra con la misma enfermera que le habló en la puerta de su madre.

–No le haga caso –le susurra la mujer, con tono de estar encantada de hacerle una confidencia–. Está molesta por Sally.

–¿Sally?

–Ya sabe, la que compartía la habitación con su madre.

–¿Una chica pelirroja? No la conocí mucho. ¿Cuándo murió? ¿Fue muy repentino? No sería de algo contagioso, ¿verdad?

–¡Por Dios, perdone! No está muerta. Es solo que ayer no vino. Se saltó el cierre. Conociendo a Sally Bowker, debe de estar tirada en alguna taberna de los Dials.

–Mi madre cree que ha muerto.

–¿En serio? ¡Caramba! ¿Qué le habrá hecho pensar eso?

Capítulo 6

Son casi y media cuando Clara White sale del Refugio Holborn para Mujeres Penitentes, pasa por el Lincoln's Inn Fields lleno de escarcha, y a un lado de la plaza entra en el callejón lleno de basura que lleva a High Holborn. Pero no es sencillo cruzar esa calle tan ancha; las únicas personas que se aventuran por entre el tráfico, moviéndose con descuidada impunidad, son una banda de árabes callejeros y media docena de niños y niñas harapientos que esquivan con aparente sencillez los carruajes que pasan. Clara se detiene y los observa un momento: uno de ellos hace volteretas a ver si le echan algún que otro penique, deseo que no parece destinado a verse cumplido. De repente aparece un autobús y se detiene, tapándole la vista a la joven; los caballos resoplan, exhaustos, y veinte o más hombres se bajan y le pasan por los dos lados. Son los típicos oficinistas que vienen desde sus casas de los barrios periféricos, con trajes arreglados, algunos con sombreros forrados de seda. Varios de ellos han descendido desde el piso de arriba con solo dos o tres pasos, como acróbatas bien entrenados. Ni siquiera se detienen a recuperar el aliento; dan una vuelta sobre sí mismos cual peonzas humanas para estabilizarse y se suman a la multitud. No se oye ni un «buenos días» ni un «qué tal»: ningún encuentro casual puede frenarlos. Entre tal marea, la propia Clara no puede quedarse quieta mucho rato, por lo que avanza junto con el resto de los transeúntes hasta la esquina de Gray's Inn Lane, en cuyo cruce consigue pasar por fin al otro lado de la calle, evitando el barro como puede, y sigue hasta alcanzar por fin una pequeña tienda de barrio de estilo clásico, la Droguería y Farmacia Pickering & Co.

El escaparate parece especialmente antiguo, formado por un par de docenas o más de pequeños cuadrados de cristal teñido de verde. Muestra estantes con botellas traslúcidas de tonos verdes y azules que sin duda atraen la atención de los caminantes y gozan de la predilección de los niños del vecindario. En efecto, hay un par de ellos en la puerta. Clara pasa rápida y silenciosamente por entre ellos y sus ruegos de monedas y entra. Un hombre ya mayor, el Pickering del cartel, sentado tras el mostrador, se pone en pie y la saluda con un gesto de cabeza muy profesional.

–Buenos días, miss. Me alegro de volver a verla.

–Buenos días.

–¿A qué debo el honor, miss?

–El preparado habitual para misses Harris, por favor. Y también –añade, intentando recordar bien el nombre–, ¿tiene una botella de Balley's?

–¿El Sedante Balley's?

–Sí, ese.

–Por supuesto, miss, lo tengo. –El hombre parece sorprendido–. El preparado para misses Harris ya lo tengo, pero ¿cuánto va a necesitar de Balley's, media botella o una entera? ¿Misses Harris se siente inquieta?

Clara se limita a asentir. Quizá haya razonado que un engaño silencioso es mejor que una mentira en voz alta. En cualquier caso, no contradice al hombre.

–Una botella entera, gracias.

–Muy bien, miss. Espere aquí. Será solo un momento.

El anciano desaparece bajo el mostrador de superficie de caoba, y se lo oye abrir varios cajones y portezuelas. Cuando por fin vuelve a alzarse, tiene entre manos un frasco azul verdoso para misses Harris y una botellita transparente con una etiqueta que muestra la marca Balley's en gruesas letras mayúsculas. Saca otra botella más pequeña, vacía, y la llena con el líquido viscoso de color marrón oscuro.

–Es muy potente, miss –dice, mientras le añade un tapón de corcho y mete las dos botellas en una bolsa de papel, junto con una hoja o dos de periódico arrugado para protegerlas–. Dígale a misses H. que vaya con cuidado; no más de unas pocas gotas tras cada comida.

—Se lo diré.

—¿Lo añado a su cuenta?

Clara duda un segundo.

—Sí, bien —asiente por fin.

—Entonces adiós, miss, y ¿podría recordarle a misses Harris que ha de efectuar el pago la semana que viene?

—Lo haré —responde ella, nerviosa, agarrando el paquetito—. Adiós.

Abre la puerta y regresa a la calle abarrotada. En la esquina de Gray's Inn Lane ahora hay un niño que vende un diario de sucesos. Se ha formado un grupito de gente a su alrededor, con las manos manchadas de tinta. Hablan de «asesinato» y del «metro», pero Clara no les presta atención al pasar corriendo tanto como puede, levantándose las faldas hasta donde la decencia lo permite.

No pasan ni cinco minutos más antes de que Clara White se encuentre a la entrada de una casa en Doughty Street, un poco más arriba de Gray's Inn. No es grande, y sería similar a la del refugio de no ser por el elegante estuco blanco y los escalones mucho mejor pulidos. La joven se toma un momento para asegurarse de llevar la medicación de su madre oculta bajo el delantal y la de misses Harris bien a la vista. Baja y abre la puerta de la cocina.

—¿Dónde estabas? —dice una voz incluso antes de verle la cara.

—He ido a buscar la medicina de misses H. —responde ella con cautela, mostrándole la bolsa de papel a su interlocutora.

La cocinera, a la que todos llaman simplemente Cook, es una criatura corpulenta y con los brazos musculosos y el rostro colorado tan característico de las mujeres de su ramo. Suelta un bufido.

—Y mira qué pintas traes —exclama, señalando exasperada el barro en las faldas de Clara.

—¿Qué quieres que haga? No puedo volar, ¿no?

—¡Buf! —Cook suelta otro bufido despreciativo, que llena la sala como una explosión—. No seas impertinente, niña. Solo digo que vayas a limpiarte.

–¿Me han echado de menos? –pregunta Clara mientras coge el cepillo que guardan para estas contingencias.

–Creo que no. Alice les llevó el desayuno; dijo que tú estabas enferma. Pero ojo, que yo no pienso mentir si me preguntan, ¿eh?

–Pero no van a hacerlo, ¿verdad?

Cook bufa de nuevo y encoge los anchos hombros.

–Lo harían si no tuviesen la cabeza en las nubes. Y, desde luego, esta casa estaría mucho mejor, digo yo.

–Sí, bueno…

Mientras habla se oyen pasos en las escaleras y aparece otra persona más, una chica bajita con uniforme de sirvienta y una bandeja de plata en las manos. Es un par de años más joven que Clara, y sonríe al verla.

–Ya era hora –dice mientras acaba de bajar.

–Nos has asustado. Creí que eras misses H. –replica Clara.

–Venga ya. ¿Cuándo fue la última vez que la viste por aquí? Bueno, cuéntanos: ¿qué tal está tu madre?

–Fatal, Ally. Es lo que llaman una «mujer fatal».

No ha sido una broma muy divertida, pero las dos se permiten una sonrisa. Cook se limita a mirar un cazo con gachas, que saca del fuego. La recién llegada, cuyo nombre completo es Alice Meynell, se acerca mucho a Clara.

–¿Has oído? –susurra.

–¿Qué dices? –la interrumpe Cook–. ¡Más alto!

–Nada menos que un asesinato en el metro –sigue Ally, sin alzar la voz–. Estrangularon a una chica en un vagón, a la vista de todos. Le apretaron el cuello hasta que murió.

–¿En serio? –dice Clara, aún ocupada con sus faldas; parece menos interesada de lo que su colega esperaba.

–¿Y a ti qué te pasa? –le pregunta.

–Perdona, estaba pensando en otra cosa, algo que me ha dicho mi madre.

–¿Qué te ha dicho? Cuéntamelo todo.

–Dice que ha visto a mi hermana. Yo no sabía ni que estaba en Londres.

Cook pega un puñetazo en la mesa de la cocina.

–Aquí sí que va a haber un asesinato si no trabajáis. Eso va por las dos.

Alice le saca la lengua y sigue.

–Nunca hablas mucho de tu hermana.

–No, pero ojalá supiera dónde está.

Capítulo 7

–¿Perdón, míster? ¿Un chelín, dice? ¿Un chelín por este Notable Compuesto? No, míster. No cuesta un chelín, aunque sería una gran oferta incluso a ese precio. Acérquese, míster, y présteme su nariz, como hubiese dicho el Bardo de Avon. ¿Que es su oído, dice? ¿Y qué iba a hacer yo con su oído? ¡Acérquese más y permita que el olor del Notable Compuesto lleve al paroxismo a sus fosas nasales! ¡Sin miedo! ¿Cómo huele? ¿Dulce? Por supuesto. ¡Este, caballero, es el aroma de la viiitalidad!

Es media mañana, y un grupo de unas dos docenas de personas se acercan a la esquina de Clare Market, un laberinto de callejuelas que salen de Lincoln's Inn Fields hacia el Strand. El objeto de la atracción de la gente es un hombre sobre una caja de madera que agita en el aire una botella redonda de cristal verde oscuro, destapada. Él es de una estatura media y, aunque lleva un traje oscuro barato de fustán, debajo viste un llamativo chaleco verde de seda, del que apenas asoma una cadenita de oro en cuyo extremo puede haber o no un reloj de bolsillo. Además, sus rasgos resultan bastante apuestos, y lleva el pelo abrillantado con aceite de Macasar. Es lo que en el habla común se denomina un «filetito». Buena parte de quienes lo miran son mujeres.

Su voz resuena por todo el mercado.

–¡Usted! ¡Sí, usted! ¿Desea echar un trago gratis? ¿Ah, sí? ¿En serio? ¡No, puede estar segura de que yo nunca intentaría molestar, confundir o engañar a una dama como usted! Ya lo decía mi padre: «Puedes llevar al caballo al abrevadero, pero no puedes obligarlo a beber». ¿Qué? No, no acabo de compararla con un equino, me malinterpreta usted. Siento mucho respeto por los caballos.

La multitud ríe y él muestra una sonrisa. No tiene más de veinticinco años, pero cuenta con la voz potente y el tono de seguridad de alguien mucho mayor. Extiende los brazos con las palmas de las manos hacia fuera, pidiendo silencio.

—Me alegro de que se diviertan, amigos, pero les pido que se paren a pensar un momento: ¿cuántos de ustedes sufren de alguna enfermedad? ¿Cuántos de ustedes podrían beneficiarse de las propiedades del Notable Compuesto? Y, más concretamente, ¿cuántos de ustedes han acudido al dispensario o a un médico y no han obtenido el menor alivio? Bastantes, ¿verdad? Por supuesto, yo no puedo prometerles salud y una larga vida; nadie en este mundo de Dios puede. Pero cualquiera puede tomar medidas, dar los pasos que lo conduzcan por el camino correcto. ¿Cómo dice usted? ¿Desea pruebas de lo que afirmo? ¡El Notable Compuesto es la prueba en sí, puede estar segura de ello! ¿Ah, sí? Muy bien, pues pongámoslo a prueba. ¿Qué veo? ¿Usted, miss? Sí, la del fondo. No es muy caballeroso por mi parte decirlo, pero sufre usted de alguna enfermedad, ¿me equivoco? Venga aquí, por favor.

Una chica de quince o dieciséis años se abre paso por entre la gente. Lleva un vestido de algodón de rayas, y su rostro resulta apenas visible bajo la maraña de cabellos de color castaño que le caen sueltos por los hombros. Cojea visiblemente, y algunos de quienes la ven de cerca reparan en que lleva un brazo encogido bajo la mantilla y se lo agarra con el otro. El médico callejero le indica con gestos que vaya con él y la rodea por el hombro; a ella se la ve incómoda siendo el centro de la atención de todos.

—Bien, miss, se ve de lejos que le pasa algo en la pierna y en esa mano. Muéstrenos el brazo, por favor. No tiene por qué avergonzarse de un defecto natural, miss. Adelante.

La chica se sonroja pero hace lo que le pide. Tiene la mano retorcida, en apariencia artrítica, con llagas en los nudillos. Algunas espectadoras sueltan murmullos de lástima.

—No sé cómo lo definirían en el hospital, pero, en lenguaje común, esto tiene una pinta bastante… mustia, ¿no les parece, amigos? Es toda una carga para una jovencita, ¿no? Ten, preciosa, toma un trago de esto.

Le da un botellín de la bandeja que ha dispuesto al lado de la caja. La chica toma un par de sorbos, insegura.

–Y ahora –le pide el hombre, con tono solemne– cuéntanos qué efecto te produce, por favor.

–Me siento un poco mejor –dice ella con timidez, aún ocultando el rostro tras el pelo.

–¿Te hace sentirte un poco mejor? ¡Y eso con solo dos sorbos, damas y caballeros! Y ahora, no es que quiera darte falsas esperanzas ni nada, pero ¿me permites un consejo? –La chica lo mira, confusa, y asiente–. Aplícate un par de gotas en la mano.

–¿En la mano?

–Sí, en la mano. Y frótatelas. Frótatelas bien.

A pesar de su expresión de sorpresa, la joven coge de nuevo el botellín y se aplica unas gotas en la muñeca retorcida. Devuelve el contenedor y se distribuye el líquido por toda la mano, fregándose los dedos con fuerza. Mientras lo hace, poco a poco se va dibujando una sonrisa en su rostro. Cuando acaba la aplicación, de repente su mano ya no parece tan retorcida, y las llagas casi han desaparecido. El médico callejero observa con expresión triunfal e indica al público con un gesto que se acerque.

–¿Y bien, miss? No está mal para una muestra gratuita, ¿verdad que no?

–¡Puedo mover los dedos!

–¿Han oído, damas y caballeros? ¡Los dedos! Eso sí que puede considerarse notable, ¿eh? Bien, pues ahora no podría mencionarles el verdadero precio de este Notable Compuesto, no después de haber presenciado la felicidad de esta jovencita. No les diré que cuesta once peniques, ni diez peniques, aunque tampoco puedo ofrecerlo por menos de nueve peniques o mi pobre familia se moriría de hambre. ¿Quieres comprar tú una botella entera? Sí, ¿verdad? ¿Alguien más?

Muchas manos rebuscan en bolsillos y bolsos, todos dispuestos a probar el elixir del doctor. Uno de ellos es un caballero bajito bien vestido, e inmediatamente se lleva el botellín a los labios. Lo paladea pensativo, y entonces abre los brazos, en un intento de impedir más transacciones.

—¡Esto, míster —exclama—, constituye una burla a la ciencia médica! ¡No es más que agua azucarada!

El doctor callejero frunce el ceño, mide a su oponente con la mirada e intenta una réplica.

—¡Como he indicado antes, está probando la viiitalidad! ¿No le resultaría dulce a cualquiera?

—¡Muy míster mío, yo no soy cualquiera! ¡Soy cirujano asistente en Saint Bartholomew's! Y puedo afirmar que este preparado no es más que pura agua con colorante, aunque ni siquiera estoy seguro de que sea muy pura. ¡Esto es un engaño! Y en cuanto a la mano de esta chica…

El médico callejero palidece un poco, aunque está dispuesto a contestar mientras intenta cerrar las ventas que ya ha comenzado. Pero entonces ve el uniforme de un policía, que ha aparecido de repente desde una esquina. Ante esa visión, sencillamente se da la vuelta y sale corriendo, sin intentar ninguna nueva simulación y dejando todos sus botellines de medicina. A su vez, a la joven le desaparece de golpe toda apariencia de enfermedad y lo sigue, veloz como una atleta bien entrenada. El gentío observa la escena con expresión anonadada, especialmente la media docena de personas aproximadamente que ya han pagado y aun así no están seguros de si vale la pena coger un botellín. El policía se limita a gritar «¡Alto! ¡Alto! ¡Al ladrón!» y correr a toda velocidad tras la pareja.

Clare Market es peligroso para cualquiera que desee abrirse paso rápidamente: sus callejones están llenos del detritus de las casas del lugar y de los puestos del mercado, incluidos restos animales y vegetales; los suelos están cubiertos por una alfombra de hojas de col y espinas de arenque. El hombre y la chica tienen, sin duda, los pies ligeros, pero el policía de azul va ganándoles terreno, y los alcanza justo cuando aparece a la vista la iglesia de Saint Clement, al lado del Strand. Sin embargo, cualquier cliente potencial del Notable Compuesto contemplaría la escena con duda o sorpresa, ya que los tres corredores se detienen de repente, a la vez, y no se produce ningún forcejeo. Pero ¿qué importa eso? No hay nadie allí, y ese es precisamente el motivo del cese de la persecución.

—Muy bien, Charlie —dice el médico callejero, sonriendo al agente y dándole una palmadita alegre en el hombro—. Perfecto. Ese tipo iba a darnos problemas.

—Sí, pero, caramba, no hacía falta que corrierais tan rápido —replica el policía, que se ha quedado casi sin aliento y tiene enrojecida la cara.

—Mejor prevenir que curar. Aunque tampoco he sacado mucho.

—Como siempre. En fin, digamos que tres libras y todos de acuerdo.

—No perdonas una, ¿eh?

El doctor callejero le entrega a regañadientes parte de sus beneficios.

—Y tú eres un hombre con suerte. Bueno, que no vuelva a verte por aquí durante dos o tres días, ¿de acuerdo? O tendría que llevarte a comisaría.

El doctor callejero asiente y sigue sonriendo mientras mira alejarse al agente, pero en cuanto desaparece se pone serio. Él y la chica van a apoyarse contra la pared de la iglesia.

—Mi querida Lizzie —dice Tom Hunt—, me parece que tendremos que pensar en alguna otra cosa.

—Da igual. Este truco nunca me ha gustado. Me duele la mano de retorcerla tanto.

—Lo que nos guste o no no cuenta. Haz lo que yo te diga y todo nos irá bien.

Lizzie hace un gesto de disgusto cuando su marido le da un pinchacito en el brazo.

—Bueno, y ¿adónde vamos ahora? —pregunta.

—Supongo que Bill nos aceptará por esta noche. Ya han pasado un par de semanas desde la última vez, ¿no? Así podremos descansar y yo pensaré un poco.

Lizzie Hunt, nacida White, suelta un bufido.

—Nunca podemos vivir en un lugar como Dios manda —protesta.

Capítulo 8

—Todo un escándalo, ¿eh?

El sargento Watkins y el inspector Decimus Webb están sentados el uno frente al otro en el Bates' Coffee Room adjunto a la Marylebone Tavern, que da a Marylebone High Street. El primero examina varias hojas de diario arrugadas que tiene en las manos, mientras que el segundo toma un café negro recién hecho.

—Mire este —sigue el sargento—: «¡Horrible asesinato en el metro! ¡El culpable escapa por los túneles!». Quién lo hubiese dicho, ¿eh? Todo un notición.

—No se puede esperar más nivel de los diarios de sucesos —replica Webb—. ¿Es que alguna vez un asesinato no es «horrible»?

—Bueno, yo diría que depende de las circunstancias, míster. En todo caso, es admirable que consigan imprimirlos tan rápido. La chica apenas está fría y ya los he visto por todas las esquinas.

—A mí no me parece tan admirable, pero al menos puede ayudarnos a averiguar el nombre de la mujer, asumiendo que tenga familia o conocidos de cualquier clase.

—Y asumiendo que no haya sido uno de ellos el que la haya liquidado, míster.

—Mmm. ¿Mencionan su pelo?

—¿Su pelo?

—Era pelirroja, sargento. Piense: es una característica destacable, ¿no? Puede que le llame la atención a alguien que la conozca.

—Algunos sí que lo mencionan. Aquí dice «cabellos de fuego».

—¡Ja! Un poco exagerado. En fin, tenemos otro material de lectura que considerar.

—Entonces, ¿ha podido echar un vistazo a la libreta, míster?

—Sí, y tenía usted razón —responde Webb, aunque no muestra

49

tono de gratitud. Coge la libreta en cuestión, la abre por una página al azar y la hojea–. Es, como mínimo, interesante. Elijamos una entrada.

Con gesto algo teatral, selecciona un párrafo con el dedo y empieza a leer en voz alta.

17 de enero

Salí de C— St. y fui a Clare Market. No es más de un kilómetro y medio a pie, y no me decepcionó: por la noche es todo un espectáculo, aunque solo está en todo su esplendor cuando han apagado las luces de las carnicerías y todas las tiendas están cerradas. ¡Clare Market! Curioso que al caballero que desee conocer el *demi-monde* se le recomiende visitar los brillantes encantos de Haymarket, en Mott's o Miss Hamilton's. Curioso que se le aconseje buscar a las *habituées* del *pavé* en esa famosa avenida. ¡Que el hombre acuda a esas calles del «mercado»! No puede haber muchos lugares en la metrópolis donde pueda entrarse en contacto más fácilmente con las tentaciones de la carne. Y es que, por supuesto, es carne humana lo que se ofrece en cada esquina, por parte de algunos de los más miserables vestigios de feminidad que pueda encontrar un hombre. Aunque, a decir verdad, esa facilidad con la que se ofrece y se acepta el tributo humano es testimonio tanto de la naturaleza animal, bestial, del hombre como una desgracia para la mujer. ¡Pobres criaturas pecadoras todas ellas!

¡Pero basta de moralizar! En breve, desde el punto privilegiado de mi «alojamiento» (esa horrible habitación que alquilé el pasado jueves), pude observar perfectamente al pequeño grupo de «palomas» de abajo.

Así, pude realizar las siguientes observaciones entre las diez y la medianoche:

- Número de mujeres: 6
- Número de hombres: 26
- Intervalo más largo entre transacciones: 18 minutos

- Intervalo más corto entre transacciones: 2 minutos
- Duración de las transacciones: entre 1 y 4 minutos; media de 2,5 minutos
- Dinero intercambiado: siempre tras acabar la transacción

En cuanto a las mujeres, una tenía cuarenta años o más, otra estaba entre treinta y cuarenta, dos entre veinte y treinta, y dos eran menores de veinte; una de estas últimas era apenas una niña de doce o trece. Ninguna de ellas vestía de forma notable, aunque todas iban con la cabeza descubierta, más allá de algún gorrito de invierno.

Entre los hombres predominaban vendedores callejeros adustos, con los trajes de pana y las botas altas de cordones que distinguen a su estirpe.

Muy destacable que, en todos los casos, los intercambios que observé podrían haber sido vistos claramente por cualquiera que pasara por allí, fuese hombre, mujer o niño (y no es nada infrecuente ver a niños solos por estas calles, incluso tan tarde), cosa que no parecía importarle a ninguna de las dos partes.

–Todo un mirón, ¿no?

–Mmm. No puedo leer el resto –dice Webb, ojeando la página–, son más de esos malditos símbolos. Ah, espere, hay un último párrafo.

Me intrigaron las actividades de una chica en particular, que estaba en la calle, pero en tres ocasiones diferentes se fue en compañía de un hombre. ¿Tendría una habitación? Decidí averiguarlo e inicié una conversación con ella. Era bella, con una figura estilizada, apenas adulta. Me condujo por estrechos callejones hasta, como sospechaba, una habitación apenas amueblada sobre un local de comidas.

Le di tres chelines y le hice preguntas. Tomé dos páginas de notas. A ella le pareció curioso, aunque dijo preferir su «negocio normal».

¡No la complací en ello!

El sargento ríe, burlón.

—¿Ah, no?

—Eso dice. O eso creo distinguir. Sí que parece usar símbolos taquigráficos, aunque no reconozco de qué clase. Tenemos que pedirle a alguien más experto que eche un vistazo. ¿Conoce usted a alguien apropiado, Watkins? Confieso que yo no.

—Veré qué puede hacerse, míster.

—Bien. ¿Y qué opina usted de nuestro autor? ¿O quizá desconoce sus motivos? «La policía desconoce los motivos» es lo habitual en este punto de la investigación, ¿no? Eso dirán los diarios, si es que no lo están diciendo ya.

—Lo que yo creo es que lee usted demasiado los diarios, míster, si me lo permite. El tema está muy claro, ¿no? Ese hombre es un pervertido. Acosa a las mujeres con el pretexto de alguna clase de estudio, y ahora ha reunido el valor necesario para entrar en acción.

Webb toma un largo trago de café, y después se limpia el bigote.

—¿En un vagón de metro? Es una curiosa elección, ¿no?

—Puede usted estar seguro de que la gente hace toda clase de cosas en el metro, míster.

—¿En serio, sargento? ¿Habla por experiencia? Creía que estaba usted casado.

—No hay necesidad de que malinterprete usted, míster.

Webb sonríe ante la incomodidad del sargento.

—¿Y qué hay de los testigos? Contamos al menos con tres, ¿cierto?, que se subieron en Gower Street y ya lo vieron sentado. Y hay otro, si no me equivoco, que cree que estaba allí ya desde King's Cross.

—Eso parece. He enviado a los chicos a las estaciones a preguntar. Confío en que dentro de un día o dos podremos hacernos una imagen más clara.

—Aun así, los testigos dicen no haber visto nada especial. Por tanto, tuvo que hacerlo entre Farringdon Street y King's Cross. Piense: ¿cuánto tiempo tuvo? ¿Cinco minutos, un poco más? ¿Qué hay, diez minutos hasta Gower Street?

–¿Por qué no? Ella iba hasta arriba de ginebra.

–Entonces, ¿él vio que estaban solos y decidió aprovechar la ocasión?

El sargento asiente.

–Seguramente la habría estado siguiendo.

–¿Y después de hacerlo se dedicó el resto del viaje a escribir notas en su cuaderno? Aunque, si lo hizo, no encuentro la entrada correspondiente. Y también colocó a la víctima en su asiento cuidadosamente, ocultándole el cuello con la mantilla. Pero ¿por qué no se bajó del tren? ¿Por qué esperar?

–A eso no puedo contestarle. ¿Cómo voy a saber yo los motivos de un lunático?

–Al menos puede intentarlo, estimado sargento. Aunque, bien pensado, da igual. Creo que en cualquier caso tenemos que encontrarlo, aunque me temo que se habrá escondido bien. ¿De acuerdo?

–De acuerdo, míster.

–Bien. Y ahora vaya a buscarme otro café, por favor.

Capítulo 9

–¿Míster Phibbs?

Henry Cotton se agita en su cama. Ha dormido mal con la ropa puesta y le duele la cabeza; le cuesta un momento darse cuenta de que el ruido es de alguien que golpea a la puerta.

–Míster Phibbs, ¡sé que está ahí dentro!

–¿Sí? –dice Cotton.

–¿Es usted el que ha dejado el pasillo lleno de barro? ¡Mi Susan lleva toda la mañana a cuatro patas, limpiándolo!

–Déjeme, misses Samson; no me siento bien.

–Pues muy bien, pero Susan no es una esclava. Es muy trabajadora pero tiene su orgullo, míster. No debe usted abusar.

–La compensaré cuando la vea. Por favor, misses Samson, por favor, déjeme solo.

–De acuerdo, eso ya es algo. Pero, por favor, míster, piense en ello la próxima vez que vaya a revolcarse en el barro.

La mujer baja las escaleras ruidosamente. Mientras, Henry Cotton se cubre con las sábanas y la manta hasta el cuello e intenta volver a dormir.

–¿Míster Phibbs?

De nuevo, una voz desde fuera de la habitación. Esta vez, de una mujer más joven.

–¿Míster Phibbs?

–¿Sí?

–Misses Samson pregunta si va usted a bajar y deseará que ella encienda la chimenea.

–¿Qué hora es, Susan?

–Las dos, míster.

–Debo de haberme quedado dormido. Pronto bajaré.

–Como desee, míster.

Henry Cotton oye los pasos de la chica al bajar las escaleras y respira hondo. Se sienta en la cama y contempla el sencillo mobiliario de la habitación.

Hay un cuenco de agua en el lavabo, que le han dejado la noche anterior. Va hacia allí, mete las manos en la porcelana y se moja la cara. Una vez que ha acabado, va a la ventana y mira a la calle.

Tiene preparativos que hacer.

Tiene que irse.

Henry Cotton no tarda mucho en cambiarse la ropa. Se desprende del gastado abrigo y el traje barato de fustán de la noche anterior, los dobla y los mete en su vieja pero espaciosa bolsa de viaje. A continuación se quita la camisa sucia de algodón y la sustituye por una de fino lino irlandés y cuello y puños prístinos. Entonces saca del armario un traje del todo diferente, no de fustán sino de brillante tela negra perfectamente cortada. Se lo pone, junto con un pañuelo de cuello de seda rojo que fija con un alfiler de plata. Lo hace todo en tiempo récord; al mirarse al espejo se felicita a sí mismo por la velocidad de su transformación.

El resto de su ropa también va a parar a la bolsa. Después hace una búsqueda meticulosa por la habitación, aunque esta contenga muy pocos artículos personales. Una pluma, una hoja de afeitar, varios cuadernos de notas, va todo a parar al mismo lugar, junto a una Biblia y una novela en tres volúmenes. Va al escritorio, bajo la ventana, y abre y cierra cada cajón, comprobando que estén vacíos. Al final, el único rastro que queda de su presencia en Castle Street es el tintero de cristal sobre la mesa. Lo coge, vacía el líquido viscoso azul en el hogar y contempla cómo tiñe las cenizas del día anterior. Envuelve el tintero en un trapo y también lo guarda en la bolsa. No queda nada. La habitación, que ni en sus mejores tiempos parecía demasiado hogareña, queda ahora desértica. Cotton le echa un último vistazo, va hacia la puerta y escucha. No detecta que haya nadie en el pasillo. Abre, sale, vuelve a cerrar silenciosamente y baja las escaleras de forma tan relajada como es capaz, o, al menos, tan relajada como es capaz alguien que huye de su habitación dejando semanas atrasadas sin pagar.

Fuera está luminoso. Para Cotton, en demasía e inesperado, después de la penumbra de la residencia de misses Samson. Y es que el sol es tan fuerte que ni siquiera el humo acumulado de las incontables chimeneas de la ciudad ha podido hacer nada por oscurecer la fuerte luz invernal.

Henry Cotton baja la cabeza y avanza aprisa por los callejones en dirección al Soho.

No han pasado ni doce horas desde que Henry Cotton corrió a ciegas, en total oscuridad, por las callejuelas traseras de Marylebone; y ahora, a plena luz del sol, su progreso por los estrechos caminos entre Oxford Street y Leicester Square apenas le produce más sensaciones. Sí, sus pies avanzan ordenadamente el uno delante del otro, esquiva a todas las personas y objetos en el pavimento que obstruyen su camino y la amenaza del tráfico al cruzar las calles, pero tiene la cabeza en otras cosas muy diferentes.

Aun así, se ve forzado a detenerse al llegar a Saint Martin's Lane. Incluso en sus momentos más tranquilos, no es una calle que se pueda cruzar sin dedicarle la máxima atención. Allí parado ante el bordillo, a Cotton se le ocurre que aquello tiene un aire a circo romano mal construido, al ver cómo los carruajes negros suben trabajosamente para aparentemente volver a bajar enseguida pero a una velocidad endiablada. Distraído como está, barrunta que va a tener que quedarse allí esperando para siempre, que es muy posible que se haya vuelto imposible del todo atravesar el tráfico de Londres y que se ha quedado encerrado por él. Entonces ve a un niño cerca que vende diarios que lleva bajo el brazo.

–¡Asesinato en el metropolitano! ¡Muerte en el metro!

Henry Cotton controla los nervios y le da un penique al chico. Tras recibir un ejemplar corre a aprovechar un hueco en el tráfico, y se dirige hacia Covent Garden y Clare Market; en algún punto entre estos dos se detiene por fin a leer el diario que ha comprado.

Para su sorpresa, ve que no mencionan su nombre, ni siquiera una descripción general del joven que huyó de la escena del crimen.

No puede contener la sonrisa. Muchos de los que pasan por su lado se preguntan por la expresión de alivio y alegría que muestra su rostro.

Capítulo 10

–¿Qué le parece, sargento?

–¿Esto, míster? No tengo ni la menor idea, míster.

–No es cordero, no es cerdo, y no me atrevería a decir que es carne de vaca.

Hay dos policías en las estrechas callejuelas de Clare Market, frente a una carnicería. A la luz del sol es una zona dedicada principalmente a la venta ambulante. Uno de esos establecimientos les ha llamado la atención a los dos hombres; la mejor carne del día está expuesta al público sobre sucios bloques de madera, y cada pieza está un poco descolorida y no parece muy sana en parte o en todo.

–Diría que es pescuezo –sigue Webb–. No hay carne como la de Clare Market, ¿verdad, sargento?

Watkins no dice nada, pero el carnicero, corpulento y con delantal, lanza puñales con los ojos a los dos hombres uniformados; no ha tenido clientes desde que los agentes han mostrado interés en su mercancía. Webb se dirige a él con tono jovial.

–¿Y cómo lo llama usted, buen hombre?

–Eso, míster, es carne de vacuno.

–Bueno, no voy a molestarme en preguntarle qué parte del animal. Pero quizá pueda ayudarme usted en otro asunto.

–Puedo intentarlo –responde el propietario, más que deseoso de acabar con la obstrucción a su comercio.

–Busco a una tal «misses H.». Creo que alquila habitaciones por aquí cerca.

–¿No sabe su nombre entero?

–De saberlo, lo más probable sería que no necesitara preguntarle a usted.

El carnicero se encoge de hombros, como mostrando la profundidad de su desinterés en los motivos de Webb.

–Hay una misses Hodgkiss dos puertas más abajo. Creo que es la encargada.

–¿Es una mujer mayor?

–Sí.

–Buenas noticias. ¿Quizá, Watkins, ya que estamos aquí, desee usted comprar una de estas carnes selectas para su querida esposa?

–Tengo beicon bueno –dice el carnicero con tono conspiratorio– que no exponemos al público.

–Por esta vez me abstendré, si no le importa –replica el sargento secamente.

–Bien, pues –Webb saca del bolsillo la libreta encuadernada en cuero de Cotton–, ¿a qué esperamos? A fin de cuentas, tenemos nuestra propia guía.

Fui caminando hasta Clare Market. Hay mucha niebla; las calles están llenas de barro y son peligrosas.

Al llegar a los callejones me dirigí directamente a la casa en la que me fijé ayer. La entrada de uso común no da a la calle, sino a un callejón lateral. Enseguida encontré una puerta estrecha y ruinosa que prometía habitaciones. Entré.

En el interior había unas diez almas aproximadamente, sentadas a una pequeña mesa de pino. Eran hombres y mujeres de la clase más baja y, aunque su conversación era animada, sus apariencias pálidas mostraban una clara deficiencia de vitalidad. Sí, la chimenea estaba encendida, pero era pequeña y no ofrecía mucho calor y apenas luz como para apreciar la lamentable condición de las paredes, muy afectadas por el moho. Varios de entre ese harapiento grupo se volvieron a mirarme, pero enseguida decidieron que yo no era digno de su plena atención. No sabría decir si mi poco elegante disfraz había sido un éxito o solo suficiente para convencerlos de que no era el casero o un policía. En cualquier caso, reuní el valor para preguntarle a la mujer que claramente era la encargada, una tal misses H.

–¿Misses Hodgkiss?

Webb y Watkins entran en la trascocina de la casa. La anciana está sentada en un banco de madera junto al hogar, cubierta con una sucia mantilla roja y ocupada en atender un hornillo. No hay nadie más a la vista.

–¿Es usted misses Hodgkiss?

La mujer alza la vista y contempla al sargento y a Decimus Webb.

–¿Quiénes quieren saberlo?

–¿Es que no ve usted lo que somos? –pregunta Watkins, impaciente–. Somos la Policía de Su Majestad.

–¿Y cómo iba a saberlo? Mi vista ya no es lo que era.

–Es usted la encargada de esto, ¿verdad?

–Sí.

–Entonces no puede tener la vista tan mal, ¿no? Quizá pueda usted mostrarnos el lugar.

–No sé –responde ella, mirando al fuego–. A algunos de los de arriba puede molestarlos mucho la interrupción; no se lo tomarían muy bien.

–Misses –dice Webb, acercándose a su cara–, vamos a hacer más que interrumpirlos si no nos echa usted una mano. Además, no creo necesitar verlo todo; tengo en mente un lugar en concreto.

La mujer hace un ruidito de desprecio, pero se pone en pie con sorprendente agilidad.

–Síganme –farfulla de mala gana, y susurra para sí misma algo sobre la iniquidad de «venir a tocarle las narices a una vieja».

Los dos hombres la siguen hasta el pasillo y suben las escaleras hasta el rellano del primer piso. Un par de los moradores echan un vistazo por sus puertas entreabiertas y las cierran al instante. Webb le indica con un gesto a la anciana que se detenga e intenta abrir una de las puertas, pero está cerrada con llave.

–¿Esta es la habitación principal?

–Sí –responde la anciana.

–¿Y quién tiene la llave?

–Quien la ha alquilado.

–Apuesto a que le ha ofrecido una buena cantidad por adelantado.

Ella asiente, aunque su expresión delata cierta ansiedad por que el policía sepa algo así.

—Un mes de adelanto, sí.

—Eso no es habitual para un lugar como este, ¿no?

—¿Qué quiere decir con «un lugar como este»? —El tono de la anciana es de indignación—. Este es un lugar muy decente.

—Yo sí que diría que no es habitual, míster —sugiere Watkins.

—¿Y cuánto pagó?

Ella no parece dispuesta a revelar una información tan confidencial. Webb se limita a no quitarle la vista de encima.

—Medio soberano, si tanto le interesa saberlo.

—Una buena cantidad. Sin duda, la habitación estará amueblada.

—Más o menos. Nada pretencioso.

—De eso estoy seguro. Dígame, ¿parecía un hombre listo?

—No mucho. Aunque sí que hablaba de forma elegante.

—Entonces, ¿diría usted que era un caballero?

—Quizá. Aunque, de ser así, un poco raro.

Webb sonríe.

—Estoy de acuerdo. ¿Nos permitiría entrar?

—Ya les he dicho que las llaves las tiene él.

—Pues no creo que vaya a regresar. ¿Tiene usted una copia? —La mujer se encoge de hombros—. Por favor, no nos tome por tontos, misses. Déjenos entrar.

Cuando la localicé por fin, misses H— me pareció una anciana tan obsequiosa como desconfiada. Estaba agachada como un sapo en hibernación junto a la chimenea. Sí, me dijo, la habitación estaba desocupada, aunque me informó en tono muy serio de que era muy selectiva en cuanto a sus inquilinos. Todo patrañas, claro; un mes de adelanto enseguida mejoró su disposición, y enseguida me convertí en el ocupante de la habitación.

Me había complacido que se ofrecía amueblada; pero mi alegría disminuyó al ver que el único mobiliario era una cama de hierro con una manta sucia. Además, las estanterías estaban vacías, las paredes llenas de moho, y hasta la repisa de la chimenea estaba rajada. Pero nada de eso parecía afectar al orgullo que misses H— sentía por su propiedad, por lo cual me abstuve de preguntarle qué entendía ella por no amueblada.

Decimus Webb espera a que la anciana haya vuelto al piso de abajo antes de examinar la habitación. No tarda mucho, ya que contiene muy poco que resulte de interés; de hecho, contiene muy poco y punto.

–Nada.

–Desde luego, sargento, nada de nada. No hay muebles aparte de la cama, no hay ropa alguna. Polvo por todas partes. Aquí no ha vivido nadie. Es tal como nuestro hombre dice en su libro: solo vino aquí a observar la calle de abajo. Verlo todo sin que lo vean a uno. Pero al menos ahora sabemos un poquito más.

–¿Ah, sí?

–Eso creo. Viste mal deliberadamente para no destacar entre los demás; es decir, se disfraza. Escribe como alguien que ha recibido una buena educación, y sabemos que tiene dinero, el suficiente para adelantar el alquiler de un mes.

–Pero eso no es mucho, míster, ¿verdad? Ni siquiera conocemos su nombre.

–Una idea excelente, Watkins. Por favor, vaya a preguntarle a misses Hodgkiss si sabe cómo se llamaba.

–¿Quiere que vaya ahora mismo?

–Si me hace usted el favor.

Watkins baja, agitando la cabeza, mientras que Decimus Webb se queda en la habitación y se dirige a la ventana, desde la que contempla el ajetreo de la calle del mercado. Un momento después vuelve el sargento.

–Dice que se llamaba Phibbs.

–¿Phibbs? –se pregunta Webb, apartándose de la ventana–. No se preocupe, lo encontraremos de una forma u otra.

–¿Mantenemos este lugar bajo vigilancia? No tenemos muchos más caminos que seguir, ¿no?

–Dudo que vaya a volver aquí, sargento. No va a ser tan tonto, al menos si desea evitarnos.

Fuera, en la calle, un hombre solitario permanece en la esquina, observando la figura que le da la espalda en la ventana del primer piso de la casa de misses Hodgkiss.

Henry Cotton maldice su suerte, coge la bolsa de viaje y echa a caminar apresuradamente.

Capítulo 11

Un asomo de la leve luz del final de la tarde se abre paso por la ventana del salón de Doughty Street. Clara White frota el cristal y se baja de la banqueta para ver el resultado de su trabajo. En su trapo hay una gruesa capa de suciedad, pero, aunque el interior del cristal ha mejorado, por fuera está tan cubierto de la polución del aire de Londres que, la verdad, no nota la menor diferencia. Pero al mirar a la calle ve que un niño se acerca a la casa, desarreglado, con un traje de pana sucio y botas marrones gastadas; se detiene, comprueba el número de la casa y baja los escalones mientras se retira del hombro la tira de la cartera.

–¿Has acabado ya, White?

A Clara la sobresalta la voz que oye a sus espaldas, y se ruboriza mientras se da la vuelta para dirigirse a la dueña de la casa.

–No, misses, pero ya casi estoy, misses.

Misses Harris, ahora frente a ella, contempla la ventana con un aire de ligero desdén. Es una mujer baja y rechoncha en la cincuentena, que lleva un vestido de día de *moiré* con una intrincada estampación. La tela es de un tono que en las páginas de las revistas de moda describirían como Bismarck, aunque en la mente de la criada es simplemente color nuez moscada. Además, el vestido incorpora un gran e incómodo polisón, que hace que, cada vez que su dueña entra en una habitación, Clara no pueda evitar pensar en un pato saliendo a tierra. No es una imagen que tenga intención de compartir con su empleadora.

–Entonces, ¿por qué has parado?

–Hay un niño que ha venido a entregar algo, misses. Acaba de bajar los escalones.

En ese momento suena una campanilla en la cocina.

–¿Cook no está? –pregunta misses Harris.

–Creo que ha salido a comprar, misses. Y Alicia está en el piso de arriba.

–Entonces será mejor que corras a abrir, pero después asegúrate de volver y acabar. No soporto el trabajo a medias.

–Sí, misses.

Clara se inclina ante ella y se dirige tan veloz como la decencia permite hasta la «entrada del servicio», o así la llama misses Harris, aunque en general basta con llamarla simplemente la «puerta de la cocina». El niño está allí, esperando, y vuelve a tocar el timbre justo cuando Clara aparece.

–¿*Arris*? –pregunta él, sin saludar siquiera.

–Esta es la residencia Harris –dice Clara White con su mejor voz de ama de llaves aunque con fuerte acento del Támesis.

–Un paquete *pa Arris*, nena –dice el chico, que no puede tener más de doce años, ofreciéndole un gran paquete de cartón que ha sacado de la cartera.

–No me llames «nena», y dame eso. –Lo coge–. ¿De parte de quién digo que es?

–De Babbingtons. Dentro hay una tarjeta.

–Muy bien, gracias. Ya lo entrego yo.

–*Na*, gracias a ti…, nena –replica el niño, y sube los escalones corriendo antes de que ella pueda contestarle.

A Clara se le ocurre perseguirlo, pero se lo piensa mejor al imaginarse la cara que pondría su misses si la viera tirando al niño de las orejas. Decide cerrar la puerta y entrar el paquete. El nombre de la tienda le suena, y, por sus dimensiones y peso, no resulta difícil adivinar que es otra de las entregas habituales de libros.

Va a llevarlo arriba cuando se detiene ante la escalera de la cocina y contempla el envoltorio y la cinta que lo rodea.

Se vuelve, sin soltar el paquete, y abre la puerta de la trascocina. Entra y, sin cerrar, echa un vistazo a la vieja palangana que había dejado allí antes. La levanta un poco y comprueba que el botellín del Sedante Patentado Balley's sigue oculto dentro.

Mira atrás por encima del hombro y, con cuidado, desata el cordel del paquete.

–Por Dios, no. No es esto en absoluto.

–¿Míster?

El doctor Arthur Harris, empleador de Clara, está sentado a su escritorio con el paquete abierto, leyendo los lomos de la media docena de volúmenes que han traído. Es un hombre afable, con cara de querubín; a su esposa se le ha oído comentar con frecuencia que, de no ser por algunos mechones canos en su pelo, resultaría difícil determinar si tiene seis o sesenta años. La verdad es que se trata de lo segundo, aunque la expresión de decepción en su rostro mientras examina sus nuevas adquisiciones es quizá más típica de los miembros más jóvenes de la sociedad.

–¿Dónde está la *Historia de la bomba hidráulica* de Watkins? ¡Pero si lo pedí específicamente, Clara!

–No sabría decirle, míster.

–No, por supuesto. Yo tampoco. Pedí que me lo trajeran y me dijeron que estaba disponible, aunque, visto lo visto, no sé qué entienden por esa palabra.

–Quizá se hayan olvidado.

–Supongo que será eso. ¿Y qué hago yo ahora?

Clara frunce el ceño y pone cara adecuadamente pensativa.

–Yo podría pasar a recogerlo, míster, si me indica usted adónde ir.

–¿Podrías? ¿Podrías hacerlo, querida Clara?

Le coge una mano entre las suyas como señal de gratitud.

–Sí, míster. ¿Adónde voy?

–A Babbingtons, querida, en la esquina de Newcastle Street, cerca de la iglesia. ¿La conoces?

–Sí, por supuesto que conozco la calle.

–Ah, claro, cómo no vas a conocerla. Con qué facilidad olvidamos tu vida anterior, ¿eh, Clara? Eso dice mucho de ti.

Vuelve a tocarle la mano, dejando los dedos sobre ella un instante más de lo necesario. La chica se sonroja, pero no dice nada.

–Bueno –él se vuelve y mira su reloj–, ¿a qué esperas? Vete ya, y diles que, de seguir así, pensaré en cambiar de librería.

Clara hace una inclinación de cabeza y sale de la habitación. Contiene una sonrisa mientras baja las escaleras al trote y, tras asegurarse de que no haya nadie observándola, regresa a la pequeña trascocina. Una vez dentro, se hace con los dos objetos escondidos bajo la palangana: un pequeño librito titulado *Historia de la bomba hidráulica* y el botellín del Sedante Patentado Balley's. Se mete ambos en el bolsillo del guardapolvo y abre la puerta para volver a la cocina; pero, al hacerlo, oye de repente la voz de misses Harris, atronadora, que le llega desde arriba.

–¡White! ¿Qué diablos haces ahí abajo?

–Tengo que salir, misses. Me lo ha pedido el doctor Harris.

–¿«Tengo que salir»? ¡Será que he oído poco esa frase! ¿Y ahora adónde, por Dios?

–A la librería, misses.

Oye un ruidito en el rellano, algo entre un suspiro y un resoplido. A Clara White le resulta familiar; es muy distintivo de misses Harris y señala su desdén general por el mundo y por el comportamiento desordenado y carente de criterio de sus habitantes, de su marido en particular.

–Pues lo siento, pero eso no va a ser posible. Tienes mucho que hacer aquí y no puedes perder el tiempo en recados tontos.

–Pero el doctor Harris me ha pedido que…

–Mi marido –la interrumpe la misses, con señorial superioridad– es un hombre inteligente y estudioso. Cuento con que frecuente las librerías; es natural, adecuado y de esperar. Pero a ti espero verte aquí haciendo tu trabajo. Que vayas a otros lugares… solo causa confusión. ¡Y ahora me estás haciendo gritar por las escaleras como si fuese la mujer de un pescador!

–Lo siento, misses. Es solo que no le han traído un libro y…

–¡Pues vaya cosa! Sea lo que sea, seguro que puede esperar hasta mañana. Y seguro que el doctor Harris estará de acuerdo conmigo.

–¿Mañana? Sí, misses.

–Muy bien. Y ahora vuelve a tus quehaceres, por favor. Esa ventana está repugnante; verla me revuelve el estómago.

Misses Harris no espera respuesta y desaparece. Clara se vuelve desganada con la intención de devolver los objetos a su escondrijo, y se encuentra con Alice Meynell, silenciosa, tras ella.

–¿Adónde ibas con tanta prisa? –le pregunta.

—¿Qué pasa, quieres delatarme? —dice Clara, sorprendida.

—¿A la misses?

—Perdona. Claro que no. Solo era un recado.

—Cualquiera pensaría que tienes un… amigo. Sales siempre que puedes y…

—No, solo es mi madre, otra vez. Les dije en el refugio que iba a llevarle una medicina, eso es todo. Se encuentra muy mal.

—¿Y cómo vas a pagarla? ¿A crédito? Creía que no tenías ni un penique.

Clara se toca el delantal, nerviosa.

—Ya encontraré la manera. Mamá estaba mal de verdad, Ally. De haberla visto tú, harías exactamente lo mismo.

—Pero no es mi madre.

—Da las gracias por eso.

Capítulo 12

La noche cae en Lincoln's Inn Fields cuando la superintendenta del Refugio Holborn oye que una de las enfermeras llama a su puerta.

–¿Agnes White de nuevo? –pregunta miss Sparrow, cansada.

–No para de lamentarse muy fuerte en sueños, miss. Y, si está despierta, tose.

–Pues me temo que tendremos que dejar que la enfermedad siga su curso. Es lo natural.

–¿No deberíamos…? –Jenny duda–. Es decir, ¿no deberíamos llamar al médico? Las otras chicas dicen que tiene fiebre cerebral y que puede ser contagiosa.

–Si puedo estar segura de alguna cosa es de que no se trata de eso. No veo que esté especialmente mal, excepto por lo de los nervios y la bebida. Y además –miss Sparrow alza la vista de sus libros con expresión frustrada–, ¿de dónde iba yo a sacar el dinero para un médico?

–Solo pensé que…

–Tu compasión habla muy bien de ti, querida. –Miss Sparrow suspira–. Pero hay que poner límites, y las necesidades mandan.

–Su hija dijo que quizá le traería otra botella de Balley's, miss.

La superintendenta sonríe.

–Eso nos vendría muy bien. En fin, supongo que mientras tanto tenemos que intentar calmarla. Haz lo que puedas, Jenny. Recuérdale que es tiempo de silencio, recuérdale eso.

–Sí, misses.

Pero la chica se queda allí quieta, sin moverse.

–¿Querías algo más?

–Le parecerá que no estoy bien de la cabeza, miss –responde

la enfermera, mientras despliega una hoja de papel que tenía a la espalda–. Pero es por una tontería que dijo Aggie sobre Sally. Y yo… estaba leyendo sobre ese asesinato de anoche en Baker Street. Ha oído de ello, ¿verdad? Entonces pensé en Sally y…

–¿Y qué?

–Pues… ¿No podría ser ella, miss? O sea, aquí dice «cabellos de fuego»…, es decir, la chica asesinada y…

–En serio, Jenny, tienes que hacer algo con esa horrible imaginación tuya. ¿Qué iba a estar haciendo Sally Bowker en el metro? Muéstrame eso –le dice miss Sparrow con gesto sereno.

Jenny da un paso adelante y le entrega el diario. Su jefa lo ojea brevemente y después alza la vista para mirarla.

–Más te valdría no leer nada que leer estas bobadas.

–Lo siento, miss.

Jenny está un poco sonrojada.

–Sí, bueno, ve a ver qué puedes hacer con White, por favor. Al menos, que no grite.

En su mente, Agnes White está sentada en un taburete de madera, entre los barriles de cerveza del Jolly Anchor. Hay ruido, movimiento, alegría. De repente ha vuelto a ser una joven de diecinueve años.

Pero entonces baja la vista: lleva un bebé en las entrañas. Se toca la cara; la nota un poco más redondeada y rojiza. Mientras se sostiene con una mano la barriga, que parece un globo, en la otra tiene un vaso de ginebra. Lo deja en la mesa, vuelve a llenarlo hasta arriba con una botella a medias de Cream of the Valley y echa un trago largo. El licor ardiente se le desliza con facilidad por la garganta, pero eso no le hace dejar de sentir el dolor de espalda, como si unos dedos de hierro le tiraran del vientre.

Se acaba el vaso y se levanta. Siente un mareo, como si fuese a caerse, pero consigue llegar hasta el espejo y mirarse la cara. Algo no está bien, eso lo nota, aunque no distingue qué es exactamente. Aunque también es cierto que ya hace veinte años o más que no se fía de su reflejo.

«¿Cuántos años? –se pregunta, contemplándose a sí misma–. ¿Cuántos años tienes? ¿Tantos? ¿En serio? Dios nos libre».

–¡Llévala a Nuestra Señora del Perdón!

–Será a Nuestra Señora del Pendón…

–¡Llévala!

Aggie White se pone en cuclillas frente a la chimenea del Jolly Anchor. Están discutiendo sobre ella, eso puede distinguirlo; quieren que vaya al asilo a que la atiendan; de fondo suena un violín que toca la misma melodía una y otra vez. Se levanta con piernas temblorosas, se apoya en una silla, esta resbala y se cae y ella también vuelve al polvo.

–Como lo tenga aquí, esto va a ser un buen lío.

Pero ya es demasiado tarde: aquí está. Debería sentir dolor, pero quizá ha olvidado esa parte. Es una niña, una bebita, está azulada por la sangre y grita hasta que por fin una mujer corta el cordón con una navaja.

Ahora no recuerda si esa fue Clara o Lizzie.

¿Lizzie?

–Quiero verla. Dígale que quiero verla.

–¿A quién, Aggie?

–¡A Lizzie!

–No te pongas nerviosa, querida. ¿Tu hija, dices? Era simpática. Seguro que vuelve –le dice Jenny mientras le acomoda la almohada–. Ahora descansa.

–Quiero verla y decirle que lo siento.

–Tú descansa, cariño. Ya se lo diré yo.

Philomena Sparrow deja de escribir y mira fuera. A estas horas Serle Street está tranquila; poco hay que ver, aparte de algún carruaje ocasional que sale de Lincoln's Inn. Coge la hoja impresa arrugada que le ha dejado Jenny y vuelve a leerla.

… el lamentable descubrimiento del cadáver de una mujer de cabellos de fuego, a la que se le suponen unos veinte años de edad, con el cuello roto y el cuerpo horriblemente contorsionado. Su identidad sigue siendo un misterio para la policía. Su asaltante, que, en un detalle macabro, estuvo sentado tan tranquilo a su lado durante el trayecto, en cuanto fue descubierto salió corriendo de la estación en dirección a Marylebone...

Se queda en silencio, pensando, durante un momento, y entonces se levanta y coge el gorro y la mantilla de un gancho en la puerta. Grita abajo:

—Jenny, voy a salir. Te dejo a cargo. Asegúrate de que todos sean puntuales para la cena.

—Sí, miss —dice la enfermera, que aparece en el rellano.

—¿Cómo está White?

—Parece que un poco más tranquila, miss.

—Bueno. Tienes a otros que atender, ¿verdad?

—Sí, miss.

—Volveré pronto.

Miss Sparrow abre la puerta principal, aún con el diario arrugado en la mano, y se pregunta cuál será el mejor camino hasta la comisaría de Marylebone.

Agnes White abre los ojos. Está sola en la habitación, y fuera oscurece. Se levanta, mira por la ventana y ve la figura de Philomena Sparrow, que camina hacia Lincoln's Inn Fields a la luz crepuscular. Busca sus botines, que están al lado de la cama, y se los pone a toda prisa.

Nadie se fija en ella mientras baja las escaleras, abre la puerta y sale a la calle.

Capítulo 13

A menos de un kilómetro de Lincoln's Inn, Decimus Webb está en las taquillas de la estación de Farringdon Street. El lugar en sí es solo una estructura de madera, rodeada por todas partes de obras y rejillas de protección, parte de las grandes excavaciones necesarias para reconstruirla en piedra, y de vías que se alejan en dirección al este. Pero, temporal o no, y habiendo el reloj marcado las cinco, el público ya está entrando en el edificio en grandes cantidades y bajando por las escaleras hasta los andenes.

–¿Cuánto tiempo dice? –pregunta Decimus Webb, incrédulo, siguiendo su conversación con un taquillero fuera de servicio, un hombre bajito, con un mostacho blanco y medio calvo que se encuentra a su lado, nervioso.

–Tres minutos, míster. Es la pura verdad. Que baje Dios y lo vea.

Decimus Webb agita la cabeza, aún nada convencido.

–Entonces, ¿anoche debió de tardar también tres minutos? ¿Desde aquí hasta King's Cross?

–Bueno, ayer estaban haciendo obras en Paddington. Eso pudo hacer que se demorara un poco.

–¡Ajá! Así pues, ¿cuánto tiempo anoche?

–Hum, diría que unos cuatro minutos.

–¿Cuatro minutos de retraso?

–No, míster: cuatro minutos en total hasta King's Cross. Algo así.

–Cuatro minutos no es mucho tiempo para matar a alguien, ¿verdad?

–Bueno, eso yo no lo sé, míster –responde el taquillero, un poco nervioso–. Yo estuve aquí todo el tiempo. Tengo dos testigos.

Webb hace un ruidito con la nariz, como si riera, y le da una palmada en el hombro.

–No se preocupe, míster Jones. No pensaba en usted como sospechoso. –Él asiente, aunque no le ha resultado gracioso–. Entonces, ¿estuvo usted mismo en la taquilla toda la noche?

Webb observa a la gente que entra en la estación, pero sigue hablando con el hombre que tiene a su lado.

–Sí. Desde las cinco hasta el cierre.

–¿Y no vio usted a la mujer en cuestión? Era pelirroja, imagino que bastante llamativa, atractiva.

–No que yo recuerde, míster, no. Quizá tuviese un billete de ida y vuelta desde Paddington o Baker Street. Quizá no buscara llamar la atención, si sabe a lo que me refiero.

–Ya –asiente Webb. De repente se vuelve hacia él–. ¿Ha dicho un billete de ida y vuelta?

–Sí, míster. Es lo normal en los trenes tardíos. La gente pocas veces viaja solo en un sentido, ¿sabe?

–Sí, buen hombre, lo sé… ¡Watkins! –clama el nombre con el mismo tono con que otro gritaría «¡Fuego!» o «¡Asesinato!».

Varias personas cercanas se sobresaltan, entre ellas el propio míster Jones, el taquillero. A Webb no parece preocuparle: se limita a saludar con la cabeza a todos los que se giran para ver de dónde ha salido el grito. Mientras, el sargento Watkins llega desde el andén, abriéndose paso a ligeros empujones por entre la melé de pasajeros que van en la dirección opuesta, y progresando gradualmente hasta donde se encuentra su superior.

–Con el debido respeto, míster, no soy un perro.

–Watkins, si fuese usted un perro yo solo necesitaría un silbido. Dígame: ¿tenía la víctima un billete?

El sargento piensa un instante.

–No, míster, no que yo recuerde.

–¿Y por qué?

–Quizá lo perdiese durante el forcejeo.

–¿El forcejeo?

–Cuando la estrangularon.

Webb no parece convencido.

–Es posible. Había billetes tirados por el suelo, ¿no? Creo recordar haber visto algunos.

–La gente insiste en hacer eso –interviene Jones, el taquillero–, por mucho que les decimos que lo conserven aun después de que pase el revisor.

–Pero dijo usted que ayer no hubo revisor.

–¿En el tren? No, no en el propio tren, míster. Por lo de las obras en Paddington; causó estragos en nuestras rotaciones.

–Entonces, ¿pudo la mujer subirse sin billete?

–Oh, no, míster. –El revisor frunce el ceño ante tamaña injuria a la eficiencia del metro londinense–. Teníamos a un hombre aquí en la puerta.

–He hablado con él, míster. No recuerda nada –confirma el sargento.

–¿No vio a la chica?

–No dice exactamente eso, sino que no recuerda si la vio o no.

–Caramba, eso sí que es vigilancia. –Webb pone cara de pensar un momento, y a continuación le ofrece la mano a Jones–. Creo que hemos terminado aquí. Gracias por su ayuda.

Míster Jones asiente y está a punto de irse cuando el sargento Watkins se dirige a Webb.

–Míster, también tengo a los hombres que trabajaron anoche en las vías. Le esperan en Baker Street, pero, si lo prefiere, puedo telegrafiar para que vengan aquí.

–No hace falta. Tomaremos el metro. Quizá nos inspire.

Watkins se muestra de acuerdo, y los dos empiezan a encaminarse hacia el andén cuando oyen una voz discreta a sus espaldas.

–Un momento, caballeros –les dice míster Jones–. Desearán ustedes un billete.

El tren en el que van Decimus Webb y el sargento Watkins sale lentamente de la estación de Farringdon. Un trabajador contempla la escena, parado ante las señales; lleva un impermeable grueso, el preferido de muchos en su misma profesión. El andén se ha vaciado de gente, al menos por un rato. Él mira el reloj de la estación, avanza, sube los escalones y sale hacia las taquillas.

–Buenas noches, Bill. ¿Has acabado?

–Pronto va a venir otro por el túnel. Que siga él.

–¿Vas a ir esta noche al Three Cups, Billy?

–Quizá.

Bill Hunt es un hombre corpulento, con la mandíbula cuadrada, el rostro endurecido y los hombros anchos típicos de los cuerpos acostumbrados al trabajo físico. No es muy hablador, y su colega no le pregunta más aunque el asesinato está en boca de todos. Enseguida se separan. Hunt va a la propia Farringdon Street, contra la marea de viajeros que caminan en la dirección contraria. Son más que nada oficinistas, y ese hombre alto del impermeable sucio resulta una rareza entre ellos. Mantiene la vista en el suelo entre el mar de desconocidos con sombreros de seda, y avanza poco a poco hasta Victoria Street, cruza el denso tráfico y sube por la cuesta que da a Hatton Garden. Sigue su camino predeterminado y al poco gira por una calle lateral, en uno de cuyos extremos hay un cartel que muestra tres cálices dorados, en referencia al *pub* Three Cups. Es un local pequeño, y sería casi invisible desde la calle de no estar iluminado por una gran farola de hierro, de un brillo poco adecuado para el estrecho pasaje en el que se encuentra.

El interior, sin embargo, y con el que William Hunt está bien familiarizado, no es tan luminoso, típico de los tugurios no tan elegantes como sus rivales más grandes de Drury Lane. Al igual que en estos, hay una barra de caoba, aunque con la madera manchada y astillada, y, también al igual que en estos, está iluminado con gas, aunque solo tiene dos lámparas. Naturalmente, también está el humo de tabaco, suspendido en el aire como la niebla, y el olor ubicuo a licor derramado. En resumen, es exactamente lo que un hombre de Clerkenwell espera de su *pub* local y, a pesar de la cantidad de barro en el suelo, las peculiaridades de la cerveza de barril que ofrece y el aire asfixiante, resulta lo bastante acogedor para la gente como Bill Hunt. Desde luego, él conoce bien a muchos de los que allí beben, y unos cuantos lo saludan al entrar, aunque le sorprende una voz en especial.

–¡Bill! ¡Qué sorpresa tan buena!

–¿Qué?

Mira alrededor y ve a Tom Hunt sentado en un rincón de la sala, sonriente, al contrario que su joven esposa, que está a su lado y con cara de malas pulgas.

–No esperaba verte durante una buena temporada, Tom Hunt –dice Bill con voz cansada.

–¿No? ¿A tu propio primo, sangre de tu sangre?

–Solo han pasado dos semanas. Y tenemos una cuestión pendiente de media corona, ¿no?

–Permíteme invitarte a un trago, ¿eh? –insiste Tom, ignorando el comentario anterior–. Voy a buscarte una cerveza de ajenjo. Sigue siendo tu preferida, ¿no?

Bill Hunt suelta un gruñido. No es un hombre ingenioso y, aunque le irrita el parloteo de su primo, está acostumbrado a él, igual que un buey cansado sufre las picaduras de un tábano.

–Venga, Bill, siéntate y tomemos algo.

Él lo hace, con desgana, y mira de reojo a Lizzie Hunt.

–¿Cómo va todo, viejo? –le pregunta Tom.

–La policía ha estado merodeando por el metro, haciendo preguntas –dice, tomando un trago largo del vaso de su primo.

–¿Ah, sí? ¿Por qué? ¿Has sido un chico malo?

–Yo no he hecho nada –se apresura a contestar Bill.

–Tom, no te metas con él –interviene Lizzie–. Ya sabes cómo acabaría la cosa. Hace un momento hablabas de eso.

Tom Hunt sonríe.

–Sí, lo de esa pobre chica. Estrangulada. Así que no fuiste tú, ¿eh, Bill? Esa es una buena. Dicen que siempre son los callados, ¿no, Liz?

–No, yo no fui –insiste Bill Hunt con dureza.

–Eh, no te alteres, viejo. –Tom se ríe a costa de su primo–. Solo es una broma tonta. Bueno, voy a por ese trago.

–¿Qué quieres, Tom?

–Bueno…, digamos que Liz y yo estamos teniendo problemas para encontrar piso.

Capítulo 14

El metro de Decimus Webb se detiene en Baker Street. Le dice al sargento Watkins que se adelante y un par de minutos después baja a las vías y las sigue hasta más allá del final del andén, donde hay un pequeño cobertizo de madera en el que los trabajadores guardan sus herramientas. Allí esperan el sargento y una docena de hombres más o menos, con ropa de tela o abrigos ennegrecidos por el polvo y las caras descubiertas, sucias como las de los mineros; todos ellos encogidos, sosteniéndose sobre sus picos y palas o con las manos en los bolsillos. No es que intenten evitar las miradas de los agentes; simplemente los ignoran.

–Caballeros –dice Webb–, como saben, el sargento Watkins los ha reunido aquí para que yo pueda hacerles unas preguntas. –Dos de los hombres lo miran de reojo, pero nadie dice nada. Webb, impertérrito, sigue–. En primer lugar, ¿cuántos de ustedes vieron el tren de anoche?

–¿Se refiere al último tren? –pregunta uno.

–Sí, el último tren.

La mayoría asiente o murmura algo que suena positivo. El hombre que ha hablado antes responde:

–Lo vimos todos. Nos ponemos a trabajar en cuanto se va.

–¿Y en qué consiste su trabajo?

–Arreglos, reparaciones, esas cosas. También están la estación nueva de Farringdon y la nueva línea. Todo eso hay que cuidarlo día y noche.

–Y, díganme, ¿vieron u oyeron algo en especial, fuera de lo normal, en relación con el último tren?

–¿Qué quiere decir? –pregunta de nuevo el mismo hombre.

–Quizá oyeron un grito o vieron algo en un vagón…

Dos de los trabajadores sonríen. La mayoría agita la cabeza.

–¿Qué les parece tan gracioso? –interviene Watkins, muy serio.

–Sin ofender –explica otro–, pero ustedes no han estado nunca en los túneles, ¿verdad? Cuando pasa el tren no se ve más que polvo y vapor. Y tampoco se oye nada excepto las ruedas. Aunque hubiera una orquesta de trompetas tocando no la oiríamos.

Webb hace una pausa. Contempla al hombre que acaba de hablar.

–Ya veo. Gracias, caballeros. Si se les ocurre algo más, por favor, hágannoslo saber. Creo que eso será todo por ahora.

Los trabajadores parecen sorprendidos por la brevedad de la entrevista, aunque aliviados por el hecho de que esta haya acabado. Webb sube los escalones de regreso al andén. Watkins lo sigue.

–Bueno, no es que esto haya valido mucho la pena –dice el segundo.

–No tenía nada más que preguntarles. Y tampoco parecían muy dispuestos a hablar.

–Pero está claro que el asesino lo tenía todo planeado, ¿eh?

–¿Que lo tenía planeado?

–Se queda a solas con la chica en el vagón. Nadie puede ver nada, nadie puede oírla gritar.

–¿Y alguien del siguiente vagón? ¿No la habrían oído?

–¿Con el ruido del tren? No creo.

–Quizá. Dígame, sargento, ¿sigue aquí mi velocípedo?

–Lo llevamos a la comisaría, míster. Por seguridad. Creímos que sería lo mejor.

–Mmm. Había pensado en volver a casa con él.

–¿Ya se vuelve a casa, míster?

–No creo que hoy pueda hacer mucho más. Tengo que pensar. Sé que hay algo que se nos escapa. Un momento, ¿qué pasa?

Mientras habla, un niño aparece en el andén. Viene corriendo desde la taquilla y va directo hacia los policías.

–¡Mensaje para el inspector Webb!

–Soy yo –dice él.

–El sargento Tibbs le pide que vaya a la comisaría, míster. Dice que es urgente.

–Qué curioso. Y dime, jovencito, ¿sabes de qué se trata?

–Ese era el mensaje, míster.

–Sí, pero ¿sabes a qué se refiere?

–Hay una mujer, míster. No sé más.

–¿Una mujer? Bien. Corre a decirle al sargento Tibbs que salgo para allá. Y también dile que si no se hubieran llevado mi velocípedo llegaría antes.

–¿Míster?

–Da igual. Aquí tienes un penique. Solo dile que enseguida voy.

El niño coge contento la moneda y echa a correr de nuevo a toda velocidad por entre la multitud que espera en el andén.

–Pues vaya con lo de acabar temprano hoy –murmura Webb.

Media hora más tarde, Decimus Webb entra en su despacho de Marylebone Lane.

–¿Inspector?

Philomena Sparrow vuelve la cabeza y se levanta de su silla.

–Soy yo. Pero siéntese, por favor.

Miss Sparrow lo hace, y contempla cómo él va al otro lado del escritorio, superando varios obstáculos en forma de montones de papel y de cuadernos, que no solo están sobre la mesa, sino también en pilas en el suelo, rodeándola.

–Me temo que llevo esperando una hora entera, inspector –dice miss Sparrow.

––Bueno –contesta Webb, una vez que ha alcanzado su objetivo y se sienta–, ahora que ya estoy aquí no voy a retenerla más que lo imprescindible. Tengo entendido que nuestro buen sargento Tibbs le ha mostrado ya…, hum…, a la fallecida.

–Puede decir el «cadáver», inspector. No me importa.

–¿Sí? Muestra usted un gran aplomo, miss.

–En mi profesión una se acostumbra a la muerte, inspector.

–Tengo entendido que es usted superintendenta del Refugio Holborn, ¿correcto?

––Por supuesto. Es justo lo que le dije a su sargento hace una hora. ¿Es que voy a tener que repetirlo todo?

–Es muy posible. –Webb sonríe–. Dígame, ¿cree haber reconocido el cuerpo?

–No tengo la menor duda, inspector. Se trata de Sally Bowker, una de nuestras chicas.

–Ya veo. ¿Y llevaba mucho tiempo con ustedes?

–Más o menos un mes.

–¿Tenía familia? De ser así, habría que notificárselo.

–Que yo sepa, no tenía. Tendré que consultar el registro, pero creo que era huérfana. Por supuesto, es difícil estar segura de algo así; las chicas tienen cierta costumbre de, digamos, utilizar su inventiva.

Webb coge un lápiz de la mesa y empieza a darle vueltas mientras habla.

–Lástima. Y, perdóneme que sea tan directo, miss, pero Sally era una magdalena, ¿me equivoco?

–De verdad, no hace falta que intente ser delicado para no ruborizarme, inspector. Sí, hacía la calle antes de reformarse.

–Ah. –Webb alza ligeramente las cejas–. ¿Y considera usted que estaba reformada del todo?

–Era una de las mejores chicas, inspector. Estoy segura de que ignora lo mucho que puede cambiar una mujer en un mes de trabajo duro y oración. No creo que se hubiera desviado del camino.

–Pero supongo que tampoco tendrá usted explicación para la presencia de ella en el metro. De ver a una joven, a cualquier joven, en el metro a esas horas, cualquiera se preguntaría qué hace allí. ¿O quizá estuviera haciendo algún recado para usted?

–No. –Miss Sparrow ladea la cabeza ligeramente–. A la hora de cierre del refugio aún no se había presentado. Me temo que no puedo darle a usted ninguna razón para que lo hiciera.

Webb sonríe, indulgente.

–Tampoco se la pido, miss. Dígame, ¿tenía, hum, Sally algún conocido en particular que deseara causarle daño?

–¿Algún conocido, inspector? No sabría decirle. Pero no tenía compañía fuera del refugio; al menos, que yo sepa.

Webb no replica a eso.

–¿Y no había nadie en su establecimiento con quien hubiera trabado especial amistad?

–No. De nuevo, que yo sepa –responde miss Sparrow.

–¿Y no sabría decirme usted por qué querría alguien… librarse de ella?

–No. Pero ese es su trabajo, ¿no, inspector? Y atrapar a ese lunático, quienquiera que sea.

–Por supuesto, miss. Desde luego que lo es. Simplemente no estoy convencido de que se trate de un lunático, como ha señalado usted.

–¿Qué otra explicación puede haber?

–Mi estimada miss, de saber yo eso ya, el asunto estaría concluido, y ni usted ni yo nos encontraríamos aquí ahora. Me pregunto si quizá podríamos visitarla mañana *in situ*, por así decirlo, y discutir la cuestión con más detalle.

–¿Es necesario? Eso molestaría a mis chicas.

–Me temo que es muy necesario, miss.

–Ya veo. Como desee. Bien, pues si eso es todo por el momento, ¿cree que puedo irme ya? Ya he estado mucho tiempo fuera.

–Por supuesto. Deme un momento y haré que un agente la acompañe.

–Se lo agradezco –dice miss Sparrow con educación pero sin gran tono de agradecimiento.

Webb se levanta y se dirige a la puerta, tropezando con una columna de libros por el camino.

–Será solo un segundo –dice, sacudiéndose el polvo de los pantalones.

–¿Y bien? ¿Qué le ha parecido, míster? –pregunta Watkins unos minutos más tarde, cuando la mujer ha salido del edificio.

–¿Miss Sparrow? Es inteligente. Creo que su preocupación por la chica era genuina.

–Tibbs dice que era como un pescado viejo, míster. Ha usado la palabra «ogro».

–¿Conoce usted a la esposa del sargento Tibbs, Watkins?

–No, no he tenido el placer.

–Pues puede usted estar seguro de que el sargento Tibbs no está en situación de hacer esa clase de juicios.

–Si usted lo dice, míster.

—Lo digo. Bueno, y ahora, ¿dónde está la condenada bicicleta?

—¿Ya se va a casa, míster?

—Sí, si me da usted su permiso, sargento. ¿No hemos tenido ya esta conversación?

—Vaya con cuidado, míster. Ya sabe que las calles son muy peligrosas de noche.

Capítulo 15

Mientras el inspector Webb se prepara para su regreso a casa, otra figura avanza lenta y solitaria por otra parte de la metrópolis: Agnes White.

Lleva dos horas o más caminando de un lugar a otro, y ni el más fino observador sería capaz de encontrar ningún método en su deambular. Aun así, mientras cae la noche y empieza a formarse una espesa niebla sobre el Támesis, algo impele a la anciana a ir hacia el este. Cierto, no sigue un camino directo; parece sentir preferencia por los callejones y las calles mal iluminadas en vez de por las más grandes, y no se aventura hacia estas últimas hasta que la niebla cubre la ciudad con un tupido velo de color marrón negruzco casi como la carbonilla, que al poco hace que todas las rutas parezcan impenetrables. Al acercarse al cementerio de Saint Paul es como si hasta la luz de las farolas tuviese que batallar contra la oscuridad: la hilera de estas que se elevan orgullosas en la calle, colocadas para iluminar la catedral, apenas lo consiguen. Pero Agnes White sigue, pasa de largo la gran iglesia y las librerías y editoriales por las que el barrio es famoso, aunque todas están cerradas ya a estas horas. Mantiene la vista fija todo el rato en el suelo, como si apenas pudiera ver unos metros más adelante, y sigue por el asfalto de Cheapside hasta el corazón nocturno de la ciudad.

Por fin llega al Royal Exchange y pasa frente a la señorial Mansion House, cuyo interior queda en parte visible a través de las altas ventanas; por puro azar entrevé cortinas de terciopelo y candelabros. Siente un ligero temblor y se ajusta instintivamente la mantilla, ocultando el rostro y los brazos. Un policía la ve pasar. No sería exagerado decir que puede confundírsela con una aparición espectral; desde la distancia parece que sea la ropa la que ha cobrado vida, sin que haya nadie dentro. Pero el policía no le presta mucha atención: está acostumbrado a visiones como esa.

En Doughty Street, Clara White coge una vela suelta, sin candelero, y sube las escaleras hasta su habitación. La comparte con Alice Meynell, aunque la asistenta de cocina aún está ocupada abajo, encargándose de las ollas y sartenes con los restos de la cena de los Harris. La verdad es que a Clara no le gusta mucho esa pequeña buhardilla de paredes encaladas: siempre hace frío, y el techo inclinado le resulta extrañamente opresivo; pero tampoco tiene ningún otro lugar adonde ir.

Deja la vela, se sienta sobre la manta de la cama y coge el hilo y la aguja de la mesilla. Pero no lo hace con mucha pasión: el uno se niega a acercarse a la otra y, cuando por fin consigue hacerlo pasar por el ojo, se pincha una y otra vez los dedos debido a la poca luz. Quería remendar una camisola que, la verdad sea dicha, necesitaría ser reemplazada por completo. Finalmente se rinde, la deja sobre la cama desganadamente y se gira para mirar por la ventana. Fuera apenas distingue los tejados de Doughty Street y, más allá, un denso bosque de ladrillos y tejas medio oculto por la capa de niebla oscura y espesa que rodea las casas. Aprieta la cara contra el cristal para ver cuán frío está, y siente en su mejilla la pequeña corriente de aire que se filtra.

Al cabo de un momento ya se ha dormido.

Agnes White camina durante una o dos horas más antes de cruzar el puente que pasa sobre el canal entre The East London y London Dock. En la oscuridad casi total siente el olor acre del río, la sucia corriente que pasa de largo Wapping Reach, y sonríe para sí misma.

Se toma un breve descanso; la verdad es que le duelen los pies. Unos minutos después pasa cojeando por delante de los almacenes de Old Gravel Lane y sale a High Street, donde una docena o más de *pubs* y licorerías compiten por la clientela que representa el sinnúmero de trabajadores del río, del puerto y marineros que hacen de Wapping su hogar temporal. Allí, como en todos los barrios de la capital, cada uno de esos alegres locales parecen competir por tener la lámpara de gas más grande sobre la entrada. Agnes White pasa frente a un establecimiento tras otro de los que tan bien conoce. Los gritos y el olor a cerveza le recuerdan un tiempo, no hace mucho, en el que habría entrado sin dudar en cualquiera de ellos.

—¿Cuánto? —dice un hombre con acento alemán, un marinero que se ha separado del grupo que va en la dirección contraria a ella.

Él le rodea la cintura con un brazo mientras ella sigue andando. «¿Cuánto?». Debe de hacer dos meses o más desde que le preguntaron eso mismo por última vez. Agnes piensa en lo sencillo que le resultaba trabajarse a los clientes en Wapping High Street: una breve incursión en el callejón más cercano o en la orilla cuando había marea baja; todo quedaba solucionado en un minuto o dos, a cambio también de un chelín o dos, según el grado de borrachera del hombre.

Pero ahora algo ha cambiado. Se siente incómoda, aunque no sabría definir por qué. Quizá, piensa, es que ya se ha vuelto muy mayor para eso. ¿O quizá sea por algo que ha dicho su hija?

Mira alrededor. El alemán se ha ido y está de vuelta con sus amigos, insultándola con palabras guturales en algún idioma que ella no entiende.

No importa. Tiene que seguir caminando.

¿Qué es lo que ha dicho Lizzie?

—Quiero ir a casa.

Lizzie White está acostada junto a su marido sobre una áspera sábana de lana extendida en el suelo de la pequeña habitación de Bill Hunt. Este duerme profundamente, todavía con la ropa de trabajo puesta, en la cama, en una esquina. Su esposo, por el contrario, se abrocha los botones de la cremallera y se sienta en el suelo, apoyando la espalda contra la pared. Lizzie se alisa la falda y se sienta a su lado, recostándose en el hombro de él.

—No tenemos casa, ¿recuerdas? Nos echaron. Por eso estamos aquí.

—Me da vergüenza con él aquí mismo.

Mira hacia la figura tumbada del primo de su marido. Tom Hunt sonríe.

–Es como si estuviese muerto. ¿Qué más da?

Lizzie no responde, pero se arrima más al pecho de él en busca de calor.

–Tendrías que lavarte –le dice Tom.

–Seguro que este no tiene agua.

Su esposo mira alrededor para confirmar las sospechas de Lizzie, y lo acepta con un gruñido.

–Entonces mejor que te pongas en marcha ya.

Él le acaricia una mejilla. La mujer se sobresalta ligeramente y se incorpora.

–¿Tengo que hacerlo, Tom? ¿Esta noche?

–Sobre todo esta noche, después de lo de la mañana. Necesitamos el maldito dinero. Venga. –Le da un empujoncito, no muy fuerte, justo lo suficiente como para apartarla de sí–. Y no vuelvas dentro de cinco minutos.

Ella asiente con expresión resignada. Se levanta, encuentra los botines y se los pone.

–Ven –le pide Tom, haciéndole un gesto para que vuelva a acercarse.

–¿Qué? –pregunta ella con voz cansada.

–Cuando lo haces con ellos piensas en mí, ¿verdad? Como te dije.

–Sí.

Él sonríe, se levanta y le da un beso en la mejilla.

–Buena chica. Eso es lo mejor.

Capítulo 16

Una conversación

–¿Lugar de nacimiento? Nací en Wapping, míster, junto al río. En el Jolly Anchor.

–¿En un *pub*?

–Sí, míster.

–Curioso lugar.

–Cosas de mi madre, míster. Estaba bebiendo allí.

–Ajá. ¿Y cómo se llama su madre?

–Agnes, míster.

–Agnes White, ¿verdad?

–¿La conoce?

–De pasada. Dígame, ¿a qué se dedica su madre?

–Prefiero no decirlo.

–Venga, dígalo. Puede ser sincera conmigo.

–Rima con «fruta».

–Ah. Ya veo. ¿Y su padre?

–Seguramente trabajaba en un barco que comerciaba con las Indias y que por entonces estaba atracado en Saint Kats. O eso creía mi madre. No sé más, míster.

–Ah, un marinero. ¿Y tiene usted hermanos o hermanas?

–Solo una que viviera más de un año. Lizzie.

–¿Una hermana? ¿Y está viva? ¿Qué edad tiene?

–Ha cumplido los catorce.

–¿Y su madre las crio a ustedes dos por sus propios medios?

–Y mi abuela. Tenía una casa grande junto al río, cerca de Wapping Stairs. Gravehunger Court. Alquilaba habitaciones. A veces vivíamos con ella.

—Y dígame, Clara, ¿le gusta la vida que lleva usted ahora? ¿Se está adaptando bien?

—No, míster, no me gusta mucho.

—¿Cambiaría usted, de tener la ocasión?

—Cambiaría en un periquete, si tuviera algo mejor. Pero no lo tengo.

—Es usted una buena chica. Y es una suerte que yo la haya conocido, querida. Toda una suerte para usted, puede estar segura. Me llamo Harris. Doctor Harris.

Alice Meynell sube silenciosamente a la buhardilla de Doughty Street. Ve a su compañera de habitación junto a la ventana. Tiene una vela apagada en la mesilla de noche. Alice apaga la suya y convence amablemente a Clara, que está medio dormida, de que se tumbe en la cama, como Dios manda. Después tira de la sábana para poder acostarse ella misma a su lado. Se desata los botines, se quita el vestido, el corsé y las enaguas y, ya en camisola, se mete en el lecho que se ven obligadas a compartir.

En la oscuridad contempla un momento el rostro de su compañera y se pregunta qué estará soñando.

Clara frunce el ceño.

Su interrogador ha desaparecido y, como sucede a menudo en las horas de inconsciencia pasada la medianoche, se ve a sí misma en el exterior, mirando al primer piso de una casa junto al río, la de su abuela, en Wapping. Es un lugar viejo y destartalado. En sus tiempos fue el hogar de un próspero mercader. Ya no. Ahora ofrece «habitaciones».

Vuelve a cambiar.

Mira por la ventana. Fuera, en el patio donde estaba antes, el nivel del agua del río ha subido hasta la altura de los talones; está llena del típico cieno londinense, mezcla del barro de la orilla, la basura de los residentes de los edificios cercanos y cosas mucho peores.

¿Cómo ha llegado a ese punto?, se pregunta. Ah, sí. Su abuela se negó a irse. Su madre le grita:

—¡Ahora nos vamos a ahogar e iremos al infierno juntas!

Observa el agua. Entra sin parar, pero no en grandes torrentes: se va filtrando, sin prisas pero sin pausa, por las grietas entre los ladrillos, y asciende por las escaleras y los rellanos. Poco a poco va creciendo el nivel, hasta el punto de que ya se forma una corriente entre los edificios, que arrastra pieza a pieza los restos de la vida diaria Támesis adentro: sillas, mesas, cacerolas, sartenes. Una falda, un vestido, un ejemplar del *Daily News*. Todo se aleja.

Pero nada de eso supone ninguna clase de limpieza. Clara sabe que cuando la marea baja no deja atrás nada que celebrar. ¿Cuánto tarda? No está segura.

Ahora, en todas las casas, en todos los almacenes junto al muelle, sus habitantes expulsados regresan y comprueban que el río ha dejado marcas indelebles que señalan hasta qué punto ha llegado la ambición del río. Mire hacia donde mire Clara, hay barro por todas partes, un mugriento sirope adherido a las paredes por fuera y por dentro, un fango negro repugnante que va a costar Dios y ayuda lavar, rascar y fregar.

Apesta a suciedad y a podredumbre. La madre de Clara llora. Y no es de llorar a menudo.

Oye fuera los gritos de su hermana pequeña.

–¿Lizzie?

–¿Qué? Despierta, Clara.

–¿Lizzie?

–Despierta, Clara. Estás soñando.

Clara White se da la vuelta. Mira el techo inclinado, reconoce la buhardilla y la voz de Alice, la ayudante de cocina, que está acostada a su lado.

–Estabas soñando con tu hermana, ¿verdad?

–Lo siento. ¿He dicho algo?

–La estabas llamando.

Clara se queda pensativa un momento, intentando recordar.

–Ayer fue a ver a mi madre.

–Sí, me lo dijiste. ¿Qué tiene eso de malo?

–Yo creía que ya no se hablaban.

–¿Por qué?

–No importa. El caso es que Lizzie se escapó con alguien, un hombre que conocíamos, y ya hace un año que no sabíamos nada de ella.

–¿Y quién era ese alguien?

–Tom Hunt.

–¿Y ya está?

–¿Qué quieres decir?

–Que qué era. ¿Carnicero, panadero? ¿Era guapo, delgado, gordo?

–¿Tom? Tom no sirve para nada. A saber cómo o qué estará haciendo Lizzie ahora.

Lizzie Hunt espera en la colina de Saffron Hill, con expresión taciturna y la cabeza descubierta al frío y húmedo aire nocturno, dándose palmaditas a los lados para calentarse, observando por entre la niebla. Se le acerca una figura, al principio poco más que una mancha pero que va cobrando definición. Camina con paso dudoso, es un hombre de pinta dura, con gruesas patillas descuidadas y el familiar toque de ginebra en el aliento.

–¿Podemos ir a alguna parte? ¿Dos libras bastarán? No tengo más.

Ella asiente.

–Si quieres, sé de un lugar cómodo. No está lejos.

Lo coge del brazo y se alejan juntos hacia Victoria Street.

SEGUNDA PARTE

Capítulo 17

Por la mañana

La niebla se ha levantado un poco, aunque sigue habiendo un perceptible vaho negruzco que oscurece calles y callejones. Además, durante la noche la atmósfera del exterior se ha filtrado en las casas como un intruso silencioso, a través de las ranuras para las cartas y las rendijas de las ventanas que no cierran bien; el olor se pega a la tela y las cortinas. Así, cuando el desayuno aparece en las mesas de la metrópolis, el hedor residual típico de las noches londinenses añade un toque familiar de carbonilla y azufre a los olores más agradables que proceden de las cocinas.

Pero en el comedor de la residencia de los Harris, Clara White está demasiado preocupada como para prestar atención alguna a los estragos de la niebla. Tiene el ceño fruncido, concentrada en colocar estratégicamente sobre la mesa el ejemplar del *Times*, de forma que quede alineada con el portatostadas, un gran ejemplo de la calidad de los productos de Sheffield y que ocupa un lugar de honor en la cubertería de la familia. Solo deja de mover el diario cuando está segura de que su posición no va a interferir en el disfrute del desayuno del doctor Harris, pero tampoco va a impedir que pueda hojearlo someramente. Entonces coloca el servicio de té, también de plata pulida, a la izquierda del diario, de acuerdo con las costumbres domésticas, y dejando un espacio para los varios platos y cubertería. Si la tapa de la tetera tintinea un poco cuando Clara la deposita sobre el mantel de damasco, es solo porque la misses de la casa, al contrario que el buen doctor, ya ha aparecido y se ha sentado a la mesa. De hecho, misses Harris observa los movimientos de la sirvienta con la misma atención crítica que una mujer de menor distinción reservaría para juzgar el talento del *corps de ballet* de la Ópera; así, a Clara no la sorprende oír que la disposición de los cuchillos está «de todo punto mal» y la de la pasta de anchoa es «original en exceso». Esa clase de juicios tan atentos es algo que se oye casi a diario en la residencia de los Harris y que aterra las mañanas de Clara. El ruido del doctor Harris en las escaleras y su entrada en la sala, con su batín azul marino, es lo único que consigue poner fin a la tortura. Con un leve asentimiento de cabeza Clara es excusada para que vaya a toda prisa a la cocina a buscar los huevos pasados por agua, el beicon y los fiambres.

Clara lleva a cabo la misión con una rapidez admirable, de forma que, para cuando vuelve al comedor, el beicon aún crepita y de los huevos sigue saliendo un fino vapor. Pero no obtiene ni una sola palabra de agradecimiento por parte de la misses, concentrada ahora en alisar hasta la perfección las mangas de su vestido pagoda, y que son de un ancho que hace peligrar la verticalidad del portatostadas. La única recompensa que recibe Clara es una sonrisa del querúbico doctor, que contempla satisfecho la comida dispuesta ante sí y exclama con deleite:

–¡Ah, huevos!

Ese sencillo pero sentido comentario es suficiente para hacerla volver abajo ligeramente más alegre. Mientras baja, el reloj de pared de la sala marca las nueve en punto, y Clara le dedica una agradable sonrisa a Cook al entrar en la cocina.

–¿Ha quedado algo de beicon?

Cook la mira con cierto grado de complacencia y satisfacción, y se limpia la sal de los labios con un trapo.

–Lo siento, querida, no.

Como en todas las casas, hay cosas que hacer después del desayuno, y ya son más de las diez cuando Clara White, con su mantilla de invierno, puede salir con el pretexto de ir a buscar el libro que le falta al doctor Harris. Sube los escalones de la entrada y sale a Doughty Street con un suspiro de alivio. Echa a caminar por la calle, sin dejar de pensar en su madre ni por un momento.

La niebla ya casi ha desaparecido. Aún hay unos pocos empleados y personal que van camino de Gray's Inn, pero hace rato que la mayoría están ya en las oficinas. Las calles están casi vacías, excepto por los rezagados y mensajeros ocasionales. Lo que no falta, por supuesto, es el ruido constante del tráfico, el eco sin fin de ruedas de hierro que resuena por todas partes, y Clara no tarda en oír los gritos lejanos de un vendedor callejero que ofrece y remienda ropa. Pero no hay nadie que le dificulte el paso mientras avanza por Jockey's Fields, el viejo camino que sigue el alto muro de Gray's Inn hacia Lincoln's Inn Fields. Va con paso rápido, con una mano en el bolsillo del delantal, oculta bajo la mantilla, protegiendo el botellín que le ha comprado a su madre.

Pero ante los escalones del refugio duda un instante: oye cómo en el interior discuten un par de voces a viva voz. Eso en sí no es nada raro en el establecimiento de miss Sparrow; las fricciones entre residentes son casi diarias. Lo notable es que una de esas voces parece la de la propia Sparrow. Aun así, llama al timbre, consciente de que hace rato que ha pasado la hora de las visitas. La puerta se abre lentamente y muestra a la enfermera que le había hablado el día anterior, y que ahora tiene la cara ligeramente enrojecida.

–¡Oh! –dice, sorprendida–. No la esperaba.

–Perdone. Sé que ya no es hora, y tampoco podría quedarme. Es solo que tengo algo para mi madre. –Saca la botella–. La medicina de la que hablamos.

Por un momento la chica parece dudar.

–Ah, sí. Bueno, mejor que entre y hable con miss Sparrow.

–No, en serio, no es necesario. Con que usted se la dé a mi madre…

–Me parece que sí que es necesario. Por favor, pase, miss. Todo esto es un poco incómodo.

Clara White entra, confusa y reluctante, y espera en el salón mientras la enfermera va apresurada al despacho de miss Sparrow, intercambia con ella unas breves palabras, vuelve a salir y le pide que pase. Philomena Sparrow la espera de pie, las manos a la espalda, la cabeza bien alta; pero no mira a los ojos a su visitante y, de hecho, no parece sentirse nada cómoda.

–No la esperábamos, miss White.

–Lo siento, misses. No pretendía entrar; sé las horas de visita. Me han pedido que lo hiciera.

–En realidad me alegro de que haya sido así. Me temo que tengo que darle malas noticias. Por lo visto, su madre ha decidido esfumarse de nuevo.

–¿Esfumarse?

–Se ha ido, miss White. Sin despedirse siquiera.

–¡Pero si está enferma! ¿Cuándo ha sido?

–Anoche.

–¿Y la dejaron salir?

–Esto no es la Bastilla, miss White. Yo estaba ausente por otros asuntos y ya he reprendido a Jenny, aunque, como bien sabe usted, aquí no mantenemos encerradas a nuestras pacientes.

Clara frunce el ceño, pero antes de que pueda aclararse las ideas llaman con fuerza a la puerta de entrada, donde ella misma estaba un momento antes. El sonido resuena por el pasillo. Observa cómo miss Sparrow va enseguida a la ventana y mira abajo, hacia los escalones. Cuando se vuelve de nuevo y la mira, Clara no puede evitar fijarse en lo fuerte que agarra el respaldo de su silla al hablar, con los brazos rígidos como vigas de hierro.

–No hay nada más que pueda decirle, miss White. Esta es la última vez. Puede decirle al doctor Harris que ya no tenemos plaza aquí para ella.

–Pero le prometo que…

Sus ruegos se ven interrumpidos por una nueva llamada, esta vez a la puerta del estudio, y Jenny entra, cautelosa. Está acompañada por la abultada figura de Decimus Webb, también con el rostro enrojecido, en su caso debido al ritmo vivaz que ha mantenido sobre dos ruedas por las calles de la ciudad.

–Lo siento, miss –dice Jenny, apurada–, pero este caballero…, en fin, siendo policía, he pensado que era mejor no hacerlo esperar.

Clara mira de reojo al hombre y parpadea. Algo en la palabra «policía» y en ese uniforme azul le produce una alteración sutil en su postura, y mira al suelo como si estuviese recibiendo una reprimenda muda.

—Gracias, Jenny, eso será todo. Y creo que usted y yo hemos concluido nuestra conversación, miss White.

Esta última alza la vista, como dispuesta a responder algo, pero vuelve a ver a Webb y cambia de idea. Se vuelve para salir, aunque, antes de que pueda, el inspector interrumpe su progreso.

—Un momento, por favor. ¿Quizá pueda presentarnos usted, miss Sparrow?

La mujer frunce los labios.

—Muy bien, inspector. Esta es Clara White, una de nuestras antiguas residentes. Miss White, este es el inspector Webb.

—¡Miss! —susurra Clara con urgencia, pero demasiado tarde como para prevenir la revelación.

—Miss White —continúa miss Sparrow—, no necesita ocultar su pasado al inspector. Todas estamos orgullosas de los progresos que ha hecho usted.

Clara se sonroja una vez más y evita la mirada curiosa del inspector, que sonríe.

—Ah, ya veo. Estoy segura de que su éxito se debe a usted, miss Sparrow. Me imagino que debe de ser una alegría ver que a una de sus pacientes le está yendo tan bien.

—Desde luego.

—Bien. Supongo que no necesito tanto hablar de sus antiguas residentes como de las actuales.

—Por supuesto —se apresura a responder miss Sparrow—. Puede retirarse, miss White.

Clara asiente y sale a paso rápido. Las mejillas aún le arden. En el pasillo se encuentra una vez más con Jenny, muy cerca de la puerta, que finge alisar el abrigo del inspector, que está colgado de un gancho.

—No sabía que había estado usted aquí —susurra la chica—. Viéndola, nadie lo diría.

Clara le dedica una leve sonrisa. Parece deseosa de cambiar de tema.

—¿Qué hace aquí la policía?

—Bueno, no se lo creerá, pero ¿sabe la chica de la que habló usted ayer...?

—Una criatura nerviosa, miss —observa el inspector Webb una vez que Clara ha salido.

—Ya puede usted decirlo —responde miss Sparrow, y sonríe ansiosa—. Supongo que todos estamos un poco nerviosos. Este asunto es muy desagradable, inspector.

—Sin duda —dice Webb.

Capítulo 18

Clara White sale del Refugio Holborn para Mujeres Penitentes pensativa y preocupada, tanto por haber sabido de la desaparición de su madre como por las revelaciones de la enfermera sobre la muerte de Sally Bowker. Pero es el ansia instintiva por poner distancia entre ella y la figura del inspector Webb, aún visible tras la ventana de miss Sparrow, lo que la hace apresurarse por Serle Street; una prisa que resulta ser excesiva, ya que no oye el traqueteo de un taxi que se acerca desde la entrada del cercano Lincoln's Inn a una velocidad que hace pensar que el caballo ha sufrido un ataque de pánico, aunque la verdadera causa es la oferta que ha hecho el pasajero al conductor de medio soberano a cambio de que vaya lo más rápido posible. Es bien sabido que esa clase de promesas nunca caen en saco roto entre los Hermes del transporte de pasajeros, lo que conduce de forma inevitable a un uso liberal del látigo. En este caso, y como en tantos otros, eso casi provoca una colisión. Al final es imposible saber si se debe a la habilidad del conductor el que no acabe atropellando a Clara, ya que no ha sido así por muy pocos centímetros. Quizá pueda asumirse que él mismo lo achacaría a su dominio de la conducción. Desde luego, resulta todo un tributo a su impecable ecuanimidad el que, una vez que comprueba que solo ha hecho caer a Clara al suelo sin que parezca haberse roto nada, resuma sus observaciones sobre la cuestión a un breve «¡Eh, mire por dónde va!», tras lo cual gira por Carey Street haciendo patinar las ruedas sobre los resbalosos adoquines. Pero sí, algo se ha roto: el botellín del Sedante Balley's que era para la madre de la chica ha salido volando con la caída de ella, para partirse en una docena de pedazos al aterrizar a su lado.

—Permítame ayudarla a levantarse, miss.

Clara alza la vista, un poco mareada pero ilesa, y se agarra reluctante al brazo de un joven que parece haber aparecido de repente junto a ella, atractivo aunque no muy bien vestido. Pero está demasiado preocupada por los restos del botellín roto como para notar que hay algo raro en la voz y los movimientos de él, que parecen contradecir su pobre apariencia.

—Me temo que ya no tiene arreglo –sigue, mirando los trozos de cristal y empujándolos con un pie tras la reja de una alcantarilla–. Confío en que no contuviese nada de valor. Al menos tiene suerte de haber quedado de una pieza usted misma. ¿Siente algún dolor?

Clara le suelta el brazo e intenta limpiarse la ropa con las manos.

—No –contesta, aún con el aliento un poco entrecortado–. Nada de valor. Nada de dolor. Gracias, y perdone, pero debo irme.

Sin añadir nada más ni dedicarle una sonrisa a su salvador, se aleja apresuradamente.

Él la observa entrar en Lincoln's Inn Fields. Echa un largo vistazo al Refugio Holborn para Mujeres Penitentes, como ponderando algo en su mente, y a continuación decide seguirla a cierta distancia tras tomar una nota en su diario.

Accidente con un carruaje.

—Dígame, miss, ¿cuántas tiene? –pregunta el inspector mientras mira distraído los libros del estudio de miss Sparrow.

—Hace usted que suene como si lo que hubiese aquí fueran gallinas, inspector. En este momento hay veinte, o más bien debería decir diecinueve mujeres.

—Tendré que hablar con todas ellas. ¿Diecinueve, no veinte, dice? Estaba pensando en la chica muerta, supongo.

—No. Ayer nos dejó otra.

—¿Las dejó? ¿Quiere usted decir…?

—No, no ha muerto. Se escapó, aunque creo que volveremos a verla.

—¿Que se escapó? ¿De la misma forma que Sally Bowker también se escapó?

–Por favor, inspector. No es nada de eso. ¿Qué insinúa? Agnes White acostumbra a tener pequeñas recaídas; nada fuera de lo normal, se lo aseguro. Nunca ha conseguido estar un mes entero con nosotras sin cometer alguna infracción. Por el contrario, Sally era una buena chica, y muy respetuosa con las directrices del refugio.

–¿Y permite usted que la tal White las incumpla a menudo?

–Intentamos ser caritativas, inspector. Pero esta vez ha sido la gota que ha colmado el vaso.

–¿Conocía ella a la chica muerta?

–Compartían habitación, pero no creo que fueran íntimas. Este último par de meses Agnes ha estado enferma; eso en sí mismo ya la hacía comportarse mejor.

–¿Así que compartían habitación? Me sorprende usted, miss. ¿Cómo es que yo no sabía nada de eso?

–Agnes solo se fue anoche. ¿Cree que es importante?

–Es bastante coincidencia, ¿no? Un momento. ¿Dice que se llama White? La joven a la que acabo de ver…

–Es la hija de Agnes. Mucho más equilibrada. Uno de nuestros éxitos, como ya he mencionado.

El inspector sonríe.

–Así que es su hija… Ya veo. En fin, supongo que es bueno que las profesiones pasen de padres a hijos. Me temo que tendré que volver a hablar con ella cuando acabe aquí.

–No creo que haya problema. Pero el trabajo que hacemos aquí no es como para tomárselo a broma, inspector.

–No, miss. Sinceramente, no me lo tomo a broma en absoluto.

Clara White camina apresurada rodeando la plazoleta de Lincoln's Inn Fields. Sus movimientos denotan cierta agitación: tiene la mirada baja, como si estuviera pensando en algo horrible, no para de arreglarse el vestido con las manos, y casi topa con varias personas, aunque consigue evitar el tráfico a los lados de la plaza. Solo se detiene cuando ya casi ha dado una vuelta completa, al llegar a la esquina de Portugal Row, de donde parten las callejuelas que conducen a Clare Market. Alza la vista, como si de repente hubiera reparado en algo o alguien. Duda un momento, pero enseguida se dirige a las estrechas calles.

Avanza rápidamente, ya que las aceras de Clare Market, aunque repletas de un caos de puestos y carros, están vacías de productos y personas; el mercado no abre cada día. Es cierto que sigue habiendo atracciones para los transeúntes, principalmente las carnicerías, que casi nunca cierran. Si un desconocedor dudara de si ha dado en esos irregulares callejones con el famoso mercado, solo tendría que fijarse en el aroma prevalente y único del barrio: huele a una mezcla de verdura vieja y carne podrida, el intenso resultado de la actividad de las triperías de la zona, las delicadas texturas de la sangre de cerdo y las hojas de col. Según dicen los más ingeniosos del lugar, «huele que alimenta». Pero a Clara White el mercado le es tan familiar que ignora fácilmente el olor y los gritos de los carniceros. Igualmente, donde una media docena de proveedores de menaje del hogar se han reservado un espacio para exponer su mercancía, ella lo rodea sin apenas prestarle atención; tiene la mirada fija en una mujer a media distancia que camina lentamente y casi haciendo eses en dirección a Drury Lane y el Strand. Es una anciana con un vestido azul de lana y una mantilla bastante sucia, un sombrero de paja con una cinta y una cesta de la compra de rejilla en la mano. Cojea, por lo que Clara la alcanza enseguida, pero no le habla ni le llama la atención; por el contrario, se asegura de mantenerse a cierta distancia, parando a ratos para no acercarse demasiado a ella.

La anciana se detiene por sí misma al cabo de unos cinco minutos, en Wych Street. No es un lugar precisamente atractivo donde hacerlo, apenas una continuación zigzagueante de Drury Lane que va a parar al Strand, y famosa únicamente por el Olympic Theatre, de nombre mucho más ampuloso que su realidad. Sí hay una buena cantidad de librerías e imprentas que muestran en sus escaparates grabados y alguna caricatura ocasional sacada de la revista *Punch*. Unas pocas de ellas exhiben también ejemplares de literatura poco modesta que no serían bienvenidos en un hogar decente. Como consecuencia de ello, y aunque estrecha y oscura, Wych Street nunca carece de viandantes: ante cada establecimiento hay pequeñas multitudes de observadores, hombres, mujeres y hasta niños, que aprietan las narices contra el cristal, comentando algunos lo «escandaloso» de que se muestren en público esas cosas. Y es que uno podría pasarse un día entero en esa calle yendo de un escaparate a otro y haciendo alguna que otra pausa ocasional para examinar los libros y rarezas antiguas colocadas en mesas caóticamente dispuestas en la acera. Es sin duda con tal intención que la anciana se detiene ante una tienda en concreto, donde ya hay una congregación de cinco o seis personas. Un cartel en el escaparate anuncia LIBROS E IMPRESIONES. CURIOSIDADES FRANCESAS.

Clara White también se detiene, detrás de ella.

–¿Es la lista completa, miss?

–Sí, inspector, como ya le he dicho. Todas las chicas que han estado con nosotras durante los últimos seis meses, y una lista de los familiares y visitantes de todas ellas, con fecha y hora.

–Muy completo, miss. Admirable.

–Lo hacemos lo mejor que podemos, inspector.

–Veo que miss White ha venido regularmente estos últimos días.

–Está preocupada por la salud de su madre. Comprensible, supongo.

–La misma madre que ayer se perdió en la noche, ¿verdad? Su salud no puede ser tan mala.

–Comparto su opinión. Diría que lo único que tiene mal de verdad es su estado mental. Nunca le he visto mucho más.

–¿Nunca ha visto a un médico durante su estancia aquí?

–En dos ocasiones. Y añadiría que a precios considerables. Se mostraron de acuerdo conmigo.

–Bien. ¿Puede proporcionarme la dirección de la hija, miss?

–Como le he dicho ya, inspector, seguro que podemos arreglar algo.

–Con la dirección bastará, miss. ¿O supone alguna dificultad para usted?

–No, es solo que…, bueno, Clara White pertenece al servicio

de uno de nuestros patrocinadores, el doctor Harris. Él corrió con los gastos tanto de Clara como de su madre. No querría que pensara que aquí hay algo raro…

–No puede usted ocultar el asesinato, miss. Ya ha salido en todos los diarios. Me sorprende que no haya aún una multitud de curiosos a la entrada. Pero los habrá, se lo aseguro.

–¿Qué quiere usted decir? Pero si esto de Agnes tampoco es nada del otro mundo, aunque puede hacerle creer al doctor Harris que este lugar es un caos, cosa que está muy lejos de la realidad, inspector.

–Estoy seguro de que nadie va a pensar algo así, miss. Si eso la tranquiliza, haré cuanto pueda por ser discreto.

–Muy bien. Aunque estoy convencida de que Clara no tiene nada que ocultar, inspector.

–No he dicho que lo tenga, miss.

Frente al escaparate, Clara White se da la vuelta, en apariencia con la intención de irse. Pero justo en ese momento pasa un carro, haciéndola tropezar en el bordillo y caer hacia atrás, contra un hombre alto y bigotudo con traje de día verde oscuro y que también estaba parado ante el cristal; sin querer ella le hace soltar el bastón de un manotazo antes de aterrizar torpemente en la acera. Pero es una situación muy diferente a la anterior en Serle Street, aunque muy convincente para el público. Mientras la ayudan a levantarse, nadie parece preocuparse demasiado por el estado de Clara excepto la anciana a la que ha estado siguiendo, y que le dedica expresiones de sincera preocupación, la coge de la mano y le pregunta por su estado físico y emocional, y recibe respuestas tranquilizadoras en cuanto a que se encuentra bien. Una vez que Clara se aleja con el monedero de la anciana, que ha sacado hábilmente de su cesta de la compra, la mujer, que no se ha dado cuenta de nada, simplemente murmura «pobrecilla».

Minutos más tarde, Clara se oculta en un callejón a un lado de Portugal Street y cuenta el dinero de la anciana. Le cuesta controlar el temblor de las manos. La verdad es que llevaba meses sin hacer algo tan peligroso. Al menos, el dinero será suficiente para sustituir el botellín de medicina roto y pagar la cuenta farmacéutica de los Harris antes de que reciban una solicitud al efecto.

Respira hondo y vuelve a cruzar Lincoln's Inn, en cierto modo igualmente avergonzada y encantada por su éxito.

Durante un momento tiene la curiosa sensación de que alguien la está observando.

Capítulo 19

–¡Damas y caballeros, damas y caballeros! Tres dedales y un humilde guisante. Los muevo así. Un penique es el precio para jugar, dos peniques es el premio. Venga, no sean tímidos.

Es pasado el mediodía, y Tom Hunt está sentado en los escalones de una casa de Saffron Hill, llamando a los transeúntes, con un cartón en equilibrio en el regazo y, sobre este, tres dedales oxidados hechos de algún metal indistinguible. Bajo uno de ellos coloca con cuidado un guisante seco, y empieza a mover los dedales, intercambiándolos de lugar, con movimientos lentos al principio y más rápidos después. Pero el único que se detiene a mirar es un niño harapiento, que parece pensar que la vista en sí ya es entretenimiento suficiente y no contemplaría invertir un penique ni aunque lo tuviese.

–¡Usted, míster! ¿Qué me dice? ¿Le apetece dedicar un penique a un juego de habilidad? –Tom se dirige a un hombre no menos harapiento que se acerca en su dirección desde el estrecho callejón de enfrente, que da al Three Cups–. Sí, míster: habilidad. Yo no lo llamaría suerte. No, yo no. Aquí lo que se necesita no es suerte sino tener un par de ojos buenos en la cabeza. Eso es lo que requiere este juego, míster. Aunque no muchos los tienen, ¿eh? Pero usted parece listo.

El hombre afloja el paso y sonríe, pero niega con la cabeza. Tom Hunt le devuelve la sonrisa, aunque con menor entusiasmo, y se dispone a seguir su discurso con la siguiente persona que pasa por allí, aunque enseguida ve que sería un esfuerzo inútil.

–¡Bill! –exclama al ver a su primo–. ¿Cómo es que estás levantado? ¿Hoy no te toca el turno de noche?

Bill Hunt se encoge de hombros.

–No podía dormir.

–¿Lizzie ha vuelto a casa?

–¿«A casa»?

–Un lapsus, Bill; me refería a tu habitación, claro.

–¿Vais a quedaros mucho más?

–Por supuesto que no –responde Tom con gran énfasis, aunque su primo no parece convencido–. Bueno, ¿está Lizzie o no?

–No. Al menos cuando me desperté. ¿Qué quieres de ella?

–Un hombre puede preguntar por su propia esposa, ¿no?

–Sí, puede.

–Bueno, pues es posible que nos haya conseguido un poco de dinero. Así podremos devolverte la media corona que te pedimos prestada.

Bill Hunt frunce el ceño y se toma un momento para contestar, como eligiendo las palabras con cuidado.

–No estoy seguro de querer el dinero, dado cómo lo habrá ganado.

Tom Hunt pone expresión de sorpresa y suelta una risotada.

–Así que no estás seguro de quererlo, ¿eh? –imita con tono burlón–. Hay que ver. ¿Últimamente vas mucho los domingos a misa, Bill?

–Solo digo que no es bueno para alguien tan joven como ella, eso es todo.

–¿Y para mí sí que es bueno? –le reprocha Tom–. ¿No crees que me pesa en la conciencia el tener que hacerle hacer eso?

–Entonces deberías hacer algo al respecto.

–Ya lo hago, primo, ya lo hago. Mírame: estoy sentado aquí, ¿no? Pues no estoy tomando el sol precisamente.

–Yo podría conseguirte un trabajo de verdad en el metro. Necesitan gente para el túnel; dentro de un mes o dos van a seguirlo hasta Finsbury Circus. Va a haber mucho que hacer si quieren tenerlo a tiempo.

–A mí no se me dan muy bien el pico y la pala, Bill. No tengo los huesos adecuados. No todos tenemos la constitución de una carreta. No sería natural que fuésemos todos iguales.

Bill se encoge de hombros.

–Supongo.

–Aunque tienes razón: con esto no estoy llegando a ninguna parte –sigue Tom, que mira a un lado y al otro del callejón y después, desilusionado, al cartón en su regazo–. ¿Y si me invitas a un trago?

Bill Hunt frunce de nuevo el ceño, pero asiente, y van juntos al Three Cups. Aunque es media tarde, al local lleno de humo no le faltan clientes: en una mesa hay un par de basureros aún con sus grasientos impermeables; en otra, un vendedor ambulante con la camisa arremangada hasta los codos bebe un vaso de *ale* rubia, y hay otros varios hombres y mujeres de ocupación indeterminada aquí y allá, todos con las mejillas enrojecidas y la mirada perdida y hablando con voces inundadas en alcohol. Bill va hacia la barra y pide una cerveza de ajenjo para él y un vaso de ginebra para su primo. Los dos se sientan en sendos taburetes altos alrededor de una mesa redonda.

–He estado pensando –dice Tom, dándole a su compañero una palmadita afectuosa en el hombro– en eso del metro. Se podría hacer bastante negocio en el metro.

–¿Qué clase de negocio?

–Pues, por ejemplo, está lo que nos contaste de esa chica a la que mataron. Nadie vio nada, ¿no? Nadie detuvo a ese maldito criminal aunque estaba al lado del cadáver.

–¿Y?

–Bueno, pues no me entiendas mal, todo eso fue una desgracia y tal, pero el hecho de que se saliera con la suya nos dice algo, ¿no? Por ejemplo, me imagino que, de una forma u otra, deben de perderse muchas cosas en tu bendito metro. Y alguien de dedos ligeros, en fin, podría sacar un buen provecho.

–Pero un vagón en marcha tampoco es un lugar del que puedas salir corriendo, ¿no?

–No haría falta si hay alguien vigilando que no aparezca el revisor. Y seguro que tú ves muchas cosas trabajando en las estaciones. Seguro que desaparecen muchos objetos perdidos.

–¿Y esa es tu gran idea? Bueno, pues yo no pienso ayudarte. Olvídate de lo que te he dicho. Ya tengo bastantes problemas.

–Solo es una idea, Bill, tranquilo. De verdad, nunca he visto a nadie tan negativo como tú.

–Quizá tenga mis razones.

–¿Razones? ¡Pero si tú no tienes ningún problema!

–Da igual. Piensa en otra cosa, yo no voy a ayudarte.

Tom Hunt pone cara de decepción, aunque no mucha.

–¿Dónde diablos estará mi mujer?

Lizzie White se encuentra ante el imponente muro de Gray's Inn, cerca de la esquina de Gray's Inn Lane, contemplando el tráfico. La masa informe de cuerpos y vehículos en movimiento tiene un efecto hipnotizador que la hace quedarse inmóvil unos minutos antes de decidirse a cruzar a Holborn Hill. Tiene el rostro pálido y cansado y sus movimientos son lánguidos, desprovistos de energía, como ven todos los que la miran. En la mano lleva un pequeño bolso atado con un cordel a la muñeca; lo agarra con fuerza hasta alcanzar a una figura solitaria que está en cuclillas en la acera. Es un hombre en la cincuentena, de barba canosa y mejillas de cuero, con un traje de pana remendado; frente a sí tiene una pequeña bandeja de madera que contiene la clase de objetos pequeños que prefieren los vendedores ambulantes.

–¿Ves algo que te guste, encanto? –dice, ante el interés de ella–. Esto es para una verdadera dama, te quedaría fantástico en esa preciosa cabecita tuya. –El anciano señala una serie de lazos en la bandeja. Lizzie sonríe, y se lleva la mano involuntariamente al pelo enmarañado–. ¿Qué me dices de este? –Le ofrece una tira de color rojo oscuro–. Seda genuina. –Ella la coge y la examina–. Es el color perfecto para ti, querida.

–Me lo quedo.

–Tengo que irme –le dice Bill Hunt a su primo, más o menos una hora después de su llegada al Three Cups.

Frente a ellos, en la mesa, hay media docena de vasos vacíos.

–¿Ya?

–Tengo trabajo –replica, taciturno.

—Tú nunca paras de trabajar, ¿eh? Bueno, creo que yo voy a quedarme un ratito más.

—Pero ¿no decías que no tenías ni un penique?

—Ni uno —contesta Tom—. Bueno, casi.

Bill respira hondo y yergue la espalda, mostrándose en toda su altura. A cualquier otra persona el gesto podría intimidarla, pero su primo se limita a darle la mano y despedirlo.

—En fin, ha sido un placer compartir unos tragos contigo. Si ves a Lizzie, dile que venga aquí a buscarme.

—Muy bien.

Y con eso, Bill Hunt se pone la chaqueta y va hasta la puerta. Una vez en la calle no emprende el camino hacia la estación de Farringdon, sino que regresa al edificio donde tiene su exigua vivienda. Sus grandes botas resuenan en los escalones crujientes que conducen a la puerta. Nunca la cierra con llave, y puede guardarse en su persona lo poco que tiene: una navaja de afeitar, una pipa, una caja de cerillas. No se sorprende demasiado al ver a Lizzie tumbada en su cama e incorporarse al verlo.

—Así que has vuelto —le dice él.

—Hola, Bill.

—Tom te está buscando. Quiere su dinero.

—Y lo tendrá. Abajo me he encontrado con el casero. Dice que si vamos a quedarnos tendrás que pagar un extra.

—Ya me las arreglaré con él. ¿Vais a hacerlo?

—¿Qué?

—¿Vais a quedaros aquí?

—Eso lo decidiréis tú y Tom, ¿no?

—Solo es una pregunta. —Se sienta en la cama, al lado de ella—. Él nunca sé qué trama.

Lizzie se encoge de hombros.

—Yo tampoco.

—Si solo fueses tú no habría problema —dice Bill, fijando la vista en el suelo de madera—. Él no es bueno para ti. Lo sabes, ¿verdad?

—Yo diría que es lo bastante bueno.

—Quizá.

Y le toca suavemente la mano. Ella sonríe sin mucha emoción.

115

–No, Bill. Déjalo. Otra vez no. ¿Qué hay de Tom?

–Va a tardar en volver. Lo he dejado bebiendo en el Three Cups.

–Es mi marido.

–No te quiere a ti. Lo que quiere es una chica que le haga ganar dinero.

Lizzie resopla ante el comentario insultante sobre su esposo.

–Eso no es cierto. No me siento bien –dice, y se aparta ligeramente–. Tengo que descansar, Bill.

Él la mira. Frunce el ceño para pensar.

–Si quieres, te pago.

–Bill, no seas impertinente. Me estás haciendo daño.

Bill Hunt le suelta la mano.

–Yo nunca te haría daño.

Ella lo mira y le dedica una sonrisa compasiva.

–Ya lo sé, Billy, ya lo sé. Hoy no, ¿de acuerdo?

Capítulo 20

–¿Así que tu madre ha vuelto a escaparse? –dice Alice Meynell, que se corta una rodaja de jamón para ella e inmediatamente sigue barriendo el suelo.

No mira a Clara White mientras le habla; está demasiado ocupada. Y es que, aunque no hay reloj en la cocina de los Harris, en Doughty Street sabe muy bien qué hora es: Cook ya ha vuelto a casa, y su míster y su misses se han retirado a la sala de arriba con una tetera llena. En otras palabras, Alice tiene claro que son cerca de las nueve, y que dentro de veinte minutos los dos van a necesitar que les enciendan las chimeneas y les abran las camas; y, por tanto, este es el único momento que tienen las dos para cenar.

–Pues sí, ha vuelto a escaparse –Clara repite sin pensar las palabras de su compañera.

Parece especialmente meditabunda. Al contrario que Alice, ella está sentada a la mesa. Tiene un trozo de pan con mantequilla en un plato, pero no ha tocado ni una miga.

–Y eso después de que le hayas comprado el tónico y todo. –Alice vuelve a clavar el tenedor en el jamón–. Qué ingrata.

–¿El tónico? No, lo devolví –dice Clara, como si nada–. Ya no les debo nada.

–¿Y te devolvieron el dinero? Qué amables. Entonces tu madre no lo sabe, ¿no?

–No creo que sepa mucho de nada. Últimamente no es ella misma.

–Ya se recuperará, como siempre.

–¿Y qué haré con ella entonces?

Su colega se encoge de hombros.

–¿El asilo?

—¡Alice!

—Solo es una idea, Clarrie. No puedes tenerla aquí en un armarito, ¿no? No puedes permitirte tenerla en ninguna parte.

—No voy a mandarla al asilo. Eso la mataría.

—Eso es cierto. —Alice deja la escoba y se sienta al lado de Clara—. Pero hay algo más, ¿verdad?

—¿A qué te refieres?

—No lo sé, dímelo tú.

—No, nada. Bueno, sí… Es por algo que dijo. O a lo mejor no llegó a decirlo, no me acuerdo.

—¡Caramba! —exclama Alice, mientras echa mano de otra loncha de jamón—. ¿Cuándo vas a decir lo que quieres, sin rodeos?

—Es como si ella hubiese sabido antes que nadie más que esa chica estaba muerta. Hasta se lo comenté a la enfermera. Pero ¿cómo iba a saberlo? No tiene ningún sentido.

—Se me están poniendo los pelos de punta. Igual es clarividente.

—No te rías de mí.

—No me reía.

—Quizá tendría que contárselo a alguien. A la policía. Aunque ¿qué van a pensar ellos, y más ahora que se ha escapado?

—Mmm —responde Alice, con la boca llena de pan y jamón.

Clara va a añadir algo más, pero entonces suena el timbre de la puerta de calle. La campanilla resuena por el pasillo y en la cocina.

—No esperamos a nadie, ¿verdad? —pregunta Clara, sorprendida.

—Voy a echar un vistazo —dice Alice con desgana. Va a la ventana y mira hacia la entrada—. Pues mira, aquí tienes tu ocasión.

—¿Mi ocasión de qué?

—De contárselo a la policía. Son ellos. —Sonríe—. Habrán venido a llevarte directamente al juez.

Clara no dice nada; la sorpresa la ha dejado boquiabierta. Al cabo de unos segundos se repone y corre arriba mientras se limpia las migas del delantal con las manos. Oye la voz de misses Harris desde el rellano.

—¿Qué diablos es eso?

—No lo sé, misses.

—Pues ve a averiguarlo.

–Sí, misses.

Llega al pasillo, echa a un lado el grueso burlete de terciopelo que protege la puerta de entrada, le da una vuelta a la llave y retira el pasador que tiene tendencia a quedarse pegado y no responde de inmediato a sus dedos nerviosos. Por fin abre la puerta, revelando la presencia del inspector Webb y, detrás de él, el sargento Watkins.

–Ah, miss Webb –dice el primero, alargando el «miss» con tono sarcástico–, buenas noches. Permítame presentarle al sargento Watkins. Me temo que después de nuestra breve conversación de esta mañana necesito robarles algo de tiempo tanto a su misses como a usted misma.

Clara duda un momento, pero atiende a su deber y les indica a los dos hombres que pasen. En su confusión, casi olvida ofrecerse a guardarle el casco al inspector.

–Quizá será mejor que nos anuncie, ¿eh, miss White? –le sugiere Webb, que nota su agitación.

Clara asiente y va arriba a toda prisa.

–Una chica muy nerviosa, ¿no? –señala el sargento.

Webb asiente.

–Con el debido respeto, inspector, es una hora muy peculiar para venir a mi casa –dice el doctor Harris, una vez que Clara los ha hecho pasar a él y al sargento y se ha retirado del salón.

La expresión beatífica del doctor queda afectada por un ceño ligeramente fruncido.

–También con el debido respeto, míster, pero este es un asunto de cierta importancia. Quizá pudiésemos comentarlo en privado; es un poco delicado y…

Misses Harris, sentada frente a su marido, se pone colorada.

–Seguro que lo que pueda decirle a mi esposo también puede decírmelo a mí, inspector –lo interrumpe.

–Querida –replica el doctor–, si este caballero dice que es una cuestión delicada…, en fin, quiero decir, es su trabajo; él sabrá.

Misses Harris parece sorprenderse por el hecho de que la contradigan por una vez, aunque sea de forma tan suave, y se limita a replicar con una de las exclamaciones sin palabras que reserva para situaciones inauditas, un ruidito que viene a ser un cruce entre una tos y un bufido; pero abandona la sala y cierra la puerta tras de sí con un golpe elocuente.

El doctor sonríe ante su pequeño triunfo, y su expresión vuelve casi a la habitual de calma.

—Bien, inspector. Tome asiento y dígame, por favor, qué le trae por aquí.

—Tengo entendido, míster, que es usted uno de los patrocinadores del Refugio Holborn para Mujeres Penitentes.

—Ah, ya veo. Hay algún problema con una de las chicas, supongo. Sí, tengo el honor de patrocinar esa institución.

—¿Quizá conozca usted a una joven llamada Bowker, Sally Bowker?

—Lamento decepcionarlo, inspector, pero no todas las chicas son «mías», por así decirlo. Muchas acuden por recomendación de otros.

—¿Otros patrocinadores?

—Exacto. Confieso que me suena el nombre de la chica, pero no podría decirle mucho más. En todo caso, seguro que no puedo responsabilizarme personalmente por ella. ¿Ha hecho algo para, hum, despertar su interés, inspector?

—Podría decirse así —interviene Watkins.

—¿Y cómo es eso?

—Es la joven que fue asesinada hace dos noches en el metro, míster —responde Webb.

—¿Ah, sí? ¿Y qué hacía allí?

—Aún no lo sabemos, míster. Por aclarar del todo el asunto, ¿dice usted estar seguro de que no existe ninguna conexión entre usted y la fallecida?

—Eso digo. Sinceramente, inspector, si solo ha venido a preguntarme eso, podría haber esperado…

—No, míster. Hay algo más. Usted también patrocina a una tal Agnes White en el refugio, ¿cierto?

—¿Agnes White? Ah, sí, así es. Una mujer difícil. Muy diferente a su hija, para bien de esta última.

120

–¿Es su, hum, criada?

–Veo que miss Sparrow le ha puesto al corriente de nuestras circunstancias. Observo que no aprueba usted que emplee a una chica como ella. ¿Y usted, sargento? Parece incómodo.

–No, míster –contesta Watkins–. Aunque, si desea usted conocer mi opinión, solo puedo decir que nunca he conocido a ningún tigre que cambie sus rayas, si sabe usted a qué me refiero, míster.

–Lo entiendo, sargento. Pero a buen seguro que debemos contemplar la posibilidad del arrepentimiento, ¿verdad?

–No sabría decirle, míster.

–Ya veo –dice el doctor Harris de forma algo brusca–. Pero, y discúlpenme, ¿qué tienen que ver Agnes White o Clara con ese terrible asunto del metro?

–La madre compartía habitación con Bowker, míster. Y ahora también ella ha desaparecido.

–¿Agnes ha desaparecido? Bueno, me temo que no es la primera vez. Pero yo no le daría mucha importancia, inspector: miss Sparrow le dirá que nunca ha conocido a nadie de una naturaleza tan insumisa y obstinada.

–¿Y usted no estaría de acuerdo con esa afirmación?

–Sí, sí lo estoy. Pero creo que incluso para ella hay esperanza.

–Tengo entendido que en el refugio le han dado varias oportunidades. Eso no es habitual, ¿verdad?

El doctor Harris frunce el ceño.

–La verdad, inspector, es que solo insistimos con ella por su hija. Si supiese usted algo de la historia del caso…

–Quizá pueda informarme usted, míster. Y, si no es molestia, quizá Watkins podría hacerle algunas preguntas a la chica. La vi esta mañana, pero desconocía lo de su madre. Puede que necesitemos más respuestas por parte de ella.

–¿Esta mañana?

–Sí, en el refugio.

–Ah. Bien. Ya veo. Sí, supongo que será mejor que su sargento proceda. ¿Qué más desea saber usted, inspector?

–Hábleme de la tal Agnes White, míster. ¿Cómo la conoció usted?

El sargento Watkins abandona el salón de Doughty Street y casi choca contra misses Harris, que está en el estrecho pasillo, sospechosamente cerca de la puerta.

—Sargento.

—Misses. ¿Sería tan amable de indicarme dónde puedo encontrar a su criada, misses?

—¿White?

—La misma, misses.

—¡Lo sabía! —exclama ella, triunfal.

—¿Misses?

—Esa chica, sargento, pone constantemente a prueba nuestra paciencia.

—¿Ah, sí, misses?

—No tiene la menor idea de cómo llevar a cabo las tareas más básicas del hogar. Sí, es todo un desafío a la paciencia.

—¿Ah, sí, misses? —repite el sargento, mostrando un educado pero claro desinterés por los problemas domésticos de la mujer—. ¿Es posible que la encuentre en la cocina?

—Yo le guiaré, sargento.

—No es necesario, misses, no es necesario. Estoy seguro de poder encontrarla por mí mismo. Usted no se moleste.

—Me pregunta usted por Agnes White, inspector. —El doctor Harris se reclina en su silla—. Permítame empezar preguntándole yo si sabe usted de mi carrera.

—He de reconocer que no, míster.

—Es comprensible. No soy muy reconocido por mi trabajo. Baste con decir que durante muchos años fui médico, y dedicaba parte de mi tiempo libre a los pobres.

—Admirable, míster.

—Me alegro de que así lo crea. Bien, pues, en esa ocupación, tuve ocasión de conocer el vasto abismo que hay entre las diferentes clases sociales de nuestra metrópolis; un abismo en cuanto a cuestiones materiales y de salud, y, peor, un abismo en cuanto a comprensión. Sabemos muy poco de los pobres, ¿verdad, inspector?

—Sospecho que sobre eso yo sé más que la mayoría, míster.

—Seguramente sea así, pero su caso es una excepción. En fin, el caso es que desde mi retiro de la práctica médica he decidido estudiar los males derivados del crecimiento de nuestra gran ciudad en relación con las clases más pobres, y aprender sobre los, digamos, rincones más oscuros de la capital.

—Diría que eso suena muy similar a mi trabajo —replica el inspector.

El doctor Harris sonríe.

—Por favor, inspector, me temo que me malinterpreta usted. Yo no soy detective. Mi naturaleza no podría ser más sedentaria. Mis exploraciones se limitan fundamentalmente a la palabra escrita. Leo, escribo cartas, algún panfleto ocasional. Si algo me agita lo suficiente, protesto contra las iniquidades humanas en las cartas de los lectores del *Chronicle*.

—Entonces, ¿se considera usted en cierto modo un reformista, míster?

—Por supuesto, apreciado amigo. Nada bueno prospera en la oscuridad, ¿cierto? En esta ciudad hay muchas piedras que levantar para poder echar luz debajo.

—Mi sargento diría que mejor dejar las piedras en paz.

—Quizá, pero estaría de todo punto equivocado.

Webb sonríe.

—¿Y en cuanto a Agnes White?

—Ah, sí. Perdóneme la digresión, inspector. En algunas contadas ocasiones también me he visto obligado a confirmar la veracidad de ciertos datos u observaciones, por lo que he hecho alguna tímida incursión en los peores distritos de nuestra gran ciudad. Fue en una de esas salidas cuando conocí a Agnes White, durante una visita a Wapping, acompañado por uno de sus amables agentes; creo que se llamaba Broderick. ¿Lo conoce?

—No creo. No conozco muy bien la división del Támesis.

—Ah, claro. Qué tontería por mi parte. Bueno, no importa. En todo caso, quise averiguar sobre las casas dedicadas al alquiler barato de habitaciones, en especial cerca del puerto. Conocí a White en una de ellas. Estaba hecha una ruina, inspector, aunque no era ni de lejos de las peores de su clase.

–¿Y se apiadó usted de la mujer?

–No exactamente, inspector; eso es lo curioso. Como patrocinador, tenía, y sigo teniendo, el privilegio de recomendar en el refugio a un par de mujeres al año, y busco activamente candidatas siempre que se presenta la oportunidad. Pero esa noche había varias mujeres posibles, todas ellas deseosas de mejorar su vida, todas ellas con buenas referencias del agente Broderick, o tan buenas como podía esperarse dadas las circunstancias.

–¿Eran todas furcias?

–Eso ha sido muy… directo. Pero, en todo caso, correcto. Sin embargo, White era un caso singular.

–¿Por qué?

–No deseaba nada para sí misma. Me insistió en que su único deseo en la vida era ver a su hija «enderezada». Me contó con detalle que lo más probable era que siguiera su mal ejemplo, y que la idea la afligía mucho. En resumen, inspector, me pareció una criatura extrañamente desinteresada y muy consciente de sus propios errores de juicio, tanto que no tenía esperanza alguna en sí misma. Aquello me afectó mucho y me pregunté si no era lo correcto hacer, como mínimo, algo por la hija.

–¿Y entonces usted…?

–La busqué. Tenía una habitación cerca del Strand, y creo que a su manera ya era una semicriminal. Le ofrecí una plaza en el refugio y la posibilidad de emigrar después.

–¿Emigrar?

–Es la principal esperanza de cambio para la mayoría de las chicas. Pero, sorprendentemente, inspector, Clara rechazó la oferta. Dijo que ni se le ocurriría dejar atrás a su madre. Una simetría perfecta, ¿no? La hija distanciada pero devota de su altruista *mater*.

–Si usted lo dice –replica Webb–. Aunque para mi gusto resulta demasiado romántico. Pero, en pocas palabras, ¿le ofreció usted empleo a la hija?

–Eso hice. Lo medité mucho, pero, a fin de cuentas, la caridad empieza en la propia casa, ¿no, inspector? Y convencí a miss Sparrow de aceptar el desafío que suponía la madre de Clara. Aunque ahora no puedo evitar preguntarme si no fue un error.

—¿Un error, dice usted?

—La verdad, inspector, es que Agnes White no ha representado más que problemas para sus cuidadoras, y sospecho que una mala influencia en su hija. Aunque, en fin, doy por supuesto que nada de esto le estará ayudando a usted con ese horrible asunto del metro.

El inspector Webb hace una pausa y se mira los zapatos, una costumbre habitual en él cuando está ponderando algo específico.

—Yo no daría nada por supuesto, míster. Intento no hacerlo nunca.

El sargento Watkins está sentado a la mesa de la cocina con una taza de té ante sí; Clara White está cerca, sentada en un taburete. Alice está ocupándose de algo en la despensa, aunque sin alejarse mucho para poder oír la conversación.

—Se llama usted Clara, ¿verdad?

—Sí, míster.

—Supongo que ya sabrá lo que nos ha traído aquí: la pobre chica a la que estrangularon en Baker Street.

—Sí, míster.

—¿Sabe usted quién era y dónde vivía?

—La enfermera del refugio me lo contó, míster.

—Entonces no hará falta irnos con rodeos. ¿Conocía usted a la tal Bowker?

—De vista y poco más. No hablábamos.

—¿Y con su madre? ¿Eran amigas ellas dos?

—No lo creo, míster. Mi madre ha estado enferma.

El sargento hace una pausa. Ya casi ha llegado al final de las preguntas que había preparado meticulosamente.

—¿Y por qué cree usted que se escapó su madre?

—Ella es así. Lo hace y ya está. No significa nada.

—Entonces, ¿cree usted que eso no tiene nada que ver con lo de Sally Bowker?

Clara hace una pausa. Alice la mira, esperando a que diga algo.

—No, míster. Creo que no.

Capítulo 21

Las diez en punto

Webb y Watkins salen de Doughty Street tras concluir sus entrevistas y van juntos en dirección norte, siguiendo la calle iluminada por farolas de gas. Las pesadas botas del sargento resuenan por todo el camino.

—¿Dónde vive usted? —le pregunta Webb.

—¿Yo, míster? En Paddington Green. Una casita, o así la llama mi esposa, cerca del canal.

—Ahora Paddington Green es todo ladrillo y cemento, ¿verdad?

—¿Conoce usted la zona, míster?

—No especialmente.

Los dos siguen caminando en un silencio incómodo.

—¿Sabemos dónde vivía Agnes White? —pregunta Webb, reanudando la conversación—. Era en Wapping, ¿verdad?

—Sí, míster. La chica dijo que de pequeña vivía junto al río.

—Envíe un mensaje a la división del Támesis, a ver si alguien conoce a la madre o la ha visto hoy o estos últimos días, especialmente en las casas que alquilan habitaciones.

—¿Y está usted seguro de que la tal White sabe algo, míster?

—Pocas veces estoy seguro de nada, sargento. Pero tenemos que contemplar todas las posibilidades. Ah, ¿ha encontrado a alguien que interprete o descifre la curiosa escritura de nuestro amigo Phibbs?

—Sí, míster. Conozco a un hombre del Parlamento que se encarga de informar a la prensa; me dijo que podía ayudarme. Deberíamos tener los resultados mañana por la tarde como máximo. Y también el informe del forense.

—Ya era hora. Bueno, ¿no ha averiguado nada más durante su conversación con la hija?

—Nada que no nos hubiera dicho ya su miss Sparrow, míster.

—No es «mi» miss Sparrow.

—No, míster. Lo siento, míster.

—De no saber que en realidad no es así, sargento, uno diría que disfruta usted provocando a sus superiores.

—¿Yo, míster?

Webb se queda en silencio, y así pasan un par de minutos más mientras doblan de Guilford Street a Russell Square.

—¿Esta noche no usa su, hum, vehículo, míster?

El inspector entorna los ojos y lo mira fijamente.

—Según parece, una de las ruedas ha sufrido daños en la comisaría. El sargento Tibbs no le encuentra explicación.

—¡Vaya por Dios! Ya no hay seguridad en ninguna parte, ¿verdad, míster?

Webb no contesta, y vuelve a hacerse el silencio.

—Bueno, creo que aquí nos separamos, sargento —dice por fin el inspector al llegar a la esquina.

—Pues hasta mañana, míster.

Webb asiente y echa a caminar en dirección a King's Cross.

Wapping

Agnes White oye los gritos de hombres y mujeres, las sonoras carcajadas de High Street, resonando fuera de la vieja casa. Entra y mira en la oscuridad. Parte de la ventana está rota, parcheada con restos de papel marrón que, si en su momento fueron considerados barricada suficiente contra los elementos, ahora no hacen más que ondear al viento.

El interior en sí no tiene nada destacable. Las voces pasan y ahora solo oye el río, con el agua sucia que lame el otro lado de la casa y desgasta los ladrillos.

Tiembla y vuelve junto al fuego que ha encendido en el hogar, y que va a apagarse pronto si no se le ofrece más madera. Piensa en usar las tiras del suelo, como ha hecho con las de otras habitaciones. Se pregunta si será capaz de arrancarlas; al menos crujen lo suficiente.

Pero no. Están todas húmedas y medio podridas.

Se le ocurre que el río va empapando poco a poco la casa de su madre, esperando su próxima oportunidad, esperando la próxima inundación.

¿Cuánto va a pasar hasta que alguien la encuentre?

Mira la ropa que ha extendido en el suelo y hace un hatillo con ella.

Mejor irse cuanto antes.

Medianoche

Decimus Webb se sienta a su escritorio y se desabrocha el abrigo. Casi de inmediato vuelve a levantarse y se sirve una copa pequeña de brandi de la licorera que hay sobre el aparador. Toma un sorbo. Unas pocas gotas dan una agradable calidez a su cuerpo.

Enciende la lámpara de gas para ver más claramente y examina la hoja de papel que se ha traído a casa, y en la que ha anotado una serie de nombres: Agnes White y, a continuación, Phibbs, Sparrow, Bowker y un solitario signo de interrogación. También ha trazado los diagramas de un vagón de metro y las estaciones de Farringdon Street y Baker Street.

Siguiendo la línea hay una lista de otras estaciones: Farrongdon (11:00 P. M.), Kings Cross (11:04 P. M.), Gower Street (11:11 P. M.), Portland Road (11:16 P. M.), Paddington (11:22 P. M.).

Toma otro sorbo de brandi.

Una mujer camina hasta el final del embarcadero de Tower Wharf, en el muelle de Saint Katherine. Se escabulle por entre la media docena de farolas que lo recorre, hasta llegar al final, que está oscuro. Es casi la una. Detrás de ella pasa a toda velocidad algún que otro carruaje o taxi, tirados todos por caballos libres de galopar por las calles vacías. Dentro de seis o siete horas todo será diferente: los caminos que rodean la torre van a formar un abarrotamiento de bienes y personas, y el único ruido será el de las ruedas que giran lentamente desde los muelles hasta la City y los pasos cansados sobre los adoquines.

Pero por ahora solo están el Támesis y una mujer solitaria que mira abajo, al agua. Qué fácil sería, piensa Agnes White, acabar con todo allí mismo.

Tira el hatillo de ropa al río.

Capítulo 22

El carillón que, como el reloj de la torre de una universidad, preside el salón de Doughty Street, señala la una en punto.

El sonido de su fría campanilla de latón resuena por toda la casa oscura, rompiendo la calma nocturna. Para Clara White, que sube las escaleras a su habitación iluminándose con una vela desnuda, el reloj no es más que una molestia que siempre le está interrumpiendo el sueño. Ella misma camina lentamente, intentando hacer el menor ruido posible y midiendo los pasos para no importunar a sus señores durmientes. Pero al llegar al primer piso ve que se equivocaba al creer que el doctor Harris ya se había retirado a su cama. De su estudio asoma una luz por la puerta entreabierta, que se abre un poco más cuando Clara pasa por delante de puntillas, revelando al propio doctor, que la observa.

–Clara, querida, querría hablar contigo.

–¿Míster? –dice ella en un susurro.

Él le indica con un gesto que pase y se sienta en su mejor sillón de cuero bermejo, algo rayado y gastado por años de uso. Clara lo sigue en silencio.

–¿Has trabajado hasta tarde? –pregunta el doctor.

–Había mucho que limpiar en la cocina después de la cena, míster, y hoy es la noche en que Cook acaba temprano.

–Ajá. Clara, ¿cómo decirlo…? ¿Estás satisfecha trabajando aquí?

–¿Satisfecha, míster?

–No es necesario que repitas la pregunta, querida –le indica él con tono de ligera irritación–. Solo te pregunto si estás satisfecha en tu situación.

–Sí, míster, lo estoy. Mucho, míster –contesta; aunque intenta sonar tranquila, los nervios hacen que le tiemble la voz.

–Me alegro de oírlo. Pero, aun así, debo decirte: ¿qué he de hacer con esto último de tu madre? Miss Sparrow ha dicho numerosas veces que es una causa perdida, pero yo me he mantenido quizá estúpidamente firme en mi negativa a expulsarla del refugio. Hasta he presionado para que se le permita volver a pesar de tantas evidencias contra ella. ¿He sido, en efecto, un tonto al dejarme llevar por mis simpatías?

–No, míster.

–Me temo que resulta evidente que sí, querida: tu apreciada madre no solo ha despreciado una vez más nuestra caridad, sino que, claramente, te está animando a ti a hacer lo mismo.

–¿A mí, míster?

–No hay necesidad de que te hagas la inocente. He hablado con el inspector. ¿Dónde estuviste esta mañana?

Clara se ruboriza, aunque su rostro muestra también cierto alivio al descubrir a qué se refiere la acusación.

–Fui al refugio, míster.

–¡Exacto, Clara, exacto! ¿Por qué? ¿Crees que nos gusta que te des paseos por las calles cuando te hemos dado empleo aquí, cuando te hemos alimentado y vestido?

–No, míster.

–«No, míster». ¡Desde luego que «no, míster»! Sabes perfectamente que no. Es todo un engaño que hagas cosas como esa. ¡Casi debería dar las gracias por que te diera tiempo también de ir a buscar mi libro!

–Es solo que mi madre lleva unos días enferma. Nada más, míster.

–Entonces tienes que pedirle permiso a misses Harris para ir a visitarla. Sabes que esas son las reglas, ¿verdad?

–Sí, míster.

El doctor Harris suelta un suspiro, se quita las gafas y vuelve a la silla del escritorio.

–Mi querida niña, has escogido un camino resbaladizo y del que es fácil desviarse. Acabo de discutir el asunto con misses Harris, y he de confesar que ella es partidaria de despedirte sin más avisos y sin darte una carta de recomendación.

–¡Míster!

–Un momento, por favor. Yo le señalé a misses Harris que eso serviría de muy poco aparte de devolverte a la condición en que te encontramos. Y me alegro de decir que, tras un largo debate, misses Harris ha mostrado una vez más su habitual generosidad de espíritu.

–¿Míster?

–Sencillamente, y mi esposa y yo estamos plenamente de acuerdo en esto, debemos lavarnos las manos con respecto a tu madre. Bueno, ya está dicho. Además, te pedimos que no vuelvas a tener nada que ver con ella. Si –sigue, y remarca mucho esa última palabra– puedes cumplir con ello y no nos das más motivos de preocupación, estamos dispuestos a darte una oportunidad más.

–¿Y qué hay de mi madre, míster?

–¡Pero bueno, Clara! ¿Es que no me has escuchado? No se puede hacer nada más por ella. ¿Crees que puedo permitir que misses Harris siga recibiendo visitas de la policía por culpa de tu madre?

–Pero, míster…

–No, Clara. Ya has oído mis condiciones. ¿Piensas cumplir con ellas, o también tú vas a rechazar nuestra buena voluntad?

La joven frunce el ceño, y lo mismo hace el doctor al darse cuenta de que ella está dispuesta cuando menos a contemplar la segunda opción. Tarda un momento en volver a su habitual expresión de calma.

–Lo haré, míster –dice Clara por fin.

–¿Dejarás de relacionarte con tu madre? ¿Se acabaron tus escapadas? ¿Me das tu palabra?

–Sí, míster.

–Muy bien. –El doctor se permite relajar sus facciones hasta el punto de sonreír–. Entonces algo bueno habrá salido de esta noche, ¿no?

–Sí, míster.

–Buena chica. Ah, y otra cosa menos importante: por favor, dile a Cook por la mañana que tendremos unos pocos invitados a cenar.

–¿Mañana mismo, míster?

–Sí. Ya me doy cuenta de que os aviso con poca antelación y Cook no va a estar contenta, pero… cuando salí esta tarde conocí a un joven muy interesante. Estaba interesado en mis escritos, así que lo invité a cenar.

—Como desee, míster.

—Muy bien. Puedes retirarte. Y dile a Cook que misses Harris hablará con ella del menú, pero a mí me apetece mucho una sopa de rabo de buey.

—Sí, míster.

Clara inclina la cabeza y sale de la habitación.

—Bueno, ¿qué? —pregunta Alice Meynell cuando Clara entra por fin silenciosamente en la buhardilla.

—¿Qué de qué?

—Que de qué iba todo eso con el jefazo.

—Tú siempre escuchándolo todo, ¿eh?

—Eso no importa. Cuenta, cuenta.

—Pues que sabe que esta mañana fui al refugio.

—¿Solo lo de esta mañana? Entonces no pasa nada, ¿no?

—Me ha dicho que no puedo volver a ver a mi madre.

—Bueno, tal como has estado últimamente podría haberte despedido. Tendría derecho.

—Ya lo sé —reconoce Clara—. Dice que es lo que quería la misses.

Alice ríe.

—¡Eso seguro! Le encantaría. Suerte que a él le gustas.

—¡Ally! ¡No hay nada de eso!

Su compañera se encoge de hombros mientras Clara se quita el vestido y las enaguas.

—Si tú lo dices… Venga, date prisa y ven aquí, que me estoy congelando.

Son pasadas las dos cuando Clara se despierta. La habitación está a oscuras, y oye el lejano tictac del reloj tres pisos abajo. Algo en esa monótona repetición le resulta irritante y, aún medio dormida, se pregunta por un momento si, como sucede a menudo, se ha despertado al sonar la hora.

Pero hay otro ruido más: unos pasos que bajan las escaleras y siguen por el pasillo.

Retira silenciosa la manta, lo bastante para salir cuidadosamente de la cama. Tienta la oscuridad en busca de su mantilla, se la echa apresurada sobre los hombros y abre la puerta. Está segura de oír que ahora ese alguien está en la cocina, que abre la puerta con llave. Descalza, Clara baja las escaleras tan rápido como puede y entra en el salón del primer piso. Desde la ventana ve a un hombre que sale por los escalones de fuera. Parece bien alimentado y bien vestido, con un abrigo de *tweed* y una bufanda de lana al cuello.

Lo sigue con la vista. Cuando pasa bajo una farola, Clara reconoce los rasgos del míster de la casa.

Por un momento duda de si la ha visto; pero, de ser así, el hombre no hace ningún movimiento que lo delate: simplemente baja la cabeza y camina en dirección a Gray's Inn.

Capítulo 23

Por la mañana

El inspector Decimus Webb está sentado en su despacho de Marylebone, hojeando el *Daily Chronicle* con expresión muy seria.

Hay ciertas preguntas que deben hacerse al respecto de la conducta de la Policía metropolitana en el reciente asesinato del metro. Es notable que un crimen tan serio haya podido cometerse en el interior de un vagón, y más notable aún que el culpable, según parece, haya huido de la estación de Baker Street con total impunidad. No es irrazonable sugerir que ha habido falta de rigor y decisión en la investigación policial, en especial cuando, supuestamente, ningún miembro del cuerpo ha asumido aún la responsabilidad del caso. Es de esperar que la audiencia pública de hoy en el ayuntamiento de Marylebone eche algo de luz en lo que sin duda es un rincón particularmente oscuro.

Alza la vista, alertado de la presencia del sargento Watkins por un ligero carraspeo de compromiso.

—Watkins —dice el inspector, dándose por enterado.

—Buenos días, míster —lo saluda el sargento.

—¿Ha leído usted esto?

—Uno de los chicos me lo ha mostrado. Pero creía que usted no le prestaba atención a la prensa, míster.

—Yo no, pero quizá le sorprenda saber que el superintendente en jefe sí, y que se ha mostrado muy interesado en saber dónde estamos «en el tercer día de la investigación».

—Entonces el Yard va a enviarnos a uno de los suyos, supongo.

—Creo que será el inspector Burton, en cuanto lo encuentren. Tengo entendido que no está en Londres.

—Bueno, puede que dos cabezas piensen mejor que una.

—A veces es así, sí —asiente Webb, aunque no suena muy convencido de las ventajas—. En todo caso, mientras tanto hemos de hacer todo cuanto podamos. Y también está lo de la audiencia: hay que aplazarla. Estoy seguro de que aún no tenemos toda la información.

—Supongo que podemos hablar discretamente con el juez, míster.

—Bien. Bueno, supongo que mejor olvidar esta molestia de la prensa y seguir adelante. ¿Tiene usted ya el informe del forense?

—No, míster. Deberíamos recibirlo esta tarde.

—¿Y la transcripción del diario?

—Lo mismo, míster, como le mencioné anoche —responde Watkins con tono cansino. Webb suelta un largo suspiro pensativo—. Si me lo permite, no parece usted muy contento.

—No, no lo estoy. Incluso si nos olvidamos por un momento del hombre del vagón, sigue faltándonos algo.

—¿Algo?

—O quizá alguien.

Bill Hunt sube las escaleras hasta su habitación de Hatton Garden y abre la puerta. Es media mañana, pero por la ventana sucia entra poca luz. Su primo Tom y su joven esposa están en la cama, profundamente dormidos. Se queda quieto bajo el quicio de la puerta y mira cómo respira ella, alzando y bajando el pecho; la piel de su cuello, blanca como la leche…, y observa el contraste con la capa de polvo de cemento y ladrillo en su propia cara y manos. Se tumba en el suelo, al lado de la cama, sin dejar de contemplar la curva del cuerpo de ella bajo la ajada manta de lana que la cubre hasta los hombros. Extiende un brazo para tocarle suavemente la mejilla con un dedo.

Lizzie abre los ojos y frunce el ceño, a medias consciente de la figura que la observa despertarse.

—¿Bill? —pregunta en un susurro.

Él asiente, pero no dice nada. Ella se da la vuelta un instante y, una vez que se ha asegurado de que su marido sigue durmiendo, se mueve hasta el borde de la cama y se incorpora. Lleva el mismo vestido que el día anterior –y es que, de hecho, solo tiene uno–, pero tiene los pies desnudos. Se pone los botines, que estaban en el suelo, junto al lecho, siempre con cuidado de no despertar a su hombre, que de forma inconsciente tira de la manta hacia sí. Lizzie rescata también la mantilla del suelo y se la echa a los hombros con un ligero temblor.

–Tienes frío –dice Bill.

–Y tú estás sucio. –Le mira las mangas y las manos–. Vamos fuera, no quiero despertarlo; no me daría las gracias precisamente.

Bill asiente, y los dos salen al pasillo.

–Ten, ponte mi abrigo –le ofrece él, viendo que Lizzie sigue temblando.

–¿Esa cosa? No, gracias, Bill. –Ríe y le hace detenerse antes de que él pueda quitárselo–. Yo no soy minera, y el abrigo y tú estáis negros como el carbón.

–Toda esta semana hago el turno de noche. Por la noche es peor. Ahora me iré a los baños.

–Eso espero. ¿Qué haces aquí?

–Nada. Solo he venido a verte.

Ella frunce el ceño de nuevo.

–Bueno, pues ya me has visto.

Bill hace una pausa, como forzándose a decir algo.

–Mi corazón está que revienta por ti, Lizzie.

Ella lo mira sin saber cómo reaccionar; está entre sorprendida y divertida.

–No seas tonto, Bill. En serio. Ya te lo dije, fue solo por una vez. Ahora ve a bañarte.

–Lizzie…

Pero se queda callado. Quizá ha oído el crujir del suelo de madera en la habitación. En todo caso, Tom Hunt aparece en la puerta.

–¿Qué es todo esto? –pregunta en tono jovial–. ¿Le estás haciendo el amor a mi chica, primo?

Bill Hunt se pone colorado.

–No –responde con voz temblorosa.

–Solo era una broma.

Ahora es Tom el perplejo.

–Sí, bueno, yo me voy.

Y, con esas palabras, se da la vuelta y baja pesadamente las escaleras. Tom va hacia la barandilla y espera a que se haya ido antes de dirigirse a su esposa.

–Ten cuidado con ese. Es raro. A veces creo que le falta un tornillo.

–Es un buen hombre.

–No he dicho que no lo sea. Tú ve con cuidado y listo.

–Eso haré, Tom.

–Buena chica. Y ahora vamos a comer algo, me muero de hambre.

–Míster.

El inspector Webb se ve apartado por segunda vez de sus cavilaciones ante la presencia del sargento Watkins en su despacho.

–Asumo que tiene usted noticias, sargento.

–El informe del forense, míster.

–A ver si confirma lo que pienso. Démelo. Estrangulamiento, ¿verdad?

–Sí, míster. Lo más probable es que con las manos desnudas. Es práctico saber que no usó un garrote vil ni nada.

–Eso ya nos lo imaginábamos. ¿Algo más?

–El forense no cree que ella se haya resistido mucho; según él, eso se ve en las abrasiones del cuello. Y tampoco tiene rasguños o marcas en las manos, la cara, los brazos; nada de eso.

–Parece un poco raro. ¿Ha llegado a alguna conclusión sobre el porqué?

–Estaba demasiado borracha, míster. El contenido del estómago era en gran parte ginebra, una buena cantidad. Y también había tomado otra cosa.

–¿Otra cosa?

–Láudano. De nuevo, una buena dosis.

–Ah, sí, aquí lo veo –dice Webb mientras contempla la hoja–. Bueno, las chicas de la calle son muy partidarias de él. Dicen que les da más calor que la ginebra.

—Eso tengo entendido.

—¡Ah! Pero ¿ha leído usted esto, sargento?: «En mi opinión, una dosis como la tomada por la víctima sería más que suficiente para provocar la inconsciencia en una mujer corriente. La combinación de este agente con las propiedades activas del alcohol no harían más que acrecentar esa posibilidad». Eso nos indica como mínimo una cosa.

—¿Míster?

—Piense en esto, Watkins: ¿le parece a usted probable que la víctima comprara el billete estando sobria y solo después, ya en el tren, se emborrachara hasta el estupor, en los cuatro o cinco minutos anteriores a ser asesinada?

—No sabría decirle, míster.

—Si estaba en ese estado, es más probable que hubiera alguien con ella desde el principio; que alguien la subiera al vagón.

Watkins parece un poco escéptico.

—Algunas de esas chicas tienen una constitución muy fuerte, míster.

Webb hace una pausa y pone cara pensativa antes de hablar de nuevo.

—No; creo que había alguien con ella. Bueno, al menos eso le va a dar trabajo a usted, sargento.

—¿A mí, míster?

—Locales de bebidas alcohólicas. Quiero que alguien hable con los dueños de todos los *pubs* y licorerías entre Drury Lane y Farringdon Road. Alguien tuvo que venderle una buena cantidad a la víctima.

—¿Y en cuanto al láudano…?

—Tengo alguna idea sobre de dónde lo sacó. Por favor, envíele una nota a miss Sparrow y pídale que compruebe si las existencias que tiene se corresponden con el inventario.

—¿Quiere usted decir que lo sacó del refugio?

Webb asiente.

—Es bastante probable. Me dio toda su correspondencia y encargos. Parece que lo usan bastante.

—Entonces —replica el sargento, casi alegre— eso demuestra lo que yo decía, ¿no? Esas chicas no cambian por mucho que las inunden de religión. Lo que buscan no es cambiar.

–¿Eso cree usted, sargento? Miss Sparrow y el doctor Harris no estarían de acuerdo con usted.

–No cambian, míster. Solo se vuelven más taimadas.

Capítulo 24

–¡Date prisa de una vez, que van a llegar en cualquier momento!

–Sí, misses. Lo siento, misses.

Clara White aplica diligentemente el betún sobre el elegante parachispas de hierro. Tiene los dedos tan negros como el propio metal de la chimenea, que ya ha recibido otras dos capas durante el día. A decir verdad, el esfuerzo le ha dejado las manos insensibles.

–¿Así está bien, misses?

–Será suficiente, supongo –contesta misses Harris, magnánima–. Date prisa y enciende el fuego, y después ve a lavarte, por Dios. No entiendo cómo puedes haberte ensuciado tanto.

–Sí, misses.

Clara dedica ahora su atención al hogar, y dispone atentamente el carbón y la fajina tras la rejilla. A continuación enciende una cerilla, que provoca una llama mínima que a su vez no acaba de asentarse del todo entre los sacrificios carboníferos y por un momento parece que vaya a apagarse.

–Es demasiado –señala misses Harris, ansiosa–. Y va a echar un montón de humo, seguro.

–¿Saco un poco de carbón, misses?

–No hay tiempo. –La mujer mira el reloj del estante–. Tú ve a ponerte presentable, si es que eso es posible y no es mucho pedir.

Clara no contesta y recoge sus cosas: una caja con cepillos y trapos para el betún y un recogedor lleno de ceniza. Cuando va a abandonar la sala, oye una exclamación desesperada.

–¡El atizador! ¡No había que ponerle betún al atizador!

De nuevo, Clara no contesta, y sabe que darse la vuelta y mirarla sería peor. Tras comprobar en el espejo del rellano si tiene manchas en la caja, baja las escaleras tan rápido como puede, cruza el pasillo y baja de nuevo hasta la cocina. Allí guarda los trastos de limpiar, corre al fregadero y se frota las manos bajo el grifo, con un cepillo dedicado normalmente a las sartenes. Cook está demasiado ocupada con las complejidades del horno como para fijarse en esa infracción del orden doméstico; ahora dirige su atención a la plancha, con la misma pasión y sentido de la responsabilidad con que un capitán guía su barco al llegar al puerto. Y si su rostro es aún más rubicundo, sus mejillas más rojas de lo habitual entre el calor y el vapor de su obra, es únicamente debido al orgullo que siente por sus logros culinarios.

–¿Y tú qué miras? –dice cuando repara por fin en la presencia de Clara.

–Nada.

Suena el timbre de la entrada. Es un leve campanilleo agudo que vibra sobre la puerta de la cocina, pero resulta suficiente para hacer que las dos sirvientas se pongan firmes como si hubiesen oído la más ruidosa de las llamadas a las armas. Cook suelta un impro- perio para sí misma y retira de inmediato una sartén de cobre del fuego. Clara, por su parte, se desata el delantal, lo echa a un lado y se apresura a subir de nuevo las escaleras. En el pasillo todo está en un orden inmaculado, justo en su lugar; hasta cada uno de los flecos de la alfombra persa han sido dispuestos completamente rectos. Clara respira, nerviosa, y abre la puerta, invitando a pasar a la pareja que espera en la entrada bajo un paraguas empapado. Los reconoce a los dos; son conocidos del míster de la casa, unos tales míster y misses Carpenter.

–Hace un tiempo diabólico, ¿verdad, White? –dice él, aunque con tono simpático.

Es un anciano, de edad similar al doctor Harris, pero enjuto, con las mejillas rojas por el *whisky* hundidas en la cara. Su esposa es un poco más joven, una mujer bajita y tímida, que sonríe nerviosa cuando Clara le retira el gorro y la mantilla.

–Horrible, míster –responde la joven mientras coge el paraguas y lo deposita cuidadosamente en un paragüero al lado del colgador en el que le deja el abrigo–. Por favor, adelante.

Los invitados la siguen hasta el salón de arriba. Siguiendo las instrucciones de misses Harris, los anuncia al entrar. No puede evitar fijarse en que eso le provoca una sonrisa irónica a míster Carpenter, pero, si le resulta divertido que lo anuncien así a uno de sus más antiguos conocidos, no dice nada al respecto.

–¡Me alegro de verte, viejo! –exclama Harris, que se adelanta y le da la mano con la mayor calidez.

–Y yo a ti, amigo mío.

Clara sale discretamente, dejando atrás los saludos y la conversación, pero al poco de salir al pasillo vuelve a oír el timbre. Baja rápidamente y ocupa de nuevo su puesto en la puerta. Al abrirla ve a un joven de unos veintiuno o veintidós años, vestido con un traje de noche negro. No lleva las enormes patillas que tan de moda están, pero sí tiene una buena pelambrera de color castaño oscuro, perfectamente peinada. Posee lo que muchos considerarían unas facciones atractivas, pero algo en la forma en que él la mira le resulta inquietante. Parece como si pasaran unos minutos sin que ninguno de los dos diga nada.

–¿Es esta la residencia de los Harris?

Clara se sonroja al darse cuenta de lo tonta que debe de parecer, allí parada mirando al visitante.

–S-sí, míster –tartamudea–. ¿Me permite su abrigo, míster?

–Supongo que eso será lo mejor –contesta él, y la sigue hasta el pasillo.

La prenda es gruesa, de invierno, tiene pequeñas manchas de barro y chorrea agua de lluvia. Clara lo cuelga cuidadosamente.

–Si quiere seguirme, míster.

Él asiente y lo hace.

–¿Qué nombre anuncio, míster?

–¿Mi nombre? Phibbs. Arthur Phibbs. Me están esperando, creo.

Clara lo guía hasta el salón. Antes de que pueda decir nada, el doctor Harris se adelanta con la mano extendida.

–Ah, míster Phibbs –le dice, estrechándosela con fuerza.

–Doctor Harris. Es un placer aceptar su hospitalidad.

–Y para mí ofrecerla. ¡Bienvenido! Carpenter, este es el joven del que te he hablado. Lo conocí por casualidad. Es escritor, y había leído mi artículo sobre la situación de las costureras de Streatham.

–Me alegro de que al menos una persona lo leyera –replica Carpenter, dirigiéndose al recién llegado.

–Ay, míster Carpenter –interviene su esposa, dirigiéndole una mirada recriminatoria.

El doctor Harris se echa a reír.

–Misses, no hace falta que me proteja del cinismo de su marido; hace ya muchos años que lo padezco. Míster Phibbs, tiene usted que hablarnos de los proyectos que me mencionó ayer. Así que desea usted ser más Mayhew que el propio autor, míster Mayhew.

Henry Cotton sonríe.

–No se equivoca usted mucho, míster.

Y, por un momento, dirige la mirada a Clara White, que se mantiene discretamente en la puerta. Misses Harris está cerca, pero no repara en el foco de la atención de su invitado; le pide a la joven con un susurro urgente que se vaya a ayudar a Cook, recordándole que la sopa ha de servirse «a las ocho exactamente». Clara obedece y sale. Oye cómo el fuerte volumen de su misses domina la charla.

–Dígame, míster Phibbs, ¿lleva usted mucho tiempo en Londres? Le recomiendo el Crystal Palace. Es asombroso, desde luego que sí.

La cena comienza en Doughty Street «a las ocho exactamente». Clara está sentada en la cocina con Alice, viendo trabajar a Cook. El estar esperando a que acaben las diferentes partes de la cena tiene algo de perturbador; cada vez que suena la campanilla hay que apresurarse a subir las escaleras llevando una bandeja para retirar platos, limpiar migas y preparar la siguiente ofrenda: caballa después de la sopa, y a continuación estofado de conejo con ostras, redondo de carne, perdices asadas y pichón con beicon. A medida que se acaba de preparar cada plato se sube enseguida, suculento y aromático; y cuando vuelven los platos solo quedan restos de grasa y huesecillos. Durante sus viajes, Clara prueba un poco de todo lo que acarrea, siempre que no se note a la vista.

Y, por fin, *plum cake* y tarta de queso, manzanas al horno y helados. Clara los lleva a la mesa acompañados de servilletas limpias.

La campanilla suena por última vez y Clara regresa al comedor.

–Una vez más tengo que felicitar a tu cocinera, Harris –dice míster Carpenter, con una miga de *plum cake* pegada al labio.

–Me sumo a ello, sin duda –añade el joven–. La comida es excelente. Diría que todo el servicio con el que cuenta usted lo es.

Clara se ruboriza al oír eso: Phibbs no deja de observarla abiertamente mientras ella va por la mesa recogiendo platos y cubiertos, provocando que misses Harris lo mire con las cejas alzadas y su marido sonría mientras se lleva su copa de vino a la boca.

–Estimado joven, eso es toda una historia en sí misma –dice, con la voz ligeramente turbia por el alcohol–. Pero me atrevería a decir que tiene usted toda la razón, ¿verdad, Clara?

Ella asiente, sin mirar al míster; siente cómo el sofoco que le causa la vergüenza le asciende por el cuello, y se apresura a recoger los últimos platos. Pero entonces sucede el desastre: tropieza con algo, pierde el equilibrio y se precipita ligeramente hacia delante, haciendo que un plato –y solo uno, a Dios gracias– se deslice por la bandeja y vierta su contenido en el regazo del joven, cuya camisa y chaqueta quedan manchadas de helado derretido. Clara no ha podido impedirlo por miedo a perder toda la bandeja. Al instante, todo el comedor se queda en un silencio absoluto y horrible, hasta que este es roto por la irritada y siempre estridente voz de la misses.

–¡White!

La chica deja la bandeja, sin saber qué hacer. Murmura:

–Lo siento mucho, míster.

Pero él hace un gesto como no dándole la menor importancia.

–Por favor, no se preocupe. ¿Tiene algo para las manchas?

–Puede que Cook tenga algo, misses –dice Clara, azorada, pidiéndole a su misses con la mirada permiso para retirarse.

–Pues ve y date prisa, torpe –responde ella, con una expresión rígida del descontento más profundo que a la joven le resulta familiar.

Cuando se dispone a ir en busca de cualquier producto químico que pueda tener Cook, el joven se levanta.

—Un momento —dice, volviéndose hacia la anfitriona—. Iré yo mismo, misses, si no le importa. Será más práctico, y así podré felicitar en persona a su maravillosa cocinera.

—¿Está usted seguro? —le pregunta el doctor.

—Sí, por supuesto.

—Bien, pues, Clara, muéstrale el camino al caballero y haz lo que puedas por él, ¿de acuerdo?

Ella asiente, ahora con el rostro colorado del todo, y guía al hombre.

—Un joven poco ortodoxo, ¿verdad? —comenta el doctor Harris.

Clara no dice nada mientras sube las escaleras. Solo cuando han llegado al pasillo el hombre habla.

—Tú y yo ya nos conocíamos.

—¿Míster?

—¿No me recuerdas? Bueno, supongo que estabas un poco azorada. Fue ayer, en Serle Street, cuando te caíste.

Clara se vuelve y lo mira, perpleja, mientras intenta recordar. Él asiente, indicando que comprende su confusión.

—Iba vestido de forma un poco diferente, pero te aseguro que era yo.

—¿Míster?

—Lo siento, te estoy mareando. Sé que es complicado, pero entiende que la única razón de que yo haya venido era para verte a ti. Aunque ahora no podemos hablar; a fin de cuentas, tenemos que librarnos de este helado. Solo quería decirte que mañana volveré.

—¿Mañana, míster? No puedo…

—Mañana. Tus señores me han dicho que irán a Sydenham. Yo vendré por la noche, cuando no estén, y podremos hablar.

Clara lo mira a los ojos.

—Míster, no sé qué desea usted de mí ni qué puede haberle dicho el doctor Harris, pero no soy de las que…

—¿De las que siguen a ancianas y les roban el monedero?

—¿Míster?

Le tiembla la voz.

—Te seguí desde Serle Street. Sé exactamente qué clase de chica eres. Eso es justo lo que me intriga de ti y la razón por la que tenemos que hablar mañana.

La joven no responde. Siente flojas las piernas. Él la agarra del brazo.

–No te deseo ningún mal, de eso puedes estar segura. Y ahora, mejor que vayas a avisar a tu valiosa cocinera de que quiero conocerla.

Ella no deja de mirar en su dirección, pero con la vista perdida.

–Vamos. Ah, y siento haberte hecho tropezar, aunque –se mira la camisa– creo que yo me he llevado la peor parte.

Son las diez cuando llega un carruaje a por los Carpenter. Míster Phibbs, por su parte, anuncia que partirá a pie, a pesar de las numerosas protestas de los anfitriones, que insisten en que debe usar un taxi. En la puerta, Clara le entrega el abrigo y el sombrero, y, apenas por un instante, casi podría jurar que él le guiña un ojo.

Una vez que se han ido los invitados, recibe un sermón por parte de misses Harris, centrado principalmente en las muchas razones por las que no es una gran idea que una sirvienta vierta la comida sobre un joven, en por qué una sirvienta en concreto es irrazonable y una desagradecida y en por qué dicha sirvienta provoca migrañas a todos los que intentan ayudarla a mejorar.

Pero la charla no se extiende mucho, ya que misses Harris se declara por completo exhausta.

A continuación toca lavar platos y sartenes, tarea que Clara comparte con Alice Meynell, hasta que las dos tienen las manos y las muñecas arrugadas y doloridas.

A las doce, Alice se va a la cama. Clara se queda un rato más en la cocina, pensando en la extraña insistencia del joven en hablar con ella.

«No te deseo ningún mal».

Entonces llaman a la puerta de la cocina.

Capítulo 25

Clara alza la vista, sobresaltada. A la tenue luz de gas, con la lluvia aún cayendo fuera, la idea de una visita nocturna le llena al momento la mente de visiones nada deseadas de ladrones y descuideros y lejanas historias de fantasmas. Entonces piensa que el joven ha regresado. Entre el ruido del agua tarda un instante en reconocer la voz de mujer que la llama por su nombre.

–¿Clara? ¿Estás ahí? No te asustes. Soy yo. Déjame entrar, que me estoy empapando.

Mira por la ventana y distingue una figura bajo la lluvia. Le cuesta unos segundos reconocer sus facciones.

–¿Lizzie?

–¿Quién si no?

Clara abre la puerta. La chica que entra es un poco diferente a como la recuerda: la cara de niña es ahora más adulta y cansada, y hasta le parece más alta. Da un paso atrás y se la queda mirando.

–¡Lizzie! –exclama, incrédula–. ¡Pero si eres tú!

–¿Tanto he cambiado?

–Sí. Te pareces mucho a mamá de joven.

Lizzie Hunt frunce el ceño. Se retira la mantilla de los hombros y agita la cabeza, echando agua sobre el suelo de piedra.

–Si tú lo dices… Vaya bienvenida. ¿Puedes encender la chimenea? Voy a morirme de frío.

–La chimenea no, a estas horas de la noche no. –Clara le coge la mantilla y la extiende sobre una silla–. Ven junto al horno, que aún está caliente.

Lizzie lo hace, se queda de espaldas al aparato y contempla la cocina. Clara nota que tiene un morado en la muñeca y otro en el cuello, este último oculto a medias por sus cabellos castaños.

—¿Quién te ha hecho eso? –pregunta sin dejar de mirar.

—Nadie. Ha sido un accidente, eso es todo.

Clara pone expresión escéptica, pero decide no insistir por el momento.

—Me alegro de verte.

—Y yo.

—Nos vas a meter en un lío viniendo así.

—¿En un lío? Tú sí que has cambiado –replica Lizzie–. Mamá decía que tú nunca le tenías miedo a nada.

—Solo es que este es un buen lugar, y no quiero que nadie piense que…

—¿Y ahora te importa lo que piensen de ti?

—Quizá sí que he cambiado. De ser así, ha sido para mejor. ¿Qué hay de ti?

—¿Qué hay de qué?

—¿Estás bien?

—Sí, más o menos. Aparte de empapada.

—No me refiero a eso, sino por dentro. ¿Dónde has estado todos estos meses? Podrías haber dicho algo.

—He estado aquí y allá.

—¿Con Tom?

—Sí, con Tom.

Clara suspira y esquiva ostentosamente la mirada de su hermana.

—¿Y ahora dónde estás?

—En casa del primo de Tom. Bueno, es una habitación en Saffron Hill.

—¿Ah, sí? Y dime, ¿por qué te fuiste así, de repente? Y con alguien como Tom Hunt.

—Conmigo se porta bien.

—Eso me lo creeré cuando lo vea. ¿Te pega?

—No mucho. Lo habitual en una pareja.

—Pues no lo parece.

Lizzie pone cara de desprecio.

—Qué sabrás tú. De ti nunca se ha enamorado nadie.

—Eso no tiene nada que ver. No quiero que te haga daño. Conozco bastante a Tom, ¿eh? No es bueno para ti. Ni para ti ni para nadie.

–Ya veo que no tenía que haber venido. –Lizzie chasca la lengua, reprendiéndose a sí misma–. Creí que te alegrarías de verme.

–Y me alegro.

Clara se sienta a la mesa de la cocina y se frota la frente con las palmas.

–¿Cómo te va? –sigue por fin–. ¿Te da dinero? Yo no tengo de sobra, al menos por ahora.

–Perfecto, porque no lo necesito. Sé cuidar de mí misma.

Lo dice con orgullo. Su hermana la mira por entre los dedos, que aún aprieta contra la frente.

–¿Cómo?

–¿Cómo crees tú? –Se aparta el pelo de la cara–. Tengo mi belleza, ¿no?

Clara tarda un momento en comprender el significado de esas palabras. Cierra los ojos y murmura un taco.

–No lo dirás en serio. ¿Cómo has podido, Lizzie?

–No es difícil. Tú lo sabes tan bien como yo; viste a menudo cómo lo hacía mamá. Además, ¿qué importa? Tengo a Tom, ¿no? Hacerlo no cuenta si tienes a alguien a quien quieres de verdad.

–¿De verdad crees que Tom Hunt te quiere?

–Se casó conmigo. Con un cura delante y todo.

Clara ríe, pero con una risa sarcástica que irrita a su hermana. Durante un momento ninguna de las dos dice nada.

–Bueno, será mejor que me vaya –dice Lizzie–. No quiero meterte en líos.

–No seas así. Oye, ¿te has enterado de que mamá se ha ido a saber dónde?

–¿Ah, sí? –se sorprende su hermana–. La vi hace solo un par de días; me dijo dónde encontrarte.

–¿Y te dijo algo más?

–¿Sobre qué?

–Sobre lo que sea.

Lizzie se encoge de hombros.

–No dijo mucho. No parecía sentirse bien.

–¿Y te has enterado del asesinato en el metro anteayer? –Lizzie asiente–. La muerta es la chica que compartía habitación con mamá. Puede que hasta la vieras. El caso es que la policía ha estado olisqueando. Hasta vinieron aquí a preguntar por ella.

Ahora es Lizzie quien se echa a reír.

—¿Qué pasa, la bofia cree que fue mamá?

—No he dicho eso. Pero mal asunto si creen que tiene algo que ver.

—A lo mejor sí que lo tiene.

Lo dice como si fuese muy divertido.

—No digas estupideces.

—En fin —replica Lizzie, y coge su mantilla mojada, no más seca que antes—, siento ser demasiado estúpida para ti, Clarrie. No pretendía ser una molestia. Quería darle una buena noticia a mi hermana, pero si no soy lo bastante buena para estar contigo…

—Suéltalo ya. ¿Qué es?

—Nada, una cosa.

—¿Qué?

Lizzie se queda en silencio, estrujando la mantilla y mirando al suelo. De repente parece más seria, menos segura de sí misma. Cuando por fin habla, lo hace en un susurro. Se lleva inconscientemente la mano a la barriga.

—Creo que estoy embarazada.

Clara la mira, anonadada.

—¡Niña tonta! Pero es una buena noticia, ¿no?

—No me llames tonta. Y hace tiempo que tampoco soy una niña. Sabía que ibas a ponerte así, lo sabía. No tendría que haber venido. —Se echa la mantilla a los hombros mientras habla—. Estás resentida. Te crees muy especial aquí sentada, ¿eh, Clarrie? Te crees mejor que yo. Bueno, pues no lo eres.

—Al menos a mí no se me ha tirado… a saber quién.

—Es hijo de Tom —replica Lizzie con gran énfasis—. Y, si tú te crees mejor que yo, ¿cómo has conseguido esto? Con ese uniforme elegante, como si hubieses nacido para llevarlo. ¡Ja!

—Yo no me he vendido a mí misma, Lizzie, si es eso a lo que te refieres.

Ahora Lizzie está en la puerta, con el rostro rojo por la frustración y la furia.

—Pues genial para ti. Pero no eres mejor que yo. Y —añade con voz petulante e infantil– este verano yo tendré a Tom y a mi bebé. ¿Qué tendrás tú? ¿Tu trabajo de criada?

No espera respuesta: sale, sube los escalones a toda prisa y cierra de golpe.

Normalmente, Clara White se preocuparía de que las voces hubiesen despertado a quienes duermen arriba y provocado las iras de misses Harris por segunda vez en pocas horas. Pero se limita a quedarse encorvada sobre la mesa de la cocina, con la cabeza entre las manos.

Fuera, la lluvia sigue cayendo, persistente, manchada por las cenizas nocturnas. Para Lizzie Hunt es una compañera habitual mientras camina por las calles de la ciudad, y apenas la nota de tan alterada como está. Al poco de llegar a Saffron Hill, un hombre se le acerca. Quizá haya confundido sus lágrimas con gotas de lluvia, o quizá simplemente esté pensando en otra cosa.

–¿Cuánto, guapa?

–Esta noche no.

–Venga, que nos lo vamos a pasar bien.

–¡He dicho que no! Esta noche no.

Capítulo 26

El inspector Webb está sentado en su despacho de la comisaría de Marylebone, estudiando las notas sobre su escritorio, trozos de papel que lleva ordenando y reordenando una hora o más. También tiene un libro, *Usos del opio en tintura y solución*. Una vez más, la aparición del sargento Watkins en la puerta le rompe la concentración.

—¿Trabajando hasta tarde, míster?

—Más bien «trabajando hasta noche», Watkins.

—Eso suena aún peor. ¿Lleva todo el día aquí? Lo parece.

—Espero que me traiga usted noticias, sargento, y que no haya venido solo porque no tiene con quién charlar en la cantina.

—Aún estamos esperando la transcripción del diario, míster.

—Bien que lo sé. Creía que íbamos a recibirla hoy.

—Mi contacto ha tenido un caso repentino en Doctor's Commons. Dice que no puede descuidar su trabajo.

—¿Mañana, entonces?

—Casi con toda certeza, míster.

—Espero que tenga usted más que contarme, Watkins. Por su rostro veo que es así. Por favor, adelante.

—Wapping acaba de contestarnos sobre Agnes White.

—¿La han encontrado? —lo interrumpe Webb.

—Por así decirlo. Encontraron su vestido en la orilla, cerca de la torre. Creen que se ha ahogado. Todo muy fortuito: un vagabundo lo encontró y se lo ofreció a un vendedor de ropa de segunda mano que había oído que buscábamos a White.

—Un momento, Watkins. Es notable, sí, pero admito que se me ha adelantado usted. ¿Cómo saben que el vestido pertenece a White?

—Ah, eso también me intrigó a mí hasta que pude verlo. Es el uniforme del refugio, una especie de camisón, con su nombre cosido dentro.

–¿Lo tenemos aquí?

–Nos lo han enviado, míster. A los chicos del Támesis no les servía de mucho.

–Entonces, por Dios, Watkins, tráigamelo. Muéstremelo.

Watkins sale, y enseguida regresa con un bulto de tela envuelto en papel marrón. Lo abre y despliega sobre una mesa cercana el reconocible uniforme azul y blanco del refugio. Está manchado de barro y polvo y ligeramente rasgado en varios puntos, pero el diseño se ve muy claro, y el sargento le levanta el cuello, para mostrarle a su superior la etiqueta cosida con el nombre.

–¿Qué le parece, míster?

–Supongo que no llevaba mucho tiempo en el río.

–Eso parece. ¿Por qué cree que lo habrá hecho, míster?

–¿Hacer qué? ¿Quién?

–Suicidarse –responde Watkins.

Webb lo mira y alza las cejas, escéptico.

—«Acciones para ser escondidas no estaban escondidas».

–¿Míster?

–Es una cita, sargento. No importa. ¿Cómo sabemos que se suicidó? A fin de cuentas, solo tenemos la ropa. ¿No le parece curioso que el vestido se haya salido del cuerpo tan fácilmente? Está bastante entero, ¿no? –dice, pasando un dedo por la tela aún húmeda.

–No es imposible, míster.

–No, no lo es. Pero ¿qué hay del cuerpo?

–Puede haberse hundido. O puede habérselo llevado la corriente. No siempre los encontramos, ¿verdad, míster?

–Ciertamente.

–Pero, si me permite decirlo, no parece usted muy convencido, míster.

–Puede decirlo, desde luego; en estos momentos no estoy seguro de nada, excepto de que aún estamos a oscuras.

–Bueno, míster –replica el sargento–, yo no iría tan lejos. A donde sí debería usted ir es a casa a dormir.

—Esa es mi intención. Por cierto, ¿ha sabido algo del refugio sobre la otra cuestión?

—¿El refugio? Lo siento, míster, olvidé mencionarlo. Tenía usted toda la razón: falta al menos un botellín de una mezcla patentada que resulta contener láudano.

Webb sonríe.

—Eso creía. —Vuelve a mirar la ropa ajada—. No creo que vayamos a encontrar a Agnes White, sargento.

—¿Quiere decir que está en el fondo del río?

El inspector se encoge de hombros.

—Tampoco creo que esté en el río. Compruebe con miss Sparrow si, además del uniforme, tenía ropa propia. Me imagino que será así, y que ella la cogió. Intenta darnos esquinazo, sargento. Creo que no tiene ganas de que la encuentren.

Wapping

El callejón es oscuro y fétido, un estrecho camino con un reguero acuoso en el centro que hace de cloaca colectiva para los edificios de alrededor. Va desde Wapping High Street hasta el puerto, pero acaba sin salida, contra el alto muro de ladrillo que protege los almacenes y los barcos que contienen. Agnes White lo conoce bien. Sigue al hombre hasta donde él ha elegido, una puerta abandonada con la repisa de una ventana al lado, donde ella puede apoyarse contra su cuerpo masculino. Lo mira a la cara, intentando recordar qué aspecto tenía a la luz del gas de Wapping High Street, mientras él le levanta las faldas con manos ansiosas. Es de piel oscura, muy moreno, hasta ahí sí recuerda. Se pregunta si será griego o alguna especie de pirata otomano, de los que raptan a chicas decentes y se las llevan a algún harén lejano para gozo de un sultán aburrido; ha visto cosas así en las representaciones de teatro callejero de Whitechapel.

Pronto acaba todo. Él se vuelve, demasiado rápido para el gusto de Agnes. Le tira de la manga.

—¿Un chelín?

Seguro que conoce esa palabra aunque no hable inglés. Él sigue dándole la espalda. Ella lo agarra más fuerte del brazo. Él le propina una bofetada y la aparta de un empujón que la hace caer al suelo, entre el detritus podrido y el denso lodo marrón.

No se levanta de inmediato; sabe que no debe hacerlo. Espera a que él se vaya y busca con su mano mugrienta la pared, apoyándose en ella hasta estar en pie.

Ahora, así cubierta de barro, nadie va a quererla. A menos que tenga mucha suerte.

Va a tener que quedarse en Gravehunger Court al menos una noche más.

Capítulo 27

En la otra punta de la ciudad, Doughty Street, un reloj marca las dos en punto; su campanilla resuena por el oscuro pasillo de la casa.

El doctor Harris abre lentamente la puerta de su habitación y sale con cuidado, iluminándose con una única vela que le proporciona una magra iluminación, aunque, incluso entre las sombras parpadeantes, se le nota algo exuberante en sus facciones. Pasa de puntillas ante la habitación de su esposa con un júbilo apenas contenido que, de despertarse ella y verlo, daría por seguro que está borracho. Y es que la expresión del hombre resulta aún más notable si se la compara con la tranquila y casi beatífica que ofrece en circunstancias normales. Quizá el efecto sea exagerado debido a la leve luz de la vela mientras se derrite poco a poco, pero, como mínimo, y de nuevo en caso de despertarse su mujer, observaría cómo él sonríe para sí mismo al pasar, así como el hecho de que rodea la llama con su mano para disminuir aún más su luz; y, por último, repararía en que su esposo va vestido para salir.

Pero, por supuesto, misses Harris duerme profundamente.

Una vez que está ante las escaleras, el doctor se permite echar una mirada atrás, para a continuación descender los dos tramos intentando apoyar lo menos posible los pies y evitar todo ruido, hasta llegar al pasillo de entrada, donde deja el pequeño portavelas sobre la mesilla. Viste un traje negro nada remarcable, y completa el atuendo con su abrigo de lana y el sombrero que coge del colgador de hierro junto a la puerta. No intenta abrir esta, ya que, sin duda, presenta un desafío insuperable en la búsqueda del máximo silencio, con su grueso burlete de terciopelo, sus numerosos candados y su robusta cerradura de la marca Chubb.

161

Así, coge de nuevo la vela y baja hasta la cocina. Una vez allí, y con cuidado de evitar las trampas para ratones y cucarachas (y a las propias criaturas en sus paseos nocturnos), sale por fin al exterior.

Hay una ligera neblina en Doughty Street, aunque no lo bastante densa en partículas de ceniza como para que los residentes de la ciudad la consideren el tradicional «puré de guisantes». Pero sí hace frío, el suficiente como para que el doctor vea su propio aliento en el aire. Se cierra más el cuello del abrigo y echa a caminar en dirección a Gray's Inn. En la esquina hay un taxi; su conductor lleva también un grueso abrigo, además de un sombrero de ala ancha calado hasta las orejas, de forma que lo único visible de su rostro es la pipa humeante que asoma. Sin quitársela de los labios, saluda al doctor con la cabeza y se dirige a él.

–¿A donde siempre, míster?

Harris no dice nada; se limita a asentir mientras entra en el carruaje.

Incluso con la puerta cerrada, el vehículo ofrece poca protección contra el gélido aire nocturno. El doctor siente un ligero temblor mientras mira por la ventanilla cómo siguen el recorrido habitual en dirección al este, para girar al norte en Clerkenwell Green y pasada la iglesia de Saint James. Es un viaje corto con las calles vacías, y en poco más de cinco minutos llegan a su destino, una casita georgiana decrépita oculta entre las manzanas de Islington. No es una zona de aspecto especialmente respetable; por todas partes hay rastros de falta de mantenimiento, desde la pintura descascarillada alrededor de puertas y ventanas hasta la ligeramente torcida y artrítica disposición de las rejas de la verja metálica, todas ellas inclinadas hacia fuera o hacia dentro respecto a su posición original. Aun así, el doctor Harris sale del carruaje y le dedica dos únicas palabras al conductor:

–Una hora.

–Sí –responde el hombre, y azuza suavemente al caballo para que vuelva a emprender la marcha.

La casa en cuestión tiene gruesas cortinas cerradas tras cada una de las ventanas frontales de sus tres pisos, por lo que resulta imposible saber si dentro hay alguien despierto como para recibir visita. Pero lo más notable es que, al acercarse el doctor a la puerta, esta se abre en total silencio, de forma que no tiene ni que detenerse ante ella; aunque a él mismo no parece impresionarle tal muestra de anticipación, y entra confiadamente, imperturbable.

Una sirvienta lo saluda educadamente en el pasillo, cierra la puerta y le coge el sombrero y el abrigo. A continuación lo guía hasta el salón de abajo, que está apenas amueblado excepto por dos sofás a juego, una mesa de caoba y varias sillas; no hay más que un par de acuarelas descoloridas y colgadas torcidas sobre la chimenea, una planta marchita bajo un vidrio polvoriento y numerosas marcas y rayaduras en los ordinarios paneles de madera de las paredes. Casi parece el interior de la sala de espera de una estación de tren muy poco frecuentada.

Entra una mujer de apariencia cuidada, no mucho más joven que la esposa del doctor. Sonríe, lo saluda con un gesto de la cabeza y se sienta en uno de los sofás.

–Buenas noches, míster.

–Misses –devuelve él el saludo.

–¿Dos noches seguidas, míster? Es un honor.

–Como le dije anoche, misses, hay dos plazas libres en el refugio y deseo entrevistar a tantas candidatas como me sea posible antes de hacer mis recomendaciones. Me dijo usted que había otra chica.

–Oh, yo diría que unas cuantas.

–Me refiero a una joven.

–No se preocupe, míster: le aseguro que no tiene más de trece años.

–¿Y es virtuosa?

–Puedo mostrarle un certificado médico si lo desea.

–No creo que sea necesario. Yo mismo tengo suficiente experiencia médica.

–Gracias, míster. Eso será un alivio para todas las partes implicadas.

–Seguro que sí. ¿Acordamos el mismo precio por la entrevista?

–¿La entrevista? Serán dos libras por una conversación completa con la dama.

–Confío en que no sea precisamente una dama.

–Tengo entendido que es la hija de un fabricante de corsés, míster, recientemente llegada a Islington desde el campo, concretamente Tottenham, según me ha dicho. Ha venido a la ciudad a intentar hacer fortuna o una tontería así. Tiene aspiraciones extravagantes, como la mayoría de las chicas de su edad, ya sabe.

–¿Cuántas noches hace que está con usted?

–Cinco noches y cinco días. Diría que ya está hecha a las costumbres de la casa. No creo que le dé ningún problema, míster.

–Puede que tenga que hacerle algunas preguntas difíciles.

–Hágale tantas como desee, míster. Y tenga por seguro que no habrá nadie escuchando. Pregúntele cuanto quiera.

–Me alegro de que nos entendamos tan bien, misses.

La mujer le dedica una sonrisa educada.

–Dime, ¿cómo te llamas?

–Eliza.

–Bonito nombre. Tranquila, no me tengas miedo.

–No lo tengo.

–Me alegro. La habitación está bien, ¿verdad? Buenas sábanas, una cama elegante. Misses F. es buena al tratarte así, ¿no?

–Quiero volver a casa.

–Bueno, es un poco tarde para eso. Y más a estas horas de la noche.

–Si pudiera, me iría ahora mismo.

–Siéntate un poco más cerca de mí. Así mejor, ¿no?

–Supongo.

–¿Deseas mejorar, querida?

–Supongo.

–Por supuesto que sí. Sé de un lugar en el que ayudan a mujeres como tú, mujeres descarriadas. Es un hogar para jóvenes que supone una ocasión de empezar de nuevo para quienes lo deseen, y con los gastos pagados. Yo podría recomendarte.

–¿Empezar de nuevo?

–Emigrar. Quizá a la Tierra de Van Diemen. Un país muy bonito, te lo aseguro.

–Pero yo no soy una descarriada.

—Entonces, ¿qué crees que haces aquí?

—No lo sé.

—Pues voy a mostrártelo.

—¡Suélteme!

—Venga, ven aquí.

—¡No!

—Sí. Pon la mano justo ahí. No te resistas. ¡Perfecto! Buena chica.

Capítulo 28

Mediodía

Lizzie Hunt vaga por las calles traseras de Saffron Hill. El cielo está cubierto por una capa de nubes de color negro carbón, pero la lluvia de la noche anterior ha parado y el aire es fresco y limpio. Gira una esquina, hacia el pequeño pasaje que conduce al lugar de encuentro favorito de su marido. Y es que estos últimos días Tom Hunt casi se ha convertido en un mueble más del Three Cups. Tiene una capacidad única para sentirse como en casa en esa clase de establecimientos, y también es un maestro en congraciarse con sus dueños y con las camareras, mediante halagos o mediante su irresistible sonrisa. Así, apenas le reprochan el que sea capaz de hacer que un vasito de ginebra le dure una hora o dos. De hecho, en cuanto se vuelve habitual de un local se lo considera como una muestra de la categoría de este. El Three Cups no es una excepción, y Lizzie no se sorprende de encontrarlo allí; más notable le parece que no solo haya conseguido una mesa sino también papel de escribir, pluma, tinta y tintero.

–Aquí estás –le dice al verla.

–Sí, aquí estoy –responde; coge un taburete y se sienta junto a él.

–Bueno, ¿cuánto has sacado? –le pregunta Tom, ansioso–. ¿Has tenido una buena noche?

–Unas cuantas libras.

La chica le entrega un puñado de monedas.

–¿Eso es todo?

Y empieza a contarlas.

Lizzie se encoge de hombros. Tiene el rostro cansado, con sombras oscuras bajo los ojos.

–¿Qué haces? –le pregunta tras una pausa.

–Estoy escribiendo una carta –dice él con tono irritado, y se mete las monedas en un bolsillo del pantalón.

–A ver.

Ella se inclina e intenta leer las palabras moviendo lentamente los labios.

–Ya te la leo yo. –Tom muestra un tono casi de orgullo–. Escucha qué bien suena. Esto, querida, va a cambiarnos la suerte o soy el holandés errante.

Apreciado míster:

Le escribo esta carta con la seguridad de que su reconocida compasión ante el sufrimiento humano le hará perdonar mi presuntuosidad. Me veo obligado a escribirle debido a unas circunstancias que reducirían a cualquiera a un estado de miseria y condenación, y es solo la esperanza de que otro cristiano como yo contemple con simpatía mis ruegos lo que ha evitado que cayera en la desesperación más absoluta. Me resulta doloroso relatar la naturaleza y las causas de mi vergonzoso estado; confío en que baste decir que, aunque soy un hombre trabajador, he sufrido la pérdida tanto de mi madre y de mi padre como de mi esposa, todo ello en el espacio de unas pocas semanas. Me quedan tres hijos, que resultan una gran carga para mis posibilidades, y una hija pequeña, enferma y enfebrecida. Ya no me quedan ni unas monedas con las que comprar medicinas ni comida. He de confesar que me he convertido en un abyecto pordiosero y he tenido que recurrir a préstamos de otros para mantener a la muerte lejos de mis pequeños. Sé que me considerará usted muy atrevido por imponerle mis cuitas, y solo puedo ofrecer las vidas de mis hijos como justificación por esta inoportuna misiva. Si siente usted un mínimo de compasión por mis desgraciadas circunstancias, le ruego me envíe una pequeña muestra de su caridad, dirigida a T. M. Smith, oficina de Correos de High Holborn.

Lizzie sonríe.

–Anda que no eres bueno, Tom –dice, admirada.

–Esperemos que ese hombre responda –replica él, complacido por el halago–. Le pagué dos libras a Charlie el Honesto por el nombre, la dirección y algunas de las frases.

–Seguro que sí.

Lizzie se inclina hacia delante para besar a su marido, pero, al hacerlo, su brazo entra en contacto involuntario con el frasco de tinta, que se tambalea de lado a lado un momento y por fin cae. Tom y Lizzie contemplan como paralizados la mancha de fluido negro azulado que se vierte sobre la mesa y todo cuanto hay en ella, en un avance que parece lento pero acaba recabando en la propia carta, cubriendo las palabras con un oscuro y viscoso charco. Instintivamente, Tom intenta hacerse con el papel, pero con ello solo consigue que la tinta baje por este, gotee y arruine del todo la misiva.

–¡Zorra inútil! –exclama él, volviéndose hacia Lizzie y alzando un brazo.

–¡No, Tom! –le ruega ella–. ¡Ha sido un accidente!

La voz del dueño del local se suma desde la barra:

–¡Eh! ¡Aquí nada de eso!

Tom Hunt baja el brazo y respira hondo. Hasta las otras tres o cuatro hojas que tenía en blanco se han visto manchadas por su intento de salvar la carta.

–¡Arruinado! ¡Ha quedado todo arruinado, perra!

Hay una larga pausa. Lizzie reúne coraje como para hablar, aunque tiembla a la vez que tensa los hombros y la espalda.

–Lo siento mucho, Tom –dice con voz baja y tímida–. En serio. Ha sido un accidente.

Tom Hunt mira el desastre sobre la mesa.

–Mejor que vayas a buscar un trapo para limpiar esto. –Lizzie asiente y se levanta. Él añade, furioso–: ¿Qué vamos a hacer ahora, eh?

–Ayer vi a mi hermana –dice su mujer, ansiosa por cambiar de tema.

–¿A Clara? –pronuncia casi con cariño, y alza la vista–. ¿Cómo está? ¿Dónde la viste? ¿Estaba robándole la cartera a alguien?

—Ya no hace esas cosas.

—¿Despúes de todo lo que le enseñé? Qué desperdicio. Tenía manos muy hábiles, no como alguna otra torpe que no mencionaré. Entonces, ¿qué hace?

—De criada.

Tom pone cara de sorpresa, y de repente desaparece de su rostro sin afeitar toda la furia y petulancia; ahora se echa a reír, golpeando la mesa con un puño y ensuciándose aún más la mano de tinta.

—¿De criada? ¿Clara White? Me estás tomando el pelo, cariño, ¿verdad?

Lizzie niega con la cabeza.

—Ha cambiado. Es diferente a cuando la conociste.

—Nunca había oído un disparate como ese —clama él, aún riendo—. Ven aquí.

Se inclina hacia delante e indica con un gesto que Lizzie haga lo propio. Ella obedece, cautelosa. Tom le susurra:

—¿Y dónde trabaja? ¿Es una casa grande?

—Está en Doughty Street, cerca de Gray's Inn. Tiene tres o cuatro plantas.

—¿O sea, que es casi una mansión?

Lizzie asiente. De repente, él se le acerca aún un poco más, la agarra por la nuca y tira hasta casi tocarle la oreja con la boca.

—Ve a limpiar esta porquería, y después cuéntamelo todo.

Su esposa vuelve a asentir y se dirige a la barra a por un trapo. Tom Hunt se sienta de nuevo.

—Nadie —murmura para sí mismo—, nadie cambia tanto. —Sonríe—. ¡Esa zorra de Clara White! ¡Ja!

Capítulo 29

Clara White está en el exterior de la casa de Doughty Street, contemplando nerviosa cómo el carruaje de sus señores parte camino de los múltiples placeres de Sydenham. Una vez que ha desaparecido de la vista, regresa a la cocina, donde su colega está barriendo el suelo.

–Ojalá pudiese ir con ellos –dice Alice Meynell.

–¿Con ellos?

–Bueno, no con ellos exactamente. Van a la ópera, ¿no? Nunca he estado en el Crystal Palace.

Clara sonríe.

–Si le das a la escoba con el suficiente brío, igual aparece un príncipe azul y te lleva.

–Yo no consigo que me mire ni el hijo del panadero.

Cuando su compañera va a responderle suena el timbre de la puerta.

–Típico, justo cuando ellos acaban de irse –exclama Alice–. No esperaban a nadie, ¿verdad?

Clara no dice nada pero corre arriba, con una mezcla de agitación y emoción en la boca del estómago. Abre la puerta y se encuentra con Henry Cotton, que lleva un traje decente aunque no formal como el de la noche anterior, y sonríe al verla.

–Miss White. –Una vez más, Clara se queda allí, inmóvil, sin saber qué hacer. El visitante toma la iniciativa y entra en el recibidor–. ¿Podemos hablar?

Le ofrece su abrigo y su sombrero. Ella no los coge.

–No –responde, dubitativa–. Alice está abajo.

–¿Y no está Cook? Es una mujer encantadora.

–No vive en la casa.

–¿Podemos hablar aquí, entonces?

Henry abre él mismo la puerta del comedor y entra rápidamente, antes de que Clara pueda protestar. Lo sigue, mirando nerviosa atrás, hacia las escaleras, por si aparece Alice.

–¿Qué quiere de mí? –dice por fin, exasperada, una vez que entra y vuelve a cerrar la puerta–. Alice se dará cuenta de que pasa algo, no es tonta. Y yo tampoco.

–Clara… –empieza él mientras se sienta en una silla junto a la chimenea, pero entonces se detiene–. ¿Puedo llamarte Clara? –Ella asiente en silencio; no es una pregunta que acostumbren a hacerle–. Clara, sé que debes de considerarme un loco o peor, pero, como te dije ayer, no pretendo hacerte nada malo. Por favor, puedes estar segura de que no tienes nada que temer de mí. Soy, a falta de una mejor definición, una especie de periodista, y creo que tú podrías serme de inmensa ayuda.

–¿Es usted periodista?

–Bueno, al menos escritor.

–¿Y en qué puedo ayudarle yo? –pregunta ella con tono descreído, frunciendo el ceño.

–El doctor Harris me ha contado un poco de tu historia, y yo mismo te he visto en acción… –Ante eso, Clara se sonroja y va a contestar, pero él alza una mano–. Espera. Iba a pedirte que, por favor, entiendas que no tengo ningún interés en verte ante un juez. Al contrario: me considero afortunado de haberte visto, porque podrías ser muy valiosa para mi trabajo.

–No voy a robar nada para usted.

–¡Por Dios! ¿Me tomas por el Fagin de *Oliver Twist*? Lo que quiero es tu ayuda.

–Sigo sin entenderle –insiste ella, ansiosa, mirando por la ventana, no fuese a ser que sus empleadores volviesen a aparecer de repente–. No entiendo nada de lo que dice usted.

–Perdona, no estoy siendo nada claro. Sé de tu pasado, de tus actividades de por entonces. También sé que eres despierta y que has encontrado tu lugar aquí, con el doctor Harris. Y que aún hoy no estás por encima de robarle el monedero a una anciana, así que, por favor, no me vengas con que estás reformada, porque no me lo creo. La razón de que te esté hablando así es que confío en escribir con detalle sobre los varios males de nuestra sociedad. Creo que puedo hacerme un nombre con ello. Pero he visto que no voy a llegar muy lejos sin ayuda. He llegado a disfrazarme para infiltrarme en los peores tugurios y hablar con los habitantes de tales profundidades, pero en cuanto abro la boca mis palabras siempre me delatan. Confieso que me resulta difícil ganarme su confianza, por lo que no puedo fiarme de lo que me dicen. En cambio, tú eres todo un hallazgo. Puedes ayudarme a acceder a lugares y a gente que… –Hace una pausa para respirar, como si estuviese llegando a la conclusión de un complejo problema de lógica–. Tú, Clara, puedes mostrarme el inframundo.

Se produce una pausa. Ella mira al joven, atónita: parece falto de aliento y sobrado de emoción; pero no consigue evitar lo que comienza siendo una media sonrisa para pasar a una sonrisa entera y a una carcajada abierta. Se lleva las manos a la cintura y da un paso atrás, apoyándose en la silla más cercana.

–¿El «inframundo»? ¡Suena usted como una novela barata! –exclama.

–¿Ah, sí? –Él se muestra ligeramente irritado, aunque casi la acompaña en sus risas–. ¿Ves?, por eso necesito a alguien que sepa lo que es vivir como…, bueno, como tú has vivido. Alguien de confianza que me guíe. Piensa en ello. Hasta podría pagarte algo.

–¿Pagarme?

–No puedo permitirme grandes sumas. Pero sé que quieres mejorar en la vida, o no estarías trabajando aquí.

–¿Y qué hay de lo del monedero? ¿Va a contarlo?

–Vi que antes de hacerlo no las tenías todas contigo. No fue obra de una criminal recalcitrante, eso estaba claro. Pero sí que conoces esa vida, y por eso te necesito.

–Pero ¿cómo iba a poder hacer yo nada de lo que usted propone? Misses Harris nunca lo toleraría.

–Misses Harris no tiene por qué enterarse nunca.

–No puedo actuar a sus espaldas, o a las del doctor. Han sido buenos conmigo.

–Venga, que ya lo has hecho otras veces. Además, esta noche

no están, ¿verdad? Los he visto irse; por eso he venido ahora. Tenemos unas tres o cuatro horas. Ven conmigo.

–¿Ahora mismo? –se sorprende Clara–. ¿Para hacer qué?

–Veamos… Para empezar, podrías mostrarme la zona donde creciste. Creo que tuviste una infancia muy emocionante, o al menos eso es lo que me dijo Harris. Fue en Wapping, ¿no?

–¿En Wapping?

–Podemos empezar por ahí. Prometo que te traeré de vuelta a tiempo. Podemos coger un taxi si es necesario.

–¿Y si no quiero? ¿Va usted a contar lo que vio?

–¿De verdad no quieres hacerlo? –replica él, emocionado–. Va a ser una aventura maravillosa. –Ella lo mira, sin acabar de decidirse–. Vamos.

Y el joven le ofrece su mano.

Capítulo 30

Clara está sentada al lado de Henry Cotton en el taxi, que traquetea sobre los embarrados adoquines de Wapping High Street; da golpecitos nerviosos con un pie en el suelo cubierto de paja. Aunque ya casi ha oscurecido, mira hacia el río, detrás de los almacenes. Distingue los altos mástiles de los barcos, que a la escasa luz parecen las copas de los árboles de un bosque casi desnudo, agitándose levemente con la brisa. Cotton observa a su compañera, libreta en mano, y toma alguna nota ocasional. Por fin, más o menos a media altura de la calle, Clara le pide al conductor que se detenga, instrucción que él le pasa al caballo mediante un grito y un fuerte tirón de las riendas, con lo que provoca que el vehículo frene de forma abrupta. Cotton sonríe al ver la incomodidad de la chica al verse impelida bruscamente hacia delante.

—Veo que no vas en taxi muy a menudo —comenta él tras abrir la puerta y bajarse.

—No —responde ella con aspereza; acepta la mano que él le ofrece para bajar, y después empieza a seguirlo—. Y aún no puedo creerme que haya sido lo bastante boba para venir aquí.

—Clara, te juro que puedes fiarte de mí.

El taxi los ha dejado frente a una taberna llamada The Black Boy. Es un local pequeño, a la orilla del río, menos ostentoso que muchos de sus rivales. Su cartel es lo único que denota que es un lugar dedicado al ocio: muestra a un niño negro desnudo, torpemente dibujado, tan tranquilo, sin darse cuenta del peligro que presenta una columna de gas que arde por encima de su cabeza. Pero ya desde fuera pueden oírse numerosas voces elevadas en animadas conversaciones, y a través de las ventanas empañadas se intuye el brillo de un fuego acogedor.

—Como le dije, yo nací aquí. —Clara señala la puerta—. Al lado de la chimenea, según dice mi madre. ¿Quiere usted entrar?

—¿Naciste en un *pub*?

—¿Quiere usted entrar? —repite ella.

—No, por ahora no. Ya volveremos. Antes llévame a la casa en la que vivías, la que está junto al río. Harris me habló de ella. Dijo que era un lugar muy curioso.

—Gravehunger Court.

—¿Así se llama? —pregunta Cotton, divertido por el nombre.

—Se llamaba. Ahora toda la zona está desierta.

—¿Por qué?

—Apenas queda nada. Cuando vivíamos allí se inundaba casi cada año.

—Llévame igualmente, por favor.

—No podemos quedarnos mucho tiempo. Me lo prometió usted.

—Acabamos de llegar. Si quiero hacer un estudio, tengo que…

—Me lo prometió —insiste ella, enfatizando la última palabra. Mira alrededor—. ¿Y si nos ve alguien?

Cotton le toca un brazo.

—Por favor, llévame allí. No estaremos mucho rato, y te aseguro que me encargaré de que vuelvas a tiempo. Tampoco estará muy lejos, ¿no?

Ella accede, y se dirigen hacia el este por High Street, pasando junto a los almacenes de mobiliario para embarcaciones, de talleres, de fabricantes de velámenes y una docena más de comercios marítimos que hay por todas partes. Aunque la calle no está muy transitada las primeras horas de la noche, se cruzan con hombres de diferentes nacionalidades, desde suecos hasta alemanes con sus chaquetas azules e indios de piel oscura. Es posible que algunos de esos marineros hagan comentarios irónicos al ver a un caballero distinguido y a una sirvienta en un lugar como ese, pero sus palabras y sus acentos resultan incomprensibles hasta para Henry Cotton.

Al cabo de unos cinco minutos llegan a un callejón en concreto. A la entrada hay una barca boca abajo en el suelo que huele a la capa de alquitrán fresco de su magro casco. Por un momento parece que tal obstrucción, sin duda el orgullo de alguno de los personajes que se dedican a navegar por el río en busca de tesoros entre los restos flotantes, es el foco de atención de una banda de adolescentes callejeros. En el callejón resulta haber una gran actividad, con varios habitantes locales que pasan casi a empujones por entre los dos para entrar.

—¿No dijiste que esto estaba desierto? —pregunta Cotton.

—Lo estaba —dice Clara, con voz temerosa—. Aquí pasa algo.

Sin esperar a Henry, se une al grupo que se agolpa intentando acceder al estrecho pasaje y avanza por entre este soltando invectivas en un lenguaje tan colorido que anula cualquier impresión errónea que transmitiera el pulcro uniforme de sirvienta bajo su mantilla. Cotton la sigue casi a desgana, recibiendo tirones y codazos de grandes hombretones que deben de hacer de descargadores en los muelles. En un momento le desaparece volando el sombrero; en otro siente que una mano le tira de los botones del chaleco, sin duda con la esperanza de encontrar la cadena de un reloj de bolsillo. Pero tanta lucha recibe recompensa cuando el callejón da a un patio; en cuanto lo ve, reconoce el gran caserón destartalado en el que Clara pasó su infancia. En el centro del patio hay un pozo, un pequeño cilindro de ladrillo, con dos hombres que tiran de cuerdas que descienden en la oscuridad. Cerca hay tres policías con sus abrigos azules, cada uno de ellos con una linterna de ojo de buey. Uno mira ansioso hacia el pozo, mientras los otros intentan dispersar a la multitud. Cotton va hasta donde se encuentra Clara, en primera fila.

—¿Qué diablos pasa aquí? —pregunta él.

Pero la chica se limita a contemplar en silencio la escena que tienen ante sí.

Se oye un grito y el policía da un paso atrás, sobresaltado. Uno de los hombres con las cuerdas se inclina sobre el pozo y tira con fuerza. De la boca de ladrillos sale lo que parece un bulto de harapos, que entre varios extienden cuidadosamente en el suelo. Los tres agentes lo iluminan con sus linternas.

Clara White reconoce la cara de su madre.

Capítulo 31

–¡Espera, Clara! –la llama Henry Cotton, ansioso, mientras ella vuelve a abrirse paso a codazos por entre la multitud.

No lo oye, o quizá no desea oírlo; sea como sea, eso no la detiene y sigue avanzando a contracorriente de la oleada de gente, todos deseosos de ver qué ha encontrado la policía, hasta regresar a High Street, donde, sin nada más que combatir, se detiene.

–Pero ¿qué pasa ahí?

Una mujer ante ella, vestida con ropa respetable pero ajada, señala el callejón con la cabeza.

–No lo sé. –Clara la aparta de un empujón y echa a andar como a ciegas–. Déjame en paz.

Se dirige dando tumbos hacia otro callejón; este conduce a unos escalones cubiertos de musgo que dan a uno de los viejos muelles, en el que hay amarradas una media docena de pequeñas barcas. No hay nadie más a la vista, y el único ruido es el del río que lame los pilares de madera. Se sienta y contempla el agua negra. Por toda la orilla se ven las luces de los almacenes y los *pubs*, pero el río, más que reflejarlas, las absorbe, disolviendo su brillo en la sucia superficie.

–¡Clara!

Oye pasos a su espalda, y al volverse ve a Henry Cotton, que avanza con cuidado por entre los resbaladizos listones del muelle. Le lleva un tiempo llegar al lado de ella.

–¿Por qué te has ido corriendo? ¿Conocías a esa pordiosera?

–Era mi madre.

–Por Dios. –Cotton apenas encuentra las palabras–. Lo siento mucho. No pretendía…

Pero se detiene y la mira, sin saber qué añadir. A ella le da lástima verlo así y rompe el silencio.

—Yo venía mucho por aquí —le explica, siguiendo la curva del río con la mirada—. O cerca de aquí. De niña. Me parecía que el río era bonito por la noche.

—Sí que lo es, al menos en cierta forma —replica Henry con voz y gestos inseguros mientras se sienta a su lado.

—No. Solo es barro y suciedad.

—De verdad, Clara, lo siento muchísimo. No puedo ni empezar a… Quizá debería llevarte a casa.

—Estoy bien. Es solo que creía que ya no iba a tener nada que ver con Wapping. Creía que mamá estaría bien en el refugio y ahí acabaría todo. Pero tuvo que volver. Cómo no. Tenía que haberme imaginado que vendría aquí.

—Pero ¿por qué lo hizo? ¿Cómo…?

Clara se encoge de hombros. Él se levanta.

—Coge mi mano. Voy a llevarte a casa. A menos que prefieras…

Y vuelve a quedarse callado a media frase. Se limita a señalar con la cabeza hacia Gravehunger Court, más allá siguiendo el río.

—No. No quiero volver ahí —responde ella, contundente—. No quiero volver ahí nunca más.

Él asiente y le ofrece de nuevo su mano para ayudarla a levantarse. Ella la acepta.

—Mi madre murió cuando yo era niño —dice Henry, en busca de algún comentario adecuado para la ocasión, pero al instante piensa que eso no ha tenido nada de adecuado. Clara, por su parte, lo mira, y entonces se le rompe la máscara de imperturbabilidad y se echa a llorar. Las lágrimas se acumulan formando pozos en sus ojos y descendiendo por sus mejillas.

—Ah —murmura él, sin saber qué hacer. Le suelta la mano y saca un pañuelo del bolsillo—. Ten.

Pero ella no lo coge; se limita a quedarse allí en pie, inmóvil, sollozando. Por un momento él teme que vaya a desmayarse, y la agarra del brazo. Nervioso, le pasa suavemente el pañuelo por las mejillas.

—Lo siento. Permíteme.

Ahora ella sí lo coge, y se recompone lo suficiente como para llevárselo a los ojos. Se lo devuelve sin decir nada, sin pensar.

–No, por favor, quédatelo –le ofrece él, mirándola a la cara en la oscuridad–. Puede que lo necesites.

Clara niega con la cabeza, pero aún está llorando. Él le retira una lágrima de la mejilla con un dedo.

Y entonces, sin aviso alguno, se inclina sobre ella y la besa.

TERCERA PARTE

Capítulo 32

Ahora entregamos su cuerpo a la tierra,
polvo al polvo, ceniza a las cenizas,
en la esperanza segura y cierta
de la resurrección a la vida eterna.

Un día húmedo y gris de febrero

La fuerte lluvia choca contra el paraguas negro que sostiene Henry Cotton. Él mira la cabeza baja de Clara White, que está a su lado, bajo su protección. Juntos, oyen al párroco pronunciar las últimas palabras del sencillo funeral, tras las cuales asiente, se sube el cuello de la chaqueta y se aleja apresuradamente por el camino lodoso que sale del cementerio, un lugar viejo y descuidado al este del valle de Limehouse, que sigue el canal Bromley. Aunque está a apenas unos trescientos metros de la gran iglesia de Saint Anne, cerca de Commercial Road, no tiene ninguna relación con ese bien conocido edificio; de hecho, el cementerio, curiosamente, no depende de ninguna iglesia desde que aquella a la que pertenecía fue derruida, hace ya mucho, aunque nadie recuerda si se debió a los estragos del tiempo o a la obra de algún especulador inmobiliario. Ahora el lugar da a los patios traseros de una hilera de casitas adosadas construidas a toda prisa y, por lo que de ellas se ve, bastante descuidadas. En cambio, el terreno en sí es propiedad de la parroquia de Wapping, aunque las circunstancias en las que fue adquirido también han sido largamente olvidadas por la población local, como indica un cartel de madera colgado en el arco de piedra de la entrada, y que también contiene varios avisos para los visitantes. El cementerio está rodeado por una verja de hierro que asegura que las tumbas y el solitario sauce llorón queden libres de atenciones no deseadas por parte de los niños del lugar y de quienes deseen pasear por allí. En cambio, no hay ninguna medida que proteja el lugar de la codicia de la naturaleza, que extiende cada año más sus malas hierbas y espinos, y que provoca que lo que en sus tiempos debió de ser una cuidada parcela de tierra consagrada parezca ahora un erial sin ningún valor. Con todo, es el mejor lugar que la parroquia de Wapping ha podido conceder para el descanso eterno de Agnes White, y, para ser sinceros, al menos es mejor que la alternativa, una fosa común. Cierto, todos los féretros que allí residen, media docena o más, son de madera sin lijar y están apilados con apenas unos pocos centímetros de tierra entre ellos, pero así es cuando se depende de la parroquia.

Una vez que el párroco se ha ido, un enterrador, que ha estado esperando en la puerta, se adelanta en silencio, pala en mano. A pesar de que la lluvia sigue cayendo y formando una negra cortina, comienza a llenar el hoyo con tierra llena de lodo que cae sobre la tapa del ataúd, que está a apenas medio metro del suelo.

Clara alza la cabeza, cubierta con un gorro negro barato, y mira a Henry Cotton, que observa en silencio cómo trabaja el enterrador.

—Tengo que agradecerle que haya pagado usted el servicio, míster —dice ella con voz baja y afectada—. No se me ocurre por qué ha querido hacerlo, pero, de nuevo, le doy las gracias.

—Era lo menos que podía hacer —replica él—. De no haberte llevado a Wapping…, y, además, ese hombre no ha dicho más que una veintena de palabras.

—Aun así, es más de lo que yo habría podido hacer por ella.

—Seguro que el doctor Harris también se habrá encargado de algo.

Clara frunce el ceño.

—No. Ni siquiera me dio el pésame. Tuve que rogarle que me dejara venir.

Cotton alza las cejas, pero no dice nada. Pasan un minuto o dos.

—Entonces, ¿nos vamos? —propone por fin—. Parece que no van a tardar en echarte en falta, incluso en un día como hoy. ¿Esperabas que viniese alguien más?

Clara duda, y mira la tumba y la sencilla cruz de madera que la corona.

—Pensé que quizá viniera mi hermana. Y hasta miss Sparrow.

—¿Miss Sparrow?

—La superintendenta del refugio. Ayer fue a la audiencia.

—Ah, sí, claro. Yo también hubiese asistido, pero tenía otro compromiso. —Clara sigue mirando la tumba—. En fin, ya no creo que vaya a venir nadie —añade, viendo que ella se mantiene inmóvil.

—No, no lo parece. Vámonos.

Cotton la coge del brazo y la conduce lentamente hasta la puerta de la verja. Desde allí van por un camino que lleva al que sigue el canal de vuelta a Limehouse, y que está vacío de tráfico; nadie más ha salido con tan mal tiempo. Aun así, Henry Cotton mira ansioso a su alrededor antes de hablar.

—Clara, espero que no me tengas en muy mal concepto.

Durante unos segundos ella no dice nada, aunque por su expresión es obvio que no acaba de entenderlo.

—¿Por qué iba a hacerlo? —pregunta por fin.

—Bueno, hace dos días, cuando tu madre fue…, cuando estabas junto al río, y yo me aproveché de tu dolor… —Ella le dedica una mirada en blanco—. ¡Maldición! —dice para sí mismo, nervioso—. Lo que quiero decirte es que siento haberte besado. No fue nada caballeroso por mi parte.

Clara lo observa, ahora con sorpresa. Aún tiene el rostro húmedo por las lágrimas, pero esboza una ligera sonrisa.

—Es usted un caballero de lo más curioso, míster Phibbs, eso sí puedo afirmarlo.

—Te he hecho reír.

Él está a la vez molesto por el ligero tono de burla de Clara y complacido por el resultado.

—No —niega ella, aunque la sonrisa se mantiene en sus labios.

—Bien, pues; sé que este no es el mejor momento, pero solo quería decirte que, si no te he ofendido demasiado, aún me gustaría contar con tu ayuda.

—No puedo volver a Wapping –responde ella con una voz que de repente pierde toda calidez.

—No, eso no. En absoluto. Pero sigo queriendo hablar contigo, sobre tu historia y esas cosas. No hemos tenido ocasión, y he de confesar que me resultas muy interesante. Como, hum, sujeto de estudio, quiero decir. –Ella lo mira, nada convencida–. Por favor, permíteme al menos invitarte a comer algo. Seguro que cuando lleguemos a la calle habrá un asador o algo así.

—Que le vean a usted conmigo no es muy apropiado.

—Pues busquemos un lugar igualmente carente de reputación. A fin de cuentas, estamos en Limehouse. Y tú pareces medio muerta de hambre…, si me permites la poco afortunada expresión.

—Van a echarme en falta. Otra expresión poco afortunada.

Él sonríe al ver los peldaños que llevan a Commercial Road.

—No si cogemos un taxi. ¿Me acompañas?

Ella duda un momento.

—Como quiera usted.

El asador está casi vacío. Los reservados, separados por endebles particiones de roble, huelen a carne, a pan quemado, a salsa vertida y al omnipresente humo de tabaco.

—¿Por dónde empezamos, Clara?

—¿Por dónde quiere usted?

—Naciste en un *pub*, que me has mostrado. ¿En qué fecha?

—Creo que el 12 de marzo.

—¿No estás segura?

—La única que lo recordaba era mi madre, y no era muy buena con las fechas.

—Ajá. ¿Y dónde viviste al principio?

—En diferentes lugares, y después con mi abuela.

—¿En la casa al lado del río?

Clara asiente y después baja la vista y frunce el ceño.

—Lo siento –dice Cotton–. Si te resulta… incómodo hablar de esas cosas ahora… No pretendía…

—No me importa.

—¿Y esos «diferentes lugares»? ¿Eran albergues?

–Cuando mamá podía permitírselo.

–¿Y si no?

Ella se encoge de hombros.

–Portales de casas, callejones, donde fuera. Durante un tiempo estuvimos en una barca.

–¿Dormíais en una barca?

–Sí. Atracaba por la noche. Mi hermana nació allí.

–¿En serio?

–No me lo estoy inventando.

–Perdona. Solo es que suena muy, en fin, colorido.

–Pues no lo era.

Un paso atrás

Una pequeña barca flota en el río, amarrada al muelle de Hermitage Stairs. Dentro hay una mujer y una niña, acurrucadas juntas bajo una gruesa tela, en una cama improvisada con velas plegadas y sogas retorcidas. La mujer tiene una barriga muy redonda, y no para de girarse inquieta de un lado al otro. La niña está despierta y la mira.

La madre hace ponerse en pie a la niña y vuelven a tierra. La niña mira a su madre, que tiene la espalda arqueada y se agarra la barriga, repitiendo una y otra vez una oración inaudible.

La mujer se tumba en el suelo lleno de barro. Gruñe como un animal herido. La niña sigue mirándola, atenta, y recuerda a un caballo que vio una vez en la carretera de Ratcliffe y que tenía una pata trasera rota. No sabría decir cuánto tarda en aparecer por entre las piernas de la madre el bulto apretado e informe de piel y huesos, de color azul ensangrentado y que no para de agitarse.

Un desconocido lo oye. Es un cargador de carbón; tiene las manos negras como la ceniza. La mujer le ruega que le deje una navaja y corta el cordón umbilical.

–¿Clara? Clara, saluda a tu hermana. ¿A que es preciosa?

–¿Clara? Se te enfrían las tostadas.

–Lo siento.

–No pasa nada. ¿Qué hicisteis después de que naciera tu hermana?

–Fue entonces cuando nos fuimos con mi abuela.

–¿Y cómo es que no vivíais allí antes?

–Ella y mi madre nunca se llevaron bien. Discutían.

–Ya veo. ¿Tu abuela no, digamos, aprobaba la vida de tu madre? ¿Era una mujer de moral muy estricta?

Clara se ríe.

–No. Llevaba el peor albergue al norte del río.

–Entonces, ¿cuál era la fuente del problema?

–No lo sé. –Una mantequilla en otra rebanada de pan–. Creo que se parecían demasiado. Eso pasa mucho en las familias, ¿no?

–Quizá. ¿En qué se parecían?

–Las dos eran duras y tozudas. Mamá acaba largándose de un portazo después de una discusión y volvíamos a quedarnos en la calle hasta la próxima.

Cotton sonríe.

–¿Tú también eres dura y tozuda?

–No se burle de mí.

–Lo siento. Parece que no tenías una gran opinión de tu madre.

Clara vuelve a encogerse de hombros.

–La cuidaba. Habría acabado en el asilo de no haber hablado yo con el doctor Harris. Ya es bastante, ¿no?

–Supongo. Ahora está en paz.

–Espero que sí. Por su bien.

–Háblame del resto de tu familia. ¿Y tu abuela?

–Está muerta. Por Navidad hizo tres años.

–Lo siento.

–Nadie más lo sintió.

–¿Ni siquiera tú?

–No mucho.

–¿Y tu hermana? Sigue viva, ¿verdad?

–Sí.

–¿A qué se dedica?

Hay una pausa. Clara aparta la vista.

–Hace lo misma que mamá, pero primero se casó.

–¿Está casada pero hace la calle?

Ella asiente. Ahora contempla su plato. Evita la mirada de Cotton.

–¿El hombre con el que se casó no pone objeciones?

–¿Él? Lo dudo mucho.

–Ah, ya veo. Es uno de esos.

Tom Hunt. Clara cierra los ojos y ve su cara.

¿Qué edad tenía ella cuando lo conocieron?

Siete años. Su madre lo trajo para presentárselo.

–Clarrie, este es Tom. Hoy vas a estar con él. Sé buena chica y haz lo que te diga.

Ella levanta la vista de su cena y ve a un joven de quince años. Es guapo y lleva abrigo y chaqueta limpios aunque baratos, y un sombrero de ala corta hacia un lado; se la queda mirando.

–Sí que eres guapa. Muéstrame las manos. –Ella extiende los brazos–. Están bien, pero para esto vas a necesitar dedos ágiles, querida.

–Venga, Clarrie, vete con este joven tan atento.

Clara mira a su madre.

–No te preocupes, Aggie –dice él, y guiña un ojo–. Voy a enseñarla a robar una cartera a veinte pasos. Esta chica va a ser una mina, un tesoro. Y con esa carita que hace derretirse la mantequilla.

–¿Tom Hunt? ¿Ese tal Hunt fue el que te enseñó a hacer de descuidera, a petición de tu madre? –Cotton mira fijamente a Clara para estudiar su respuesta. Ella se limita a asentir. Él baja la vista y toma notas–. Pues sí que es como una novela. No pensaba que estas cosas pasaran de forma tan… literaria.

–Por favor, baje la voz.

–Querida Clara, no creo que nadie de aquí nos vea especialmente respetables. Y tu historia es muy intrigante.

Una pausa.

–No es una «historia». Querría irme ya, por favor.

–No te has acabado el plato.

–Misses Harris estará esperando. Usted me prometió un taxi.

–Y lo tendrás, te lo prometo. Pero querría pedirte una cosa más.

Ella suelta un suspiro.

–¿Y ahora qué?

–Me encantaría conocer a tu hermana. Y a ese hombre, el tal Tom Hunt.

Capítulo 33

–Es inútil.

–¿Inútil, sargento?

–Esto del diario es una pérdida de tiempo, incluso ahora que tenemos la maldita transcripción. Es todo lo mismo, ¿no? Oiga esto, del 15 de noviembre de 1863.

He salido a pasear por Haymarket. La noche era fría, ventosa, aunque he de confesar que el lugar hace honor a su reputación, y no solo ante los locales nocturnos. Enseguida se me pegaron dos chicas. Me pidieron direcciones y después me dijeron si quería acompañarlas. Una tenía acento de campo, dijo ser nueva en la ciudad. La otra creo que era nativa, aunque fingía desconocer las calles (¡decían que se habían perdido!). Estoy seguro de que sí sabrían de alguna casa de alquiler de habitaciones cercana, pero no les seguí la corriente. Por alguna razón me cayeron mal las dos.

Me costó un chelín que me dejaran en paz.

–Docenas como esta. Noche tras noche. Y lo anota todo. Nunca dice nada de sí mismo. No le veo el sentido. Creo que es una obsesión, que es un pervertido.

–¿Se acuesta con las chicas?

El sargento hace un ruidito con la nariz, como señalando la ingenuidad de la pregunta.

–No lo dice. Pero esto no es normal, ¿no?

–Quizá. Creo que es alguna clase de escritor. Redacta bastante bien.

–Si usted lo dice…

–Un periodista o algo así. Aquí hay una frase, en enero: «Le llevé el mensaje a B. Dice que estaría interesado en una serie mensual sobre los "males sociales"».

–¿B.?

–Sí. Sé que no es de mucha ayuda. Quizá podríamos preguntar entre la prensa.

–Supongo que puede ser útil.

Watkins no suena muy emocionado: ya se imagina perdiendo una tarde en los despachitos de una docena de subeditores.

–Es la única pista que tenemos sobre la identidad de nuestro míster Phibbs. Y este diario no es «todo lo mismo», como dice usted. Sigue un esquema: toma notas breves mecanográficas y después escribe una entrada más completa sobre el tema, presumiblemente cuando ya ha vuelto a casa y tiene tiempo.

–Ah, entonces sí que es muy diferente –replica Watkins con tono sarcástico–. De todas formas, usted dijo que no creía que él fuera el asesino. Entonces, y con el debido respeto, míster, ¿por qué estamos perdiendo el tiempo con él?

–Nunca he dicho que no debamos encontrarlo.

–En fin, en cualquier caso, yo ya no doy para más. –El sargento deja los papeles–. Me voy, si es que a usted no le importa.

Webb asiente distraído sin dejar de leer su parte de la transcripción. Watkins se levanta y comienza a irse, pero entonces Webb lo llama.

–Espere un momento.

–¿Míster? –responde él, cansado.

El inspector sonríe. Es una sonrisa discreta de satisfacción.

–Lo he encontrado, sargento, lo he encontrado. Aunque me pregunto por qué no está al final, en orden. Quizá se estuviese quedando sin papel. Esto lo explica todo.

–¿Qué es lo que ha encontrado, míster?

Webb lo mira, casi emocionado.

–Me ha preguntado si no creo que él fuese el asesino. Escuche esto, de letra de él mismo.

Poca gente en las calles. Pocas chicas apropiadas o me evitan.

Me vino una cerca de Saffron Hill: «¿Quieres cabalgarme?».
Dije que no. Le propuse hacerle las preguntas de siempre.
«De acuerdo». Le pagué. Me insultó y salió corriendo. Guapa
pero mala.

–Igual que el resto –comenta el sargento–. Aunque diría que la
chica hizo bien.
–Por favor, Watkins, no interrumpa. Ahora viene lo interesante.

La seguí. La perdí cerca de la estación Farringdon. Me dio
por ir al sur. Entré en el metro, compré un billete. Pelirroja
solitaria dormida en el vagón. Huele a ginebra. ¿Chica de la
calle? Curioso verla en segunda. Misses sube en King's Cross.
Todo miriñaque y dignidad. La mira con desprecio, huele el aire.
¿Artículo sobre el metro?

–Y ahí acaba. Tiene fecha de la noche del asesinato. –Webb está
cada vez más emocionado. Se le ha iluminado el rostro–. La noche
del asesinato. ¿Sabe usted lo que significa?
El sargento alza las cejas.
–Ya veo adónde quiere ir a parar, míster. Todo eso está muy bien,
pero un hombre no puede escribirse su propia coartada, ¿no? Yo
no me fiaría mucho de eso.
–En serio, Watkins, mire que puede llegar usted a ser obtuso.
Eso es justo lo que hizo él, aunque sin saberlo. Juro que él no la
mató; estoy seguro de ello. ¿Para qué iba a escribir tanto detalle?
Pero es que, además, no ha entendido usted a qué me refiero.
–Entonces quizá podría explicármelo más claramente, míster.
–¿No lo ve, sargento? ¿Y si la chica ya estaba en el vagón cuando
él se subió?
–¿Y qué? Ella se sube antes. Él la ve y la estrangula.
–¿En la estación, a plena vista desde el andén?
–Espera a que el tren se ponga en marcha, como pensamos.
–No: el diario nos explica por qué nadie de Farringdon la re-
cordaba, ¿no lo ve usted? ¿Y si la dejaron ahí? Ya iba en el tren
desde Paddington. La encontraron en la estación término. Iban

cortos de revisores, ¿verdad? Cuando el tren se vació ella estaba allí, muerta. Pudieron matarla en cualquier momento antes de que el tren llegara a la estación. Hasta ahora creíamos que debió de ser entre Farringdon y King's Cross, pero, si no me equivoco, fue al contrario, si no antes.

El sargento Watkins frunce el ceño.

–Pero incluso de ser así (y sigue resultando de lo más extraño), ¿en qué situación nos deja esto? –Webb pone expresión pensativa pero visiblemente desanimada a la vez. Poco a poco le desaparecen la sonrisa y la luz de sus ojos–. No es que hayamos avanzado gran cosa, ¿verdad, míster?

Decimus Webb se queda sentado en su despacho. Hace rato que el sargento Watkins se ha ido a casa. Contempla el diagrama que ha hecho a lápiz del metro y la relación y distancias aproximadas de las diferentes estaciones con el refugio de Holborn. Pasa el dedo sobre la ruta, se gira y coge una carpeta: AGNES MARY WHITE. VEREDICTO FORENSE.

La abre y relee su contenido desde «cuello roto» hasta «veredicto de muerte accidental». Vuelve a la hoja con el diagrama y escribe cuidadosamente, con su mejor caligrafía:

La conexión es Agnes White.

Piensa un momento y, bajo «Agnes White», añade:

¿Phibbs?

Decimus Webb suspira y se levanta a buscar un café.

Capítulo 34

–¿Crees que es aquí? –pregunta Henry Cotton.

–No lo sé. Ya se lo he dicho, mencionó Saffron Hill. La idea de venir ha sido de usted.

–Pero no tenía por qué ser hoy mismo, Clara. Ya hemos estado en una docena de lugares y nadie los ha visto. Pensaba que querías volver a casa.

–No; quiero acabar con esto de una vez. Y quiero ver a Lizzie igualmente.

–Muy bien. –Cotton la sigue por el lodoso callejón–. Probemos aquí. Aunque, de haberlo sabido, me habría puesto ropa menos formal.

Clara lo mira volviendo la cabeza mientras abre la puerta del Three Cups.

–Ya va usted bien –replica, y entra.

Cotton hace lo propio. El interior está tan mal ventilado e iluminado como todos los otros locales que han visitado. Este es, sin embargo, bastante más pequeño, por lo que les es imposible pasar desapercibidos. Apenas hay un par de holgazanes en la barra y una docena más sentados en varias mesas e iluminados por la luz trémula de la chimenea. Todos ellos dedican una mirada rápida a la pareja, y la mayoría murmura alguna frase más o menos ocurrente sobre la incongruencia de ver a una sirvienta y un caballero tan puestos y juntos en un establecimiento como ese. De hecho, es casi seguro que varios de los comentaristas estén dispuestos a ir más lejos y decir algo pretendidamente jocoso a un volumen que permita al resto de la concurrencia disfrutar con su ingenio. Pero todos ellos se quedan sin la ocasión a causa de una voz estruendosa que llega del fondo.

–¡Pero mira quién ha venido!

Clara ve cómo Tom Hunt se levanta de su asiento para saludarla.

–Ya está –le susurra ella a su compañero con tono casi de arrepentimiento–. Deseo cumplido.

–Es más joven de lo que creía –replica él–. Y tiene algo de… presentable.

–¿Qué esperaba usted, un viejo judío?

A Cotton no le da tiempo a contestar: Tom Hunt ya ha llegado, y extiende un brazo para tomarle una mano a clara y besarla.

–¡Clarrie! ¿Cuánto tiempo hacía?

–Más de un año –dice ella con frialdad, apartando la mano.

Pero Hunt ignora la severidad de su tono.

–Eso es mucho, ahora que somos familia, ¿no? ¿No vas a presentarme a este caballero? ¡Saludos, míster!

Y le extiende la mano a Cotton.

–Este es míster Phibbs.

Clara no está segura de qué más añadir al respecto.

–Clara –Hunt sonríe–, ¿es tu…? ¿Tú y él estáis…?

–Solo soy un conocido de ella, míster Hunt, se lo aseguro –interviene Henry Cotton.

Tom se sorprende por un instante al oír su propio nombre. Se queda mirando a Clara, aunque no pierde su expresión alegre.

–Veo que nuestra Clarrie debe de haber estado hablando de mí. Espero que no haya dicho nada demasiado malo.

Cotton hace como que tose brevemente.

–La verdad es que deseaba conocerlo.

–Vaya. –Hunt parece un poco extrañado–. Entonces me tiene usted en desventaja, míster. ¿Cómo es eso?

–Tengo una proposición que hacerle. –Cotton elige las palabras con cuidado–. Una cuestión de negocios.

–Ah, eso suena interesante –replica Tom; se le ha despertado la curiosidad–. Bien, pues ¿qué le parece si nos sentamos como viejos amigos y compartimos un trago de algo apropiado?

Cotton asiente, y los tres van hacia la mesa en la que estaba sentado Hunt. Clara echa un vistazo a la sala.

–¿Lizzie no está?

—Creo que va a venir más tarde. ¿Quieres hablar con ella? ¡Y yo que creía que habías venido a verme a mí!

Clara no contesta.

Tom Hunt se acaba la segunda pinta de *porter ale* pagada por Henry Cotton, que está sentado enfrente de él, aún con su primera. Clara está a su lado y no tiene bebida alguna ante sí; no deja de mirar hacia la puerta por si llega su hermana.

—No estoy seguro de entenderle, míster —dice Hunt tras secarse los labios.

—Verá: soy autor. O, más bien, periodista.

—¿De los que escriben en los diarios?

—Bueno, sí, eso quisiera. Seguro que ha visto usted la clase de cosas a las que me refiero: perfiles de personajes londinenses y similares.

—¿Y usted me considera a mí un «personaje», míster?

—Clara me dice que conoce usted unos cuantos… trucos. ¿Es cierto?

—¿Qué le has contado a este hombre, eh, Clarrie? —Hunt se muestra un poco nervioso—. Me temo que la chica ha sido un poco equívoca, míster. Siempre ha tenido bastante imaginación. El que un hombre sepa, hum, desenvolverse no significa que sea un timador o un ladrón.

—Un momento; creo que no me explicado bien —replica Cotton—. Quiero escribir sobre esos temas, sí, pero le aseguro que en mi artículo no mencionaré su nombre real.

—¿Y cómo puedo estar seguro de eso?

—Tiene usted mi palabra. Y le pagaría, por supuesto.

—¿Cuánto?

—Eso dependería de la información.

Hunt no sabe qué decir; se distrae al ver la pequeña figura de su esposa entrar en la sala.

—¡Aquí, Liz! ¡Mira quién ha venido a verte!

Lizzie White frunce el ceño y se acerca a la mesa con cautela. Henry Cotton se incorpora, en una muestra de modales que hace sonreír a Hunt.

199

–Por favor.

Henry le ofrece su silla.

–¿Y este quién es? –pregunta ella, ignorándolo y cogiendo otro taburete, que coloca junto a su marido.

–No tienes por qué ser tan arisca, Liz –le dice él–. Este caballero es míster Phibbs, conocido de Clarrie, y que acaba de hacerme una interesante oferta.

Lizzie no dice nada, y mira de reojo a su hermana. Ella sí lo hace.

–Te has perdido el funeral.

–¿Ah, sí? Bueno, tampoco pensaba ir.

–¿No sabías que era hoy?

–No. Tom vio algo en el diario sobre…, bueno, sobre lo que pasó.

–Tendrías que haber ido. Se lo debías.

Lizzie se encoge de hombros.

–No sabía que era hoy.

–Podías habérmelo preguntado.

–Fue una lástima –interviene Hunt–. Mala forma de acabar.

–¿Y a ti quién te ha preguntado? –lo corta Clara, enfadada.

Él le dedica una sonrisita y aparta la vista. Clara se vuelve hacia Cotton.

–Será mejor que me vaya –dice, y se levanta.

–Espera un momento –le pide él–. Te acompaño. ¿Hay trato, míster Hunt?

–Si acordamos los términos.

–Entonces, ¿vuelvo mañana, como hemos hablado?

–Como le parezca a usted.

–Bien. Voy a compensarle por las molestias; tiene usted mi palabra.

Tom asiente y se queda mirando cómo se van Henry Cotton y Clara White. Ella evita deliberadamente su mirada.

–Bueno, ¿de qué iba eso? –pregunta Lizzie después de que la puerta del Three Cups se haya cerrado a las espaldas de sus visitantes.

–Por lo visto, querida, soy un «personaje», y para ese joven los «personajes» son valiosos.

–No me gusta su pinta –dice ella.

Diez minutos más tarde, Henry Cotton y Clara están en la esquina de Doughty Street.

—No siga —le pide ella, mirando la calle con preocupación—. Podrían verlo.

—Y yo diría que nos hemos encontrado aquí por casualidad. ¿Tan terrible sería?

—Quizá no para usted.

—En todo caso, gracias por presentarme a míster Hunt.

Clara lo mira a la cara.

—Se lo debía, míster. Espero que no tenga usted que lamentarlo.

—No lo creo. Aunque es una lástima que tu hermana no se haya mostrado muy, digamos, receptiva conmigo. Me gustaría hablar también con ella.

—Seguro que Tom le pone un precio.

—Espero que sepas que solo quiero hablar.

—Si usted lo dice, míster Phibbs…, aunque hablar tampoco va a ayudarla en nada.

—¿Qué quieres decir?

—Supongo que no se habrá fijado en los moretones de sus brazos.

—No, la verdad es que no.

—Bueno, tengo que irme.

—Al menos espero que tú y yo volvamos a vernos.

Clara se limita a darse la vuelta e irse.

Capítulo 35

El Three Cups

En el reloj de pared suenan las cuatro de la tarde. Aunque no es más que un aparatito inofensivo, el jefe del local lo mira con una expresión especialmente sombría, como si el paso de la hora significara sesenta minutos menos para el Juicio Final. El hombre tiene los grandes mofletes caídos y la nariz aplastada, lo que da a sus facciones un parecido razonable con el del típico *bulldog* inglés. Debido a ello, su expresión raramente deja de ser de perpetua melancolía, sea lo que sea lo que contemple. En este caso, está considerando la disminución de la luz natural, y, tras pensarlo detenidamente, por fin acerca una cerilla a una vela, con la que se dirige a encender la lámpara de gas de la entrada, pronunciando las palabras «vuelvo en un minuto» a nadie en concreto, pero con un resabio casi amenazador. No siente la necesidad de ampliar el comentario, de señalar, por ejemplo, que confía en que el contenido de la botella de *whisky* disminuya durante su breve ausencia. Y, en efecto, el puñado de bebedores que gozan del denso ambiente del Three Cups entienden a la perfección el mensaje. En una mesa de un rincón, Tom Hunt y su esposa, que siguen formando parte de la clientela del local, regresan en su conversación a su encuentro de hace unas horas con míster Phibbs.

–Me pareció un poco raro, Tom. ¿Y si es un policía? –pregunta Lizzie.

–¿Tan jovencito y pulido? Ya viste su aspecto. Lo dudo mucho, querida.

–Podría ser un agente de paisano –replica ella–. Ya sabes, uno de esos que van con ropa normal.

–Esa ropa que llevaba tenía poco de normal, la verdad. –Tom sonríe ante su propio comentario. Tiene un vaso en la mano y expresión satisfecha–. Los policías no tiene trajes… ni modales… tan buenos.

–Yo no estoy convencida.

–Ese míster Paisano tuyo nos va a venir muy bien. Hablaba fino, pero estaba más verde que la hierba. Va a ser muy fácil de exprimir. Clarrie nos ha hecho un favor, Liz. Ha sido todo un detalle por su parte.

–Si tú lo dices…

Él la coge de la mano y aprieta fuerte.

–¿Es que hay alguien por aquí que diga otra cosa?

Lizzie se muerde el labio y aparta la vista. Tom hace un ruidito de desaprobación, como si reprendiera a un niño, y le suelta la mano.

–Me dijiste que te avisara si veía que alguien te delataba –añade ella, mirándolo de reojo.

–Sí, pero nadie lo ha hecho.

–Si tú lo dices… –repite ella.

–Lizzie, cariño, no estoy bebido –se defiende él, aunque arrastra un poco las palabras–. ¿Sabes cómo estoy?

–¿Cómo?

–Contento. ¿Y sabes por qué? Porque siento el olor del dinero.

–¿Crees que tiene dinero?

Tom se da unos toquecitos en la nariz.

–Como te digo, puedo olerlo, querida. Y hay mucho.

–Lo que huele por aquí es la cerveza.

Él sonríe y sorbe la espuma de los bordes del vaso.

–No creo que sea de la bofia –sigue, ahora más contemplativo–, pero no estaría de más que hablaras con tu querida hermana y a ver qué dice. Que te explique bien de qué lo conoce. Y, de paso, podrías echarle un buen vistazo a esa gran mansión en la que dices que vive Clarrie. A lo mejor podemos sacar algo de eso.

–Tom, preferiría no hacerlo –le pide ella encarecidamente–. No es una mansión. Además, la última vez mi hermana se enfadó mucho, ya te lo conté, y hoy no parecía estar mucho mejor. Casi no dijo ni una palabra. Se cree mejor que la gente como tú y como yo.

Él niega con la cabeza.

–Eso era por lo de tu condenada madre. No puedes echarle la culpa a Clarrie por estar molesta. Tú haz lo que te digo. –Hace énfasis en esas últimas palabras–. Te convendría ser más amable con ella. Y conmigo también.

Lizzie no dice nada. Se levanta a desgana y, con equilibrio precario, se apoya en el papel pintado de la pared, que parece haber absorbido algo del ambiente inundado en ginebra del *pub* y se muestra un poco húmedo al tacto.

–Pero bueno, ¿cuánto has bebido? –le pregunta Tom, mirándola con desconfianza, dudando de si su esposa ha conseguido algo de licor por su cuenta.

–Casi nada. –Lizzie se yergue–. Es solo que casi no he comido.

Tom alza las cejas en un gesto de enfado simulado, como indicando su incomprensión de que su mujer insinúe que él no le da para comer. Se mete la mano en el bolsillo y saca dos peniques.

–Pídete algo.

Otra mujer quizá se indignaría, tiraría al suelo tan magra asignación y exigiría más. Pero Lizzie Hunt no es de esas. Coge el dinero de la palma de su marido, obediente.

–Tom, tengo que decirte una cosa.

–No quiero oír tus problemas. Lárgate de una vez.

Ignorando las palabras de su esposa, se acaba su bebida de un trago.

Ella se lo queda mirando un momento, pero decide que es mejor no seguir, y se da la vuelta. Sale al aire nocturno y saluda con la cabeza al dueño del *pub*.

Aunque ha parado de llover, el suelo está lleno de ese lodo viscoso, mezcla de suciedad y excrementos, que abunda en todos los callejones de Londres, donde ninguno de esos niños que se ofrecen a barrer al paso de la gente a cambio de una moneda se atrevería a ofrecer sus servicios. Lizzie suspira, se levanta el vestido por encima de los botines y se abre paso hábilmente por la resbalosa superficie en dirección a Saffron Hill. Es un viejo camino que, al igual que toda la zona, es citado a menudo como ejemplo de la peor clase de barrios bajos, con sus vendedores de objetos de segunda mano a ambos lados: ropa, pañuelos, planchas, cuchillos. Lo único que podría salvarse del lugar es que hay luz de gas en casi cada esquina, desde la proyectada por un lejano tugurio, mayor incluso que la que anuncia el Three Cups, hasta sencillos chorros de llama desnuda que brotan inesperadamente ante las puertas empapadas de las tiendas. Mientras camina, Lizzie Hunt piensa en que hay algo de belleza en esas luces amarillas que titilan al cielo nocturno negro por la carbonilla. Y al estar perdida en esas ideas no oye las pisadas que chapotean en los charcos a su espalda ni le presta atención al hombre al que pertenecen, hasta que él la alcanza y le posa una mano en el hombro. Sobresaltada, se vuelve.

–¡Bill!

Bill Hunt sonríe y la saluda llevándose la otra mano a la gorra.

–¿Qué haces fuera, con este tiempo? –le dice él, acercándola de un tirón.

–¡Me has dado un susto de muerte!

–Lo que pasa es que tú estabas en Babia.

–Puede ser. ¿Me estabas siguiendo?

Él le guiña un ojo.

–¿Y si así fuera? Me parece que necesitas que alguien te cuide.

Su aliento huele a cerveza. No es un aroma al que ella no esté acostumbrada, pero en este caso le ofrece una excusa para dar un paso atrás.

–Has estado bebiendo, aunque veo que te has asegurado de no pasar por el Three Cups.

Bill se encoge de hombros y se muestra un poco avergonzado.

–Él no sale de allí, y no tengo tanto dinero como para estar invitándolo siempre.

Ella le dedica una sonrisa burlona.

–Un hombretón como tú no tendría que dejar que Tom lo trate así.

–Tú tampoco –replica Bill.

Y de repente le toca la mejilla con una suavidad inesperada en un, en efecto, hombretón como él.

–¡Bill! –Lizzie le aparta la mano–. Para de una vez. Y a mí no me trata mal. Le quiero.

Queda claro que a él le duelen esas palabras. Frunce el ceño y se le graba la frustración en el rostro.

–No, no le quieres –replica con contundencia.

Lizzie suelta un resoplido.

–Será mejor que te vayas, Bill. Puedo seguir yo sola.

–Te acompaño.

–No puedo ir a ver a mi hermana contigo, sabes? Y Tom va a ponerse hecho una furia si no voy.

–Pues, si quiere, que se ponga hecho una furia conmigo.

Bill muestra la típica combatividad de un borracho.

–No seas tonto. Déjame y ya está, ¿de acuerdo?

Bill suelta un gruñido, pero se aparta a desgana, murmurando para sí mismo algo incomprensible. Está lo suficientemente ebrio como para tambalearse al andar, pero acaba desapareciendo en la distancia. Por su parte, en cuanto se asegura de haberse librado de la compañía no solicitada, Lizzie da la vuelta a la esquina y se dirige hacia Doughty Street.

En menos de cinco minutos llega ante la casa en la que trabaja su hermana. Desde la acera de enfrente examina las ventanas. Por un momento piensa en probar por la puerta de la cocina o volver más tarde. Entonces ve a una chica ocupada en cerrar las cortinas del primer piso. ¿Será Clara? Hay otra persona detrás de ella.

Lizzie Hunt mira fijamente la ventana mientras las cortinas se corren. Hace un extraño cambio de postura, de repente tensa, y pone cara de absoluta incredulidad. Entonces se vuelve y echa a correr por la calle tan rápido como puede. A los pocos segundos alcanza Gray's Inn, con la respiración entrecortada y los ojos llenos de lágrimas.

Capítulo 36

Es casi medianoche cuando Bill Hunt sale dando tumbos del *pub* Old Friar, en Saffron Hill, y hace una pausa en un portal para encenderse la pipa. No ha parado de beber desde que vio a Lizzie, por lo que le cuesta encontrar la caja de cerillas en el bolsillo e, incluso una vez que la encuentra y saca una, en el proceso de usar el rascador casi se le cae la pipa al suelo. Suelta un improperio, aunque por fin consigue hacer que el tabaco seco de Virginia arda, se lleva la boquilla de cerámica a los labios, aspira hondo para absorber el humo y después lo devuelve al frío aire nocturno.

No está solo, ya que todos los *pubs* han iniciado el proceso de echar a sus clientes. Bill observa la nutrida selección de gente que le pasa por delante; la mayoría son trabajadores que acaban sus parrandas poslaborales y van empapados en alcohol por dentro. Una melodía que suena en la distancia y va aumentando de volumen le interrumpe la ensoñación. Es un niño con un violín que se está trabajando al público de última hora, acompañado por su hermano, que agita una taza metálica ante los oyentes. Son italianos, de piel oscura y no más de ocho años. Un par de personas les echan unos peniques, y el intérprete sonríe como un lunático. Tres jovencitas que ríen entre ellas añaden más monedas. Bill las contempla. Son mayores que Lizzie Hunt, aunque no por mucho, y visten con colores chillones. Una, la más alta, lleva un sombrerito ladeado con una pluma blanca; las otras tienen las cabezas descubiertas, pero las tres llevan gruesas mantillas de lana, y caminan muy cerca las unas de las otras.

Bill Hunt va hacia la calle iluminada y las sigue a unos pocos metros. Al caminar tiene tendencia a encorvarse, aunque sería difícil determinar si es por su timidez natural o un hábito adquirido en su trabajo subterráneo cargando con pico y pala. Sea como sea, pasa desapercibido para las chicas durante un minuto o más, hasta que la alta mira atrás por casualidad y repara en él. Lo observa durante un mínimo instante con expresión de negocios, como valorándolo. Bill Hunt conoce bien ese gesto, le devuelve la mirada y mueve la cabeza en dirección a un callejón cercano.

La mujer se vuelve hacia sus compañeras y les dedica unas breves palabras entre susurros. Las dos se vuelven también a mirarlo, y a continuación siguen caminando, apretando el paso. Ella, en cambio, se queda esperando a que Bill se le acerque.

–No voy a meterme ahí, cariño –le dice, mirando también ella hacia el callejón–. Huele horrible.

Bill la contempla un momento.

–Sé de otro buen lugar, aquí a la vuelta de la esquina.

Medianoche. Doughty Street
Una conversación en el salón

–Confío en que tu madre esté bien muerta, Clara.

–Eso creo, misses.

–Bien, me alegro. En esas cosas no soporto la dejadez.

Alto. No. Clara White se despierta entre sudores.

–¿Adónde vamos? –pregunta la chica del sombrerito.

–Ya te lo he dicho: aquí al lado.

–A mí me da igual, cariño, mientras me trates bien.

–Ahora ve con cuidado –le dice Bill Hunt–. Cierra los ojos, voy a darte una sorpresa.

–¿Para qué?

–Es una sorpresa. Pero cuidado con los escalones.

–¿Qué escalones? Joder, vas a hacer que me mate.

–Te tengo bien agarrada, ¿no? Ya estamos. Espera mientras abro.

–¿Puedo abrir ya los ojos?

–Hazlo.

–Vaya nidito. Y con sábanas y todo. Qué elegante.

–Aquí no van a molestarnos.

–Si tú lo dices, cariño. Tú pagas. Eh, tranquilo, no es necesario que me sobes así.

–Yo pago.

–Podrías ser un poco más…

–Cállate la boca de una vez.

–Encantador. ¿Qué es ese ruido?

–Nada que temer.

El hombre le coge la mano entre las suyas y la lleva delicadamente a su propio pecho. Ella siente sus latidos.

–Míster Phibbs, no puedo…

–Chissst –le susurra él, y la besa, acariciándole la mejilla con los dedos.

–Yo nunca he…

–Chissst, Clara –repite el hombre–. Háblame de tu hermana.

–¿De Lizzie?

–Lizzie.

Bill Hunt pronuncia el nombre en un susurro, pero la chica lo oye. Sonríe sardónicamente, burlona, mientras él sigue sobre ella, trabajando con todo su empeño.

–¿Quién es Lizzie, cariño? –pregunta ella entre jadeos.

Se está riendo de él. Está seguro. Le tapa la boca con la mano; habla demasiado. Pero ella no deja de mirarlo con ojos irónicos. Por un momento se le ocurre que tendría que golpearla.

Pero el momento pasa, y, acto seguido, siente apenas un segundo de placer.

Se deja caer encima de ella. La sangre le circula a toda velocidad por las venas. Huele a sudor, a vapor, a carbón. La chica se desliza enseguida para librarse del peso de él, y por un instante teme que se haya quedado dormido, pero entonces se vuelve y la mira fijamente.

–¿Quién es Lizzie? –insiste mientras se alisa el vestido.

–Eso no importa.

–Es verdad, no me importa. Solo quiero mi dinero, cariño.

–Espera ahí. Voy a ver si podemos salir.

—¿Clara?

—¿Sí, míster?

—Siento lo de tu madre.

El doctor Harris le coge una mano y la cubre con las suyas.

—Quizá haya sido para bien. Ahora podrá descansar.

—Eso espero, míster.

—Y ahora creo que no hay necesidad de volver a mencionar el asunto.

—No, míster.

Capítulo 37

Por la mañana

Henry Cotton pasa por Saffron Hill, más allá de la caótica distribución de mesas y muestrarios callejeros de las tiendas de ropa de segunda mano. Durante unos segundos, un rayo de sol consigue atravesar las nubes, y los algodones y sedas desgastados casi parecen coloridos y alegres; cuando vuelve a desaparecer, de forma igualmente abrupta, la escena entera recupera su aspecto más mortecino, y Henry piensa en la notable diferencia que supone un poco más de luz.

Ha de reconocer que su propio atuendo contribuye al tono gris general: ha abandonado su traje decente por una vieja pero cuidada muestra de tejidos diferentes que le da una apariencia general más humilde, más acorde con lo menesteroso del barrio, consiguiendo así no despertar ninguna atención camino del callejón que lleva al Three Cups. Pero, una vez allí, no entra en el local, sino que se queda contemplando a un hombre sentado en un portal con un cartón y tres dedales en el regazo.

—Casi no le he reconocido, míster —dice Tom Hunt, a quien el vestuario de Cotton parece resultarle de lo más curioso—. Espere un momento. —Baja la voz hasta un susurro al ver que se acerca un grupo de trabajadores de una fábrica—. Ahora verá cómo se hace eso de lo que hablábamos. —Respira hondo y alza la voz—. ¡Acérquense, damas y caballeros! ¡Prueben suerte! ¡Hoy ya he perdido un chelín, pero espero recuperarlo!

Los hombres se ríen, pero no parecen dispuestos a detenerse. Henry se dirige, volviendo a elevar la voz, a Henry Cotton.

—¡Míster, voy a permitirle otra partida, aunque ya me ha desplumado antes! —Hunt lo mira y alza las cejas en un gesto cómplice. Cotton se da cuenta de la parte que le pide silenciosamente que interprete, y murmura estar de acuerdo—. ¿Cuánto deseará apostar esta vez, caballero? ¡No puedo aceptar más de un chelín cuando puede usted doblar la cantidad a mi costa!

—Un chelín, pues.

—¡Un chelín! —exclama Hunt, ahora a voz en grito.

Dos hombres que pasan se vuelven a mirarlos y aflojan el paso. Hunt coge la moneda que saca Cotton y muestra un guisante seco entre el pulgar y el índice, que coloca bajo el dedal del centro. Al estilo tradicional del juego, empieza a intercambiar sus posiciones sobre el cartón con movimientos cada vez más rápidos. Para cuando acaba, tres de los trabajadores se han detenido junto a Henry Cotton, expectantes por ver el resultado.

—Elija usted, caballero —le dice Hunt.

Cotton piensa un momento y elige el dedal del centro. Hunt lo levanta lentamente, revelando el guisante dentro—. ¡Maldita sea! —exclama vehemente, y saca un par de monedas del bolsillo, exagerando la supuesta molestia que le produce hacerlo—. ¡Nunca había conocido a nadie con una vista tan fina! ¡Se acabó, no puedo más con esto!

Henry coge el dinero que le ofrece. Al momento, uno de los trabajadores da un paso adelante.

—Ahora quiero probar yo —dice con cautela.

Hunt sonríe, pero niega con la cabeza.

—Lo siento, amigo, pero este joven me ha dejado sin un penique.

Pasan unos minutos hasta que Henry Cotton, después de haber bajado y subido de nuevo por Saffron Hill siguiendo las instrucciones de Tom Hunt, vuelve al Three Cups. Lo encuentra sentado.

—Se ha asegurado usted de que ya no estén, ¿verdad?

—Sí, estoy seguro.

—Bien. Mejor prevenir que curar, ¿no? Aunque hoy se hayan ido, siempre podría encontrármelos mañana. En fin, ¿ha visto usted lo fácil que es hacer una cosa así? Ese hombre se habría apostado todo un chelín.

–¿Y no hubiese podido ganar?

Hunt contesta sacando del bolsillo los dedales, colocando de nuevo el guisante en el del medio y moviéndolos a la mitad de la velocidad que antes.

–Elija uno.

Cotton señala el de la izquierda. Hunt lo levanta para revelar que está vacío, al igual que sus otros dos compatriotas.

–¿Adónde cree usted que habrá ido a parar el guisante?

Henry sonríe, admirado por la habilidad de Tom.

–No lo sé.

Hunt levanta la mano izquierda, mostrándole orgulloso el pulgar. El guisante está atrapado entre la uña y la piel encallecida de abajo.

–¿Qué? ¿Qué le parece?

Cotton sonríe de nuevo.

–Había leído sobre ese truco, claro, pero es increíble verlo en acción. ¿Necesita usted siempre un cómplice?

–Llamarlo «cómplice» es un poco exagerado. Solo es alguien que ayuda a que todo fluya. Y no, con un poco de suerte, no siempre es necesario.

–¿Siempre pierde dinero para empezar?

Hunt pone una expresión casi traviesa.

–Écheles un vistazo a las monedas que le di.

Cotton las saca y las examina a la luz.

–Parecen normales.

–Frótelas una contra la otra.

–Ah.

–Es pintura. Más falsas, imposible. Pero pocos notan la diferencia, sobre todo si les han caído del cielo.

–Por favor –le pide Cotton, ansioso, estudiando uno de los dedales–, ¿podría hacerlo de nuevo pero más lento? Me gustaría tomar notas.

–Me parece que antes necesito un tónico.

Hunt señala la barra con la cabeza.

–¿Puede enseñarme más cosas?

–Diría que sí, pero ¿y la bebida? Y también está lo del pago, ¿no?

Capítulo 38

Por la noche, en Saffron Hill

–¿Eres tú, Tom?

Lizzie White está hecha un ovillo en la cama, sola, en la habitación de Bill Hunt.

–Sí.

–¿Qué haces ahí a oscuras?

–No quería desperdiciar cerillas. –Enciende una, y con ella la vela de la mesilla. No es habitual que suene tan contento–. Ten, mira esto.

Se coloca delante de ella y se gira un poco a la izquierda y después a la derecha. Con la escasa luz, a su esposa le cuesta un momento darse cuenta de que lleva una chaqueta y un abrigo que parecen nuevos. Se sienta en la cama y lo mira.

–¿De dónde los has sacado?

–Se los he comprado no hace ni una hora a un hombre en Monmouth Street. –Saca un pequeño paquete–. ¿Y para quién será esto?

Lo abre, mostrado una gruesa mantilla de lana teñida de rojo oscuro, que a su vez envuelve un gorro de seda de un color similar, un poco arrugado por su reciente confinamiento.

–¡Tom! –exclama ella. Se los quita de las manos y se echa la mantilla a los hombros–. ¿De dónde has sacado el dinero?

–Digamos que he pasado una tarde muy satisfactoria con tu míster Paisano. Tan satisfactoria, de hecho, que hasta olvidé que no te había visto el pelo desde ayer. ¿Dónde has estado? Creí que ibas a ver a tu hermana.

–No te enfades, Tom, por favor.

217

–No estoy enfadado –responde él, con cara intrigada–. Al menos por ahora. No hay nada como el dinero contante y sonante para animarlo a uno. ¿Qué te parece si te invito a cenar?

Lizzie asiente, aunque con menos entusiasmo del que cabría esperar.

–Oye, ¿has estado llorando?

–Un poquito. Y pensando.

–Pensar demasiado no es bueno.

–Tom, tengo que decirte una cosa. Vas a reaccionar bien, estoy segura, pero…

–¿Qué? –pregunta él, ahora con voz inquieta.

–Creo que estoy embarazada.

Él no dice nada. A la luz de la vela, Lizzie ve que se limita a llevarse una mano a la boca y tirar del labio inferior.

–Tom, di algo. El bebé es tuyo, lo sé.

Él da un paso adelante, coge la vela y la acerca más a la cara de ella.

–¿Tom?

–¿De cuánto estás?

–No lo sé. ¿De un par de meses?

–Bien.

Él resopla, aliviado, y devuelve la vela a la mesilla.

–¿Qué quieres decir, Tom?

–¿Es que se te ha derretido el cerebro con el que naciste? –replica él en voz baja–. No es mío, puerca estúpida. ¿Cómo iba a serlo, si has estado liándote con la mitad del condenado Clerkenwell?

–Lo es, Tom. –Lizzie se levanta y le coge la mano–. Es tuyo. Si lo quieres.

Él vuelve a quedarse un momento en silencio y a continuación la mira con una expresión casi amable.

–Lo que quiero es que arregles este asunto. ¿Lo harás por mí?

–No te entiendo.

Le dedica una mirada perdida.

–Sé de una mujer en Saint Giles que se encargará por dos libras.

–¿Que se encargará de qué?

–De que nos libremos del problema.

Se hace el silencio de nuevo. Lizzie se queda boquiabierta. Se le llenan los ojos de lágrimas antes de poder pronunciar una palabra. Por fin habla.

–No voy a hacerlo.

Tom Hunt devuelve a su esposa a la cama de un empujón.

–Desde luego que vas a hacerlo --replica él mientras empieza a desabrocharse el cinturón.

–¿Qué haces merodeando por aquí, Clara?

–Déjame, Ally, no te preocupes.

–¿Tienes algún problema?

–Es solo una punzada. Ya se me pasará.

Los ruidos que salen de la habitación de Saffron Hill no les resultan desconocidos a sus vecinos. Los gritos, la hebilla del cinturón de Tom Hunt contra el cuerpo desprotegido de su esposa, todo eso se oye muchas noches, procedente de muchas de las otras habitaciones. Lo único fuera de lo habitual es que no sea sábado, el día habitual de esa clase de disturbios domésticos; pero tampoco resulta lo bastante extraño como para conseguir más que el que unos pocos alcen las cejas y al cabo de un instante vuelvan a lo suyo. En cualquier caso, tarda poco en acabar, y, si la desastrada comunidad primitiva de Saffron Hill sigue un protocolo en esas circunstancias, es el tradicional e infalible «no meterse».

Por tanto, nadie ha llamado a la puerta para cuando Tom Hunt vuelve a ponerse el cinturón y sale de la habitación de su primo. Tampoco hay nadie excepto su esposa que oiga sus palabras de despedida, y que vienen a decir que si ella no se encarga de librarse de esa molestia ya lo hará él mismo. Y, estando Bill Hunt haciendo el turno de noche, tampoco acude nadie a consolar a la frágil y magullada mujer que tiembla tumbada en la cama mientras la única vela se va derritiendo hasta acabar por fin en nada.

Es imposible determinar cuánto tiempo permanece allí Lizzie Hunt, en la oscuridad. Durante un rato solloza, hasta quedarse dormida y tener sueños inquietos sobre su madre, su marido y el espectro de un hombre al que no acaba de reconocer.

—¿Clara?

—¿Qué?

—¿Cómo te encuentras?

—Perdona, Allie. Estaba en las nubes.

—Lo que estás es muy pálida. ¿Quieres que vaya a buscar al doctor y que te eche un vistazo?

Clara niega con la cabeza.

—Empecé a sentirme así cuando murió mi madre.

—No dijiste nada.

—No sabía qué era.

—Bueno, vamos a la cama. Después de dormir un poco te pondrás mejor.

Lizzie Hunt está despierta. Se levanta de la cama; tiene un brazo hinchado y tiene que retorcerse un poco respecto a sus movimientos habituales para no sentir demasiado dolor. Se echa la mantilla nueva al hombro, ocultando algunas de las magulladuras, abre la puerta, sale al pasillo y baja lentamente las escaleras.

Capítulo 39

El doctor Arthur Harris, vestido del todo, está sentado en su habitación, esperando a oír el reloj. Se da cuenta de que ya se ha convertido en todo un ritual para él salir de casa una vez que han dado las dos. Resultaría más poético hacerlo a medianoche, de no ser porque ha de ir con cuidado de no ser visto.

Ahí está. El ruido del campanario y el del reloj del pasillo, con apenas un segundo de diferencia. Se permite una sonrisa y sale, pisando la alfombra con la mayor suavidad posible, atento al menor crujido del suelo. Desde luego, el que sean precisamente las dos no tiene importancia alguna, pero sí hay algo de melodramático en la forma en que baja las escaleras de puntillas, iluminado por una única vela, al estilo de un mimo o de una de esas comedias de *music-hall* de Burglarious Bill.

Pero en este caso no hay público; lo cual, por supuesto, es justo la intención del doctor.

—¿Has oído algo?

—Vuelve a dormir, Clarrie, por favor.

El doctor Harris frunce el ceño al acercarse al final de Doughty Street. Siente frío a pesar de lo grueso de su abrigo, y el cochero que normalmente le espera según han acordado está ausente. Avanza un poco más, por si el hombre llega tarde, y contempla las alternativas. La idea de recorrer toda la distancia a pie no le resulta atrayente a alguien de sus años, aunque le parece igualmente insatisfactorio regresar a su fría cama. Al doblar la esquina mientras piensa si no sería conveniente esperar a ver si pasa un taxi, observa una figura quieta cerca, un hombre alto y ancho de hombros, un trabajador de algún tipo por la apariencia de su ropa, con la bufanda tapándole la mitad inferior de la cara y una gorra de tela. A su vez, el hombre lo está observando a él.

El doctor agarra más fuerte el bastón y se apresura, pero el hombre va hacia él y lo alcanza enseguida.

–¡Míster!

Harris se detiene al ver que el desconocido está empeñado en hablarle, y se vuelve, nervioso, para mirarlo.

–Lo siento, no llevo dinero.

El hombre niega con la cabeza.

–No quiero dinero. Tengo un mensaje para usted.

–¿Un mensaje? Me temo que me confunde con otro.

–Es sobre una niñita que necesita de sus cuidados.

Harris sigue mirándolo, intrigado; el escepticismo se borra de sus facciones.

–¿Le envía misses F.?

El hombre asiente.

–Bueno –replica Harris, visiblemente aliviado por la información, aunque aún un poco nervioso–, he perdido mi carruaje. Dígale que iré mañana por la noche. Se está haciendo tarde.

–Ella dice que tiene que ser esta noche. No está lejos. Me ha pedido que lo acompañe.

–¿No está en el… lugar habitual?

El hombre niega con la cabeza. Harris piensa un momento.

–Muy bien. Usted guía. Supongo que sería grosero por mi parte negarle mi ayuda.

El hombre no dice nada y echa a caminar hacia el este. Le indica a Harris con un gesto que le siga. Él lo hace, marcando un ritmo regular sobre el suelo con su bastón.

La verdad es que no puede contener una ligera sonrisa.

–Ha vuelto a salir. He mirado en su habitación.

–¿Quién?

–¿Quién crees tú, Allie? El jefe en persona.

Alice Meynell está sentada en la cama. Clara White camina en círculos por la buhardilla que comparten.

—Y, a fin de cuentas, ¿a ti qué te importa? –pregunta Alice.

—Nada. Solo es que lo oí salir.

Su compañera suelta un suspiro.

—Ojalá te durmieras y listo. Me canso solo con verte así.

Lo dice con tono burlón pero amable. Clara no lo nota.

—Lo siento. Es solo que…

—¿Estás pensando en tu madre?

—Quizá.

—Lo siento.

—No es necesario, gracias.

Alice Meynell hace una pausa y se lleva el pulgar a la boca mientras considera cambiar de tema.

—Tú sabes a qué se dedica por las noches, ¿verdad? –pregunta por fin.

—¿Qué?

Alice frunce el ceño.

—¿Quieres decir que no lo sabes? Creía que vosotros dos habíais…

—No te entiendo, Allie.

—Sabes que le gustan las chicas, ¿no? Bien jovencitas. Por eso desaparece algunas noches.

Clara niega con la cabeza.

—Lo hace para escribir sus artículos. Y así es como encuentra candidatas para el refugio. Habla con ellas y todo eso.

—Sí, y todo eso también. ¿Es que nunca lo ha hecho contigo?

—¡Allie!

—Si tú lo dices…

—Pues no, no lo ha hecho. Mira, todo son cotilleos. Sé cómo eran las chicas del refugio. Todo palabrería. No deberías hacer caso.

—A lo mejor es que tú eras muy fea para él, ¿no?

—Para ya, Allie. No tiene ninguna gracia.

Su compañera vuelve a quedarse en silencio un momento. Cuando habla de nuevo, su voz suena más seria.

—Clarrie, no quiero que pienses que soy una mentirosa.

—No digas eso. Es solo que no creo que…

Alice la interrumpe.

—¿Cómo crees que conseguí yo este trabajo? No fue por mi buen carácter, eso puedo asegurártelo.

El doctor Harris se detiene en un estrecho callejón de adoquines, no lejos de Gray's Inn Lane. De haber suficiente luz, su figura trajeada resultaría incongruente en un lugar como ese, sucio, lleno de basura. Están en las traseras de color negro carbón de edificios de apartamentos. Pero el caso es que apenas consigue ver al hombre al que tiene a un par de metros de sí.

—¿Falta mucho?

—Es a la vuelta de esa esquina.

—Eso mismo dijo usted hace cinco minutos. Hemos estado caminando en círculos. Habrá visto que ya no soy un jovencito.

El hombre se vuelve y se acerca más a él, de forma que pueda distinguir su rostro en la oscuridad.

—Lo sé.

—Y no soy tonto.

—Sé lo que es usted.

En la voz del individuo hay una frialdad que hace que al doctor Harris se le revuelva el estómago. Habla de forma sombría y monótona, despierta en él una especie de instinto primitivo con cierto retraso; una repentina oleada de miedo le inunda el cuerpo y empieza a sudarle la frente.

—Antes le he mentido —se apresura a decir—. Mire, llevo cinco libras en el bolsillo. Son suyas si me deja irme.

El hombre sonríe.

—Una curiosa propuesta. ¿Cree usted que me interesa mucho?

—¿Qué quiere de mí? ¡Le aseguro que voy a gritar!

El otro niega con la cabeza y se abalanza de repente sobre el doctor, tapándole la boca.

—No, no vas a gritar, pervertido asqueroso.

Capítulo 40

Doughty Street

La luz del día entra gradualmente en la habitación de misses Harris a medida que la sirvienta abre las cortinas y las persianas. La mujer, ya bañada y vestida, está sentada al tocador, eligiendo pendientes del joyero; se decide por unos de jade.

–¿Está el míster despierto, White?

–No, misses. No está en su cama.

–¿Que no está en su cama? ¿Qué quieres decir? Si no está en la cama es que estará despierto.

–No sabría decirle, misses –responde Clara, mientras vacía los restos de agua en su cubo y limpia la bañera de metal con un trapo.

Irritada, misses Harris casi se pincha la oreja. Se vuelve hacia la criada y se la queda mirando.

–Por favor –le dice con un tono que denota una exasperación infinita–, te ruego que por una vez hables de forma clara y con sentido.

–No está en la casa, misses.

–Entonces, ¿a qué hora ha dicho que volverá?

–No lo dijo, misses.

Misses Harris deja el pendiente que aún no se ha puesto y le dedica a la criada lo que pretende ser una mirada severa y exigente.

–Eso me resulta difícil de creer. Habrá dejado una nota en su escritorio o algo por el estilo. Ya sabes que es lo que acostumbra a hacer.

–No hay ninguna nota, misses, y…

–¿Y qué? ¡Dilo de una vez, niña!

–No ha dormido en su cama, si me perdona que lo diga, misses.

Por una vez, misses Harris no sabe qué decir. Se levanta y va airada a la puerta que separa su dormitorio del de su marido. Al abrirla, ve las sábanas perfectamente lisas, la colcha bien recta encima, las almohadas sin marca alguna. Se vuelve, sin dirigirle la mirada a Clara, y se sienta de nuevo al tocador.

—Puedes retirarte —dice.

—¿Cuánto lleva ahí? —pregunta Alice Meynell, mirando arriba por las escaleras, hacia la habitación de la misses.

—Un par de horas o así, creo.

—Eso no es típico de ella. Un minuto…

Mientras hablan, la puerta del dormitorio en cuestión se abre, y la misses sale dubitativa al pasillo. Lleva un caro vestido de día de color malva, pero tiene el pelo un poco desarreglado y la cara más pálida de lo habitual. Mira hacia abajo por la escalera.

—¿Quién hay ahí?

—Solo somos Allie y yo, misses.

—Ah, sí, claro. Ven aquí, White.

Clara sube a toda prisa. La mirada de la misses parece extrañamente distraída mientras le habla.

—White, me temo que debe de haberse producido algún accidente; el míster no ha regresado a casa. Te agradeceré que vayas a ver al policía que estuvo aquí la semana pasada, el inspector Webb, de Baker Street, creo, y le digas que venga a verme.

—¿Misses?

—¿Es que no me has oído?

—¿Mejor a la comisaría de Bow Street, misses? Está mucho más cerca.

—Sé muy bien dónde está Bow Street. No me contradigas. Deseo hablar con míster Webb en concreto, ¿entiendes? Él en concreto.

Clara se vuelve y se dispone a bajar las escaleras, pero se detiene de repente y mira a la misses, que se ha quedado allí parada como una estatua.

—Misses…

—¿Qué?

—No tendrá nada que ver con mi madre, ¿verdad?

–¡Por Dios! ¿Es que crees que tus problemas son el centro del universo? ¡Ve a hacer lo que te he pedido!

–Sí, misses.

Clara corre escaleras abajo, intentando recordar si tiene la mantilla en la cocina o en su habitación. Acaba resultando ser lo primero. Intercambia unas breves palabras con Alice y después con Cook, que le ofrece la tradicional perla de sabiduría «esto va a acabar mal». Sale por la puerta de la cocina, y apenas ha pisado la calle cuando oye que la llama una voz masculina.

–Clara.

Se vuelve, y de inmediato Henry Cotton acude a su lado.

–¿Sabe lo que necesitamos, míster?

–Ilumíneme con su sabiduría, sargento.

–Otro asesinato. Así conseguiríamos más pistas, ¿eh?

–Muy gracioso. Si quiere, se lo digo al superintendente.

–Mejor que no, míster. Pero hoy ya ha mirado usted esos papeles una docena de veces, y no creo que vaya a encontrar ya ninguna respuesta fresca en ellos.

Webb deja la carpeta que estaba leyendo.

–Bromea usted, pero creo que ya ha habido otro.

–¿Agnes White?

–Desde luego. ¿Por qué cree que encontraron su ropa en el río?

–Digamos que iba a empeñarla y se le cayó por accidente…

–Intentaba que alguien la diera por muerta. Sabía que lo más probable era que encontraran la ropa, y pensó que eso la ayudaría.

–Quizá sea solo que no le gustaba el vestido. Según miss Sparrow, estaba un poco, en fin, trastornada.

–¿Y por qué tirarla al río?

–Era un lugar como cualquier otro.

–No. Creo que sabía que alguien quería verla muerta.

El sargento Watkins se encoge de hombros, como indicando «si usted lo dice…».

–Es usted muy escéptico, sargento.

–Eso me ayuda en mi trabajo. Que piense el inspector Burton.

–Si es que se digna honrarnos con su presencia.

—Vendrá mañana. Ya aparecerá algo, míster, no se preocupe.

—Watkins, eso es precisamente lo que me preocupa.

—Justo venía a verte —dice Henry Cotton mientras camina junto a Clara.

—Ya sabe usted que no puede, míster Phibbs; no cuando estoy trabajando.

—¡Pero si siempre estás trabajando!

—Sí.

—Me habría inventado alguna excusa para ver a Harris.

—No le hubiese funcionado.

—¿Por qué?

—Desde anoche que no ha estado en casa. La misses me ha mandado a buscar a la policía.

—¿A la policía? ¿Cree ella que es algo serio?

—Supongo.

—Pero vas en la dirección contraria…

—Quiere que vaya a ver a uno de Baker Street. Un tal Webb.

—¿Es de quien me hablaste? ¡Por Dios! ¿Cree tu misses que esto tiene algo que ver con lo del metro?

Clara lo mira, extrañada por tanto interés.

—¿Cómo voy a saberlo yo? Solo me faltaba esto…

—¿Al menos puedo acompañarte un rato?

—¿Es que no tiene nada mejor que hacer?

Cotton sonríe.

—No, me temo que no. Aunque iba a preguntarte una cosa. —Clara resopla—. Ayer vi a tu Tom Hunt…

—Ese no tiene nada que ver conmigo.

—Te tiene mucho cariño. Dice que fuiste una buena alumna. —Clara agita la cabeza, pero no dice nada—. En fin, en todo caso me mostró un par de sus trucos, y creo que, en serio, podría escribir un libro solo sobre él. Es todo un rufián, ¿no?

—¿Le dio usted dinero?

—Sí.

—Entonces no tendrá ningún problema con él. Eso es lo único que le interesa. Y lo único que necesita usted saber sobre él.

–¿Tú crees? ¿Y qué hay de tu hermana? Al menos a ella sí la querrá, ¿no?

–Cuando acabe con ella va a dejarla tirada.

–Eso ha sido un comentario muy severo, Clara. Admito que a mí tampoco me impresiona mucho su ética, pero para alguien de su clase…

–¿No quería usted preguntarme algo?

–Bueno, sí. Dime, ¿Tom tiene…, en fin, alguna experiencia en casas?

–¿En casas?

–O sea, en allanarlas, robar en ellas.

Ella duda un momento, como insegura de si es prudente revelar tal información.

–Quizá haya hecho algo así un par de veces, cuando estaba desesperado.

–Entonces, ¿tiene conocimientos sobre cómo hacerlo?

–Yo diría que sí. ¿Para qué quiere saberlo usted?

–Solo es una idea, nada más. No te preocupes.

Misses Harris está sentada junto a la ventana de su habitación, mirando al jardín trasero de la casa, muerto en invierno. Al cabo de un rato se levanta y baja al estudio de la primera planta. El escritorio de su marido está cerrado con llave. Ella duda un momento sobre si puede hacer algo al respecto.

Con un suspiro, empieza a dar vueltas por la habitación.

Capítulo 41

–Ejem. Un mensaje para usted, inspector.

El inspector Webb está recostado en su silla del despacho con los ojos entrecerrados, en una postura en la que resulta imposible decir si duerme o se encuentra en un estado de concentración profunda. Abre lentamente los ojos y ve al joven ordenanza de la comisaría a la puerta.

–¿Qué?

–Una tal misses Harris, de Doughty Street, que solicita que la visite usted.

–¿Harris? –repite Webb; tarda unos segundos en reconocer el nombre–. Curioso. ¿Dice cuándo? Muéstrame la carta.

–No hay carta, míster. Vino su criada. Bueno, no sé si era la suya. Digamos que vino una criada. No dijo mucho y se fue a toda prisa, no quiso esperar.

–¿Y cuánto hace de eso?

–Un par de minutos, míster –responde el chico a la defensiva, temiéndose que su puntualidad esté en cuestión–. He esperado un momento antes de llamar a su puerta; no quería molestarlo.

Webb salta de su silla y coge el abrigo y el sombrero.

–Dile a Watkins adónde voy, por favor.

–¿Y adónde va usted? –pregunta el joven, confuso.

–A ver a misses Harris, por supuesto.

–¡Miss White!

Clara White se vuelve; es la segunda vez que alguien la llama por la calle en otras tantas horas. Esta vez se trata de la voluminosa figura de Decimus Webb a bordo de su velocípedo reparado, y que va pedaleando al lado de ella por Marylebone Lane. El esfuerzo por mantenerse en equilibrio y llamarla a la vez lo ha dejado sin aliento. Lo contempla, sorprendida, mientras él desmonta.

—Vaya, veo que la he sobresaltado. Acaba usted de visitar la comisaría, ¿verdad? Podía haber esperado un momento a obtener respuesta.

—En casa querrán que vuelva cuanto antes.

—Supongo. A usted no le gusta mucho la policía, ¿verdad, miss White? La fuerza de la costumbre, ¿no? —Clara frunce el ceño, pero no dice nada. Webb ignora su silencio y le indica con un gesto que siga caminando, mientras él la acompaña empujando la bicicleta—. Entiendo que misses Harris está en la casa. —Ella asiente—. ¿Tiene usted idea de para qué quiere verme?

—Preferiría no hablar de esa cuestión.

—Sí, bueno, yo creo que será mejor que lo haga.

—El doctor Harris no ha vuelto a casa desde ayer.

Webb frunce el ceño.

—Ah. Ya veo. La verdad es que no parece algo especialmente extraño. Puede que se haya quedado en su club, o en casa de algún amigo.

Clara se encoge de hombros.

—Nada de eso es asunto mío, ¿no?

—¿Ha sucedido alguna otra vez antes? Me refiero a que pase alguna noche fuera.

—Creo que no.

—Ajá. Bueno, eso ya es algo, supongo. ¿Su misses quiere verme especialmente a mí?

—Sí.

—Qué raro, ¿no, miss White?

Clara no responde, y él no insiste. Tras uno o dos minutos más en silencio, pasan de los tranquilos confines de Marylebone Lane al pavimento de Oxford Street. La calle está repleta de carruajes. En muchos de ellos, sin duda, van señoras distinguidas pensando a qué tienda o establecimiento comercial honrar con su presencia y su dinero. El resto de la calzada es propiedad exclusiva de los ómnibus. Hay docenas de ellos por todas partes, pertenecientes a diferentes líneas y empresas. Cerca de Marylebone Lane han confluido varios, formando una especie de tren de vagones que serpentea e impide el paso al tráfico que intenta cruzar. Decimus Webb se ve obligado a abandonar la idea de seguir por allí y sube la bicicleta a la acera, sin dejar de ir al lado de Clara White. La pareja atrae miradas curiosas; sin duda, más de uno asume que la chica, que va mirando al suelo, ha sido arrestada por el caballero uniformado que la acompaña. Al acercarse a Regent's Circus, Webb vuelve a hablar.

—En cuanto a su madre, miss White…

—¿Sí?

Es la primera vez que ella lo mira a los ojos.

—No tuve ocasión de ofrecerle a usted mis condolencias durante la audiencia pública.

—Gracias.

—Dígame, ¿se sintió usted satisfecha con el veredicto?

—¿Qué quiere decir?

—¿Le sorprendería que yo le dijera que creo que fue asesinada? Clara se detiene.

—Se me ocurrió. Y por supuesto que lo fue.

—¿Por supuesto, dice? ¿Por qué?

—Ya sabe usted la clase de vida que llevaba —dice tras suspirar.

—Ah. Entonces, ¿cree usted que el culpable fue algún caballero al que ella estaba, digamos, entreteniendo?

—¿Quién si no?

—Entonces, ¿el que compartiera habitación con Sally Bowker es solo una coincidencia?

—No llegué a conocer a esa Sally, como ya le dije a aquel sargento.

—Sí, ya leí sus notas.

—¿Ah, sí? Entonces, ¿por qué me lo pregunta de nuevo usted? Webb sonríe.

—Pura curiosidad.

Clara no responde, pero aprieta el paso.

Misses Harris está sentada, nerviosa, en el salón de Doughty Street. Juguetea con las mangas de su vestido. Se levanta para recibir a Decimus Webb cuando la sirvienta lo hace pasar.

–Gracias, White. Eso será todo –le dice a ella, aunque sin el típico rigor imperial en su voz.

–¿Y bien, misses? –Webb toma asiento y empieza a hablar en cuanto Clara sale–. Dígame, por favor, ¿por qué deseaba verme?

–¿No se lo ha dicho White? –dice ella, ansiosa–. Estaba segura de que lo haría. No se puede confiar en ella para nada.

–Es solo que prefiero oírlo de sus propios labios, misses.

–Mi esposo ha desaparecido, inspector.

–¿Desaparecido, misses?

–Anoche salió y no ha vuelto a casa ni me ha hecho llegar ningún mensaje.

–¿Tuvieron ustedes alguna discusión?

–¡En absoluto!

–Por favor, no se altere, misses. Solo intento recabar información. Es lo mismo que le preguntaría a cualquiera. ¿No tiene él ninguna amistad o conocido con el que pueda estar?

–¿Sin decírmelo?

–Por lamentable que sea, misses, tengo entendido por mis colegas felizmente casados que no todos acostumbran a confiarles a sus esposas algunas de sus actividades.

–No tengo nada que aportar sobre sus colegas –replica misses Harris con frialdad–, pero mi marido no me abandonaría así. Temo por su seguridad.

–¿Por su seguridad?

–Como ya sabe usted, él visita los lugares más horribles en pos de información para sus escritos. Barrios bajos. Arrabales. Puede haberle sucedido cualquier cosa.

Misses Harris parece estar al borde de las lágrimas. Mientras habla, Webb desearía tener un pañuelo que ofrecerle.

–Estoy seguro de que no hay de qué preocuparse, pero voy a recoger unos cuantos detalles y los comunicaré a nuestros hombres, por si podemos resultarle de utilidad. Aunque –añade–, si me lo permite usted, ¿por qué ha pedido hablar específicamente conmigo? Cualquiera de nuestros agentes hubiese bastado para hacernos llegar esta información.

–Usted ha conocido a mi marido. Sabe que es un hombre bueno

y entregado, dado a ayudar a cualquier persona infortunada. Si ha sucedido algo, si lo encuentran en algún lugar que…, no puedo ni decirlo…, quiero decir, un lugar que no refleje adecuadamente su posición social…

–Ah, entiendo. Puede usted confiar en nuestra discreción, misses. Pero estoy seguro de que está bien y a salvo.

–Quizá, pero ¿dónde, inspector? ¿Dónde está?

En el Old Friar, Bill Hunt se mira las manos. Son grandes, de trabajador, endurecidas por callos, bastas y rugosas como figurillas de barro hechas por un niño. Algunos de los otros clientes lo miran curiosos y se preguntan por qué parece tan abstraído; ni siquiera ha tocado la jarra de cerveza que tiene ante sí.

Bill Hunt se mira las manos y recuerda cómo estranguló a Arthur Harris. Se le ocurre que resulta extraño y maravilloso a la vez que sea posible hacer algo así, acabar con una vida humana utilizando herramientas tan sencillas.

Capítulo 42

Henry Cotton abre cauteloso la puerta de entrada del Three Cups. Es su tercera visita, y el dueño, que es el primero en verlo, le dedica una amplia sonrisa, cosa que a él no le resulta muy tranquilizadora, más bien lo contrario.

A través del humo y la penumbra del local ve a Tom Hunt sentado a su mesa de siempre, aunque en esta ocasión lleva chaqueta y abrigo nuevos, nada raídos como los anteriores. Su joven esposa se encuentra a su lado, pasiva, como inanimada, y ante ellos tienen sendos vasos de alcohol a medio consumir. De hecho, Hunt conversa con un hombre de otra mesa cercana, aunque se interrumpe en cuanto ve acercarse a Cotton. Lo saluda como si fuesen viejos amigos.

–¡Caballero! Hazle sitio al míster, Liz. Qué grata sorpresa; creía que habíamos acordado vernos mañana.

Cotton intenta dedicarle unas palabras igualmente alegres, aunque le distrae ver los oscuros moretones en la cara de Lizzie Hunt. Él le sigue la mirada y se le adelanta a hablar.

–No se alarme, míster. Lizzie es más resistente de lo que parece, ¿verdad, cariño? –Ella responde algo ininteligible–. Y tímida. Le aseguro que en cuanto encuentre a quien le ha hecho esto voy a darle su merecido, desde luego.

Y se echa a reír, como complacido por una broma privada. Lizzie le dedica una mirada nerviosa.

–Espero que este no sea un mal momento –duda Cotton.

–En absoluto. Nunca para un viejo colega como usted, ¿eh?

–Ah…, bien, se lo agradezco.

–Ayer nos lo pasamos bien, ¿verdad?

–Fue muy instructivo. De hecho, por eso he venido hoy.

—Lo siento, no devolvemos el dinero —replica Hunt, riendo, aunque a la vez mirándolo con cierto recelo.

—No, no, no es nada de eso. Es solo que se me ha ocurrido una idea, algo en lo que sus, ejem, conocimientos y habilidades especiales pueden serme de gran ayuda. Se trata de un campo diferente, por así decirlo.

—No le sigo.

—Tiene usted razón, he de ser más claro. Como sabe usted, en mi escrito busco arrojar luz sobre las labores de, digamos, la clase criminal. —Hunt parece a punto de presentar su objeción habitual a ser caracterizado así, pero Cotton alza una mano y continúa—. Y sé que usted ha tenido ocasión de observar a otros, claro…, cometer toda clase de actos criminales, por lo que tiene amplios conocimientos de esas personas y sus costumbres.

—Bien, he de confesar que eso es cierto —dice Hunt, afable.

—Verá: esos trucos que me enseñó usted ayer…

—Meramente a efectos informativos —se apresura a aclarar Hunt.

—Por supuesto. Sin embargo, sobre esa clase de cosas ya se ha escrito antes.

—No me sorprende.

—Y, si yo deseo captar firmemente la atención del público, he de ofrecerle algo nuevo.

Hunt alza las cejas, pero no dice nada. Cotton baja la voz hasta un susurro cómplice.

—Se me ocurrió anoche. Estoy pensando, míster, en un robo.

El hombre parece perplejo; no sabe si echarse a reír o tomárselo en serio.

—No tengo estudios, pero estoy bastante seguro de que también se ha escrito ya de eso.

—Sí, por supuesto, pero no de primera mano.

—¿De primera mano?

—Sé de una casa, cerca de Edgware Road, cuyo propietario está ausente. De hecho, es un amigo mío. Quiero que me muestre usted cómo lo haría.

—¿Cómo haría qué?

—Entrar en ella, claro.

—Venga, míster Phibbs, está usted de broma, ¿verdad? ¿Me está pidiendo que entre en la casa de su amigo?

—No me malinterprete, míster Hunt: no hay que robar nada. Es solo para que yo pueda escribir un artículo sobre ello.

—Es usted un personaje de lo más curioso, ¿sabe?

—¿Lo hará usted o no?

—¿Para no llevarme nada?

—Le pagaré, por supuesto.

—¿Cuánto?

—Una libra.

—¿Por abrir una cerradura? Dos guineas.

—Hecho.

Cotton pone cara de entusiasmo, como la de un colegial planeando una visita a una tienda de golosinas.

—¿Y si nos pillan?

—Yo podría explicarlo. Y mi amigo no nos denunciaría. Además, él ni siquiera está en Londres. Me encargaré de todo, antes y después.

Hunt aún parece un poco dudoso.

—¿Y cuándo propone que hagamos esa pequeña aventurilla?

—Esta noche.

—¿¡Esta noche!?

—Dos guineas si lo hacemos esta noche. Piénselo, míster Hunt.

Él resopla y lo medita durante unos segundos.

—De acuerdo.

—Bien. —Cotton saca su libreta—. Ahora cuénteme cómo va a hacerlo.

—Míster Phibbs, me parece —y se acaba de un trago lo que le quedaba de su bebida— que mi cabeza necesita un poco más de lubricante antes de poder ponerse a pensar en serio.

Phillip P. Butterby, subeditor del *City and Westminster Press* (el Oráculo de la Metrópolis), alza la vista, sorprendido.

—¿Arthur Phibbs?

—Sí, míster. Nos preguntábamos si conoce usted a alguien con ese nombre.

–¿Es que se ha metido en algún lío, sargento?

–Ah, ya veo que sí que le suena.

–Solo en lo profesional. De hecho, la semana pasada tenía que entregarme una serie de artículos para el diario, pero no llegué a recibirlos. No es un joven de fiar.

–¿De qué iban a tratar esos artículos?

Butterby rebusca en el cajón del escritorio y saca una hoja de papel.

–Yo mismo les puse el título. Aquí está: «Las profundidades ocultas de Londres: una exploración de gente y lugares desconocidos por alguien que los ha visto».

–Muy colorido, míster.

–Esas cosas atraen la atención del público, sargento.

–Sin duda, míster. ¿Tiene usted la dirección del caballero?

–Me temo que no. Era muy reservado. Sé muy poco de él. Lo conocí hace unas semanas; me presentó una pieza bastante ingeniosa sobre los «males de nuestra sociedad». Le dije que necesitaríamos más para estudiar si publicarlo. Desde entonces no he vuelto a verlo.

–¿Y espera verlo de nuevo en algún momento, míster?

El subeditor inspira ruidosamente.

–Está claro que antes tiene que acabar su obra maestra. Si algo he aprendido en los años que llevo aquí, sargento, es que no hay que esperar nunca que alguien con pretensiones literarias entregue a tiempo.

–Ya veo. Quizá podría usted hacerme una descripción completa de él.

–Por supuesto, sargento. Pero cuénteme: ¿qué ha hecho?

Capítulo 43

Farringdon Cut

–¡Eh, Billy, frena un poco! –exclama el capataz de las obras del metro, un hombre fornido con la cara cubierta de carbonilla, cuando Hunt casi le golpea una pierna al pasar por delante de él, sudoroso y todo rojo, con una carretilla llena de tierra y escombros.

Bill resopla y no se disculpa.

–¿Qué?

–Mira por dónde vas. ¿Qué te pasa? Estás en las nubes.

–Nada.

–Pues tómatelo con calma o vas a acabar haciéndole daño a alguien.

Bill Hunt asiente y sigue. Unos metros más adelante se detiene junto a una montaña de restos, producto de uno o dos días de trabajo, y vacía la carretilla. Lo hace a toda prisa; su rostro ansioso delata que preferiría estar en algún otro lugar. El capataz lo mira desde la distancia y vuelve a gritarle.

–No te habrás puesto enfermo, ¿verdad?

Hunt niega con la cabeza.

Doughty Street

Al subir las escaleras, Clara White oye el ruido en el estudio de Harris. Es pasada la hora de la cena, y por un momento piensa que se trata del míster, que ha regresado sin decir nada. Pero el ruido es el de algo metálico que golpea contra diferentes superficies, combinado con gruñidos de frustración de la misses. Al echar un vistazo por la puerta entreabierta la ve sentada al escritorio de su marido, cogiendo un abrecartas del suelo, con el que vuelve a intentar abrir el cajón. De nuevo es en vano: después de notables y frenéticos esfuerzos, el único resultado es que el propio abrecartas ha quedado todo torcido, mientras que el cajón está cubierto de rayaduras pero sigue igual de cerrado. Misses Harris mira a su alrededor y ve que su criada la observa. Tiene ligeramente desordenados los mechones de rizos que normalmente adornan sus mejillas.

—¿Puedes conseguirme otra cosa, White?

—¿Misses?

—Un cuchillo más fuerte. Seguro que Cook tiene alguno.

—En realidad venía por eso, misses. Cook dice que la cena va a enfriarse.

—No tengo hambre.

—¿No ha recibido más noticias del míster, misses?

Harris no contesta la pregunta.

—Por favor, ¿vas a ir a buscarme un cuchillo —insiste enfáticamente— o tengo que hacerlo yo misma?

—Lo siento, misses. Ahora voy a preguntar.

Clara da un paso atrás.

Misses Harris vuelve a su tarea.

—¿A qué estás jugando, Hunt?

La voz del capataz resuena desde fuera de la caseta. Bill abre la puerta y se lo encuentra, esperándolo.

—¿Qué quiere decir?

—¿Cuánto llevas ahí dentro? ¿Estabas echando una siesta?

—Buscaba otro pico —responde él con tono brusco—. El mango de este está en las últimas.

Se lo muestra, pero eso no parece impresionar demasiado a su interrogador.

—Para eso no necesitas media hora.

—No llevo media hora.

—Escúchame, Bill. —El capataz baja la voz y le posa una mano en el hombro—. Sé que tú no eres de hacer esta clase de cosas, pero, si sigues así, pronto tendré que echarte, y no quiero perder a un buen hombre, ¿entiendes? –Bill mira al suelo, pero asiente con la cabeza–. Muy bien. Y ahora vuelve al trabajo.

Bill cierra la puerta de la caseta. Aún tiene el pico roto en la mano. Oye unos extraños golpes rítmicos en su cabeza. Se da cuenta de que son los latidos de su corazón.

Misses Harris presenta un aspecto casi incongruente, golpeando la ornada caoba con un cuchillo de cocina; casi con seguridad es lo más parecido al trabajo físico que ha hecho en su vida. Por ello, aunque no se trate de una tarea muy difícil, tarda varios minutos, si bien finalmente la pequeña cerradura de latón salta de la madera astillada. Se recuesta en la silla, mira el escritorio arruinado y se muerde el labio, nerviosa. Se da cuenta de que, a pesar de los treinta años que lleva compartiendo la vida con su marido, solo una vez le preguntó por los papeles que guardaba con llave en el cajón.

–Papeles confidenciales.

Lo retira poco a poco, con cuidado, como si contuviese algún animal acorralado, hasta sacarlo del todo, colocarlo sobre el escritorio y empezar a revolver entre los cuadernos y los papeles.

Capítulo 44

–¿Es aquí?

Tom Hunt estudia la esquina de Meulton Street. Es una callejuela lateral tranquila, no lejos de Edgware Road; aún pueden oírse las pezuñas de los caballos, a pesar de ser pasada la medianoche. Allí no hay nada del bullicio y el caos de Saffron Hill: son dos hileras de casitas nada destacadas, bien hechas pero pequeñas. Hunt se imagina que por allí nunca debe de suceder nada especial; lo más emocionante debe de ser cuando les traen la compra cada día. Solo hay luz en una, todas las demás están oscuras, cerradas a cal y canto hasta la mañana. Entre estas últimas se encuentra aquella a la que Tom Hunt dedica su atención. Desde luego, no parece tan grandiosa como Henry Cotton le había dado a entender, y eso lo hace parecer casi desinteresado en la labor. Su esposa, en casa, sí se muestra ansiosa, y mira a derecha y a izquierda a cada rato, aunque aún no haya necesidad. A decir verdad, a Henry Cotton se lo ve no menos aprensivo, jugueteando nervioso con los botones de su abrigo.

–¿Hay algún problema?

–Creí que sería más grande –responde Tom Hunt.

–¿Eso tiene alguna importancia? En todo caso, recuerde que no debemos llevarnos nada.

–Es solo que, cuanto más grande sea el lugar, más fácil es pasar desapercibido. Para empezar, ni siquiera podemos entrar por detrás, no hay ningún camino hasta allí.

–Creo que, si vamos a la siguiente calle, hay unos establos al fondo.

–Donde hay establos hay caballos. En mi experiencia, no les gusta mucho que los despierten.

–Cierto.

Se quedan un momento en silencio. Hunt se mesa la barbilla.

–¿Qué hacemos? –añade por fin Cotton.

–Bueno, está muy claro: tenemos que bajar a la cocina. A menos que crea usted que la puerta frontal pueda estar abierta, claro.

–Sí, supongo que tiene usted razón.

Hunt lo mira.

–Entonces, ¿a qué espera? Usted primero. Pase por delante como quien no quiere la cosa, abra la verja y baje rápidamente.

Henry Cotton asiente. Respira hondo, sale del portal en el que están los tres y cruza la calle. La farola de gas cercana ilumina su figura por un momento. Camina aprisa hasta volver a quedar a oscuras, y sigue adelante, decidido pero un poco agarrotado, hasta la puerta, en la siguiente esquina. Manipula con torpeza el pasador de la puerta de hierro de la verja que protege los escalones, y a continuación desaparece de la vista. Tom Hunt, que a pesar de su estilo poco discreto es una persona cautelosa, espera un momento o dos antes de seguirlo. Al poco, los dos hombres están ante la cocina del sótano.

–¿Y si viene alguien? –pregunta Cotton.

–Liz nos dará un grito.

–¿Qué va a gritar?

–Lo primero que se le ocurra. Y ahora silencio o van a oírnos.

Hunt enciende una cerilla, se quita el sombrero y lo mantiene por encima de la llama para que la luz no pueda ser vista desde arriba. Se pone en cuclillas y examina de cerca la cerradura de la puerta de la cocina y después los paneles de cristal.

–¿Puede usted forzar la cerradura? –murmura Cotton.

–Bueno, no soy uno de los cerrajeros de la empresa del míster Chubb, pero creo que sí. Aunque en este caso no voy a hacer eso.

–¿Ah, no? Entonces, ¿qué va a hacer?

Hunt le indica con un gesto que se calle, y apaga la cerilla de un soplido. Saca del bolsillo un pequeño cuchillo y un cincel, y empieza a usarlos en uno de los paneles de cristal de la puerta. En vez de golpear ruidosamente en la madera que lo rodea, usa el cincel para forzar el ajado marco, hasta que, un par de minutos después, el cristal queda tan suelto que puede sacarlo con un empujoncito, haciéndolo caer sobre sus manos. Con cuidado, lo deja en el suelo y mira a Henry Cotton con expresión triunfal.

—Pero la puerta sigue cerrada —dice él, confuso—. Y ni siquiera un niño podría pasar por ese espacio tan pequeño.

—No —replica Hunt, un poco molesto al ver que su ingenio no es apreciado—, pero la ventana de al lado está cerrada con un pasador. Se inclina ante la puerta y mete la mano por el hueco. Aunque dichas ventana y pasador están a cierta distancia, extendiendo el brazo del todo consigue abrirlo hábilmente, en un único y preciso movimiento, con la punta del cuchillo, lo que le permite deslizarse por ella hasta el interior de la cocina.

—Bueno, ¿viene o no? —Cotton lo sigue, sin dejar de mirar atrás hacia la calle. Hunt dice, contento—: Entre usted y yo, los cristales siempre son más fáciles que las cerraduras. Aunque me imagino que su amigo no se va a quedar muy contento.

—¿Mi amigo? Ah, sí. Bueno, voy a hacer que arreglen esto mañana a primera hora.

—Muy bien. —Hunt contempla la cocina con desinterés—. ¿Qué quiere que hagamos ahora?

—Quizá pueda usted mostrarme qué buscaría si fuese a llevarse algo.

Tom se encoge de hombros.

—Muy sencillo, cualquier cosa con la que pudiera cargar: plata, cerámica fina, dinero, joyas. Echemos un vistazo.

Y, antes de que Cotton pueda decir nada, empieza a subir las escaleras, encendiendo otra cerilla para darse luz. Henry lo sigue.

—Su amigo es soltero y vive solo, ¿verdad? —pregunta Hunt mientras examina el pasillo.

—¿Cómo lo ha sabido?

—Aquí no hay nada decorativo. Se nota que no hay la mano de una mujer.

—¿En esa clase de cosas se fija usted?

—Bueno, para empezar no habrá joyas. Aunque yo ya habría hecho algunas averiguaciones antes de entrar, habría vigilado un poco la casa…

–¿Y miraría usted en todas las habitaciones?

–Depende de la casa. Vaya, ¿qué ha sido eso? –Es una pregunta más bien retórica: ha oído a Lizzie gritar su nombre–. Silencio, por Dios.

Los dos hombres se quedan inmóviles como estatuas en el pasillo. Oyen claramente el ruido de botas que bajan por la escalera exterior, y, a continuación, a alguien que intenta alcanzar el pasador de la ventana.

–¿No dijo usted que no habría nadie en la casa? –susurra Hunt.

–No debería.

–Entonces tiene que ser la bofia.

–¡Pero si no pasan nunca por aquí!

–¿Ah, no?

De nuevo, la pregunta queda sin respuesta cuando oyen cómo abajo se abre y se cierra la ventana junto a la puerta.

–No hay de qué preocuparse –dice Cotton–. Se lo prometo. Recuerde lo que le dije.

–Diga usted lo que diga, yo me largo.

Antes de que su compañero pueda replicar nada, Tom Hunt corre hasta el recibidor, directamente hacia la ventana de guillotina que da a los escalones exteriores, casi tropezando con la alfombra por el camino. A pesar de su pánico, muestra una notable pericia en localizar y romper de inmediato el cierre con el cincel. Abre y, sin mirar atrás, sale de un salto a la calle, evitando fácilmente las rejas metálicas de la verja, aunque topa de culo con el suelo.

Henry Cotton, inseguro de ser capaz de imitar tales proezas atléticas, se limita a quedarse ante la ventana y mirar a la calle. Pierde de vista a Tom Hunt, que se aleja dando tumbos, aunque oye el silbato de un policía. En su estado de excitación ante la partida de su compañero, Cotton casi olvida la razón de esta hasta que oye la voz de un hombre a su espalda.

–Ni se le ocurra moverse. Queda usted arrestado.

Henry se vuelve, e incluso en la oscuridad distingue el casco de un policía en la puerta del recibidor; lleva la porra alzada por encima de su cabeza. Respira hondo y responde:

—Eso no será necesario, agente.

—¿No? Ya lo decidiré yo. Arriba las manos.

—¿De qué se me acusa?

—No me venga con tonterías.

—Perdone, no me explico. Verá, agente, esta es mi casa. Vivo aquí.

Capítulo 45

Decimus Webb está a solas en su despacho cuando oye gritos. Las interrupciones de esa clase son habituales en el recinto de la comisaría de Marylebone, por lo que no hace mucho caso. Mira el reloj, apenas visible a la leve luz de la lámpara metálica de aceite sobre la mesa; distingue que son las dos de la madrugada. Se ha quedado dormido durante una hora o más. Se levanta pesadamente de la silla y va a coger el abrigo del colgador.

Fuera aún pueden oírse las fuertes quejas de un hombre dentro de una de las celdas que hay al fondo del edificio. Webb se dirige a la puerta de la calle, junto a la que el sargento de guardia, de nombre Tibbs, está sentado a su mesa descuidadamente, con la cabeza sobre las manos mientras hojea un ejemplar del *Daily News*. Al ver al inspector se yergue recto como una regla e intenta –sin éxito– ocultar el diario bajo una pila de papeles de aspecto más oficial.

–¡Caramba, me ha asustado usted! –exclama.

–¿Tanto miedo doy, sargento?

–Es solo que creía que ya se había ido usted a casa, míster –responde Tibbs–. Le hubiese llamado; se ha perdido toda la diversión.

–Pues me alegro de que no lo haya hecho.

Webb hace el gesto de salir, pero ahora que Tibbs ha empezado parece incapaz de parar.

–El agente Jones ha atrapado a un ladrón en Meulton Street, una anguila de lo más resbaladiza: saltó por la ventana y se resistió al arresto como un condenado. Hicieron falta tres hombres para traerlo.

–Ah, bien, pues felicite a Jones de mi parte.

–Con perdón, míster, no ha oído aún lo más curioso.

251

–¿Ah, no?

–Iba con un compinche menos ágil y que dice que es el dueño de la casa, o que la tiene alquilada o algo así. Pero el otro lo niega. La verdad, míster, es que entre el uno y el otro no entendemos nada.

–A lo mejor perdió la llave y ese otro lo estaba ayudando.

–No, no, míster. Jones reconoció al primer hombre; acostumbraba a verlo por Saffron Hill cuando estuvo destinado allí hace unos años. Se llama Thomas Hunt. Es un reconocido rufián, míster, o eso me dice Jones. Resulta que lo vio por pura casualidad y lo siguió desde Regent Street hasta la casa que intentó robar. Cuando quiere, Jones puede ser sigiloso como un fantasma.

–¿Y sabemos quién es el segundo hombre?

–Supongo que eso se lo dejaremos al juez, míster. Dice llamarse Cotton, aunque el otro jura que a él le dijo que su nombre era Phibbs. ¿Qué le parece?

Webb contempla al sargento, y su mirada ojerosa cobra vida de repente, mostrando una inconfundible expresión de furia.

–¿Míster? –pregunta Tibbs, nervioso.

–Sargento –habla Webb por fin–, ¿lee usted alguna vez mis memorándums? Quizá haya escapado a su atención que estoy investigando un asesinato, ¿o cree que me apetece quedarme aquí hasta tarde en compañía de usted?

En ese momento el sargento parece comprender algo: el nombre «Phibbs», que Webb ha hecho circular en numerosos mensajes a sus colegas, ha despertado algo en su memoria. Carraspea, nervioso.

–Me imagino que querrá usted ver al hombre –dice mientras coge las llaves de las celdas–. Le pediré a uno de los chicos que…

–Démelas a mí. –El inspector se las coge–. Y, por el amor de Dios, averigüe quién es el propietario de la casa de Meulton Street.

–Son las dos de la madrugada, míster –protesta Tibbs.

–No me importa si tiene que ir usted en persona a despertar a todos sus malditos vecinos uno a uno.

Antes de dar tiempo al sargento ni de pensar una respuesta, Webb se da la vuelta y se dirige al fondo de la comisaría.

Decimus Webb encuentra a Henry Cotton, también conocido como Phibbs, sentado con pesadumbre en su celda, sobre el jergón que provee la policía metropolitana para confort de sus invitados. En la distancia se oye maldecir a Tom Hunt, similarmente hospedado. Cotton mira al inspector y sonríe, nervioso.

–Ah, gracias. Pedí ver a un superior. Ha habido un horrible malentendido.

–Eso parece, míster… Phibbs.

–¿Phibbs?

–No hace falta seguir con esos jueguecitos, míster. –Webb saca algo de cuero del bolsillo–. Sé quién es usted. Supongo que esto es suyo.

Henry Cotton contempla su libreta, que había visto por última vez en Baker Street. Piensa en la posibilidad de mantenerse en silencio, pero finalmente decide hablar.

–Ah. Sí, lo es –admite a su pesar–. ¿Dice usted que me conoce? Entonces, inspector, permítame explicarle…

Decimus Webb suelta un suspiro.

–Eso es exactamente lo que deseo que haga.

–Bueno…, no sé por dónde empezar. ¿Qué puedo decirle?

–La verdad, por favor, míster Phibbs. ¿O debería llamarlo Cotton? ¿Es ese su verdadero nombre?

Henry Cotton se sonroja.

–Sí. Phibbs es una especie de *nom de plume*, por así llamarlo.

–Entonces, ¿se considera usted un escritor?

–Es a lo que aspiro, míster, sí.

–Y su temática es el vicio.

–Veo que ha descifrado usted mis notas.

Webb asiente, como si acabara de ocurrírsele la solución a un problema.

–Pero no es solo un *nom de plume*, ¿verdad, Cotton? Se ha esforzado usted en ocultarse al mundo. La casa de Meulton Street es de verdad la suya, supongo.

Cotton sonríe, aliviado.

–Gracias a Dios que me cree usted. Sí, por supuesto que lo es. La alquilo de tres en tres meses.

—Eso podemos comprobarlo, míster Cotton, y puede estar seguro de que lo haremos. Sin embargo, acostumbra usted a alojarse en otros lugares como Clare Market, por citar un ejemplo, para realizar sus, hum, investigaciones.

—Es lo más conveniente para mí, inspector. Creo que ofrece grandes ventajas el ser una especie de camaleón cuando lo que se busca es conocer de primera mano los males de nuestra sociedad. He alquilado habitaciones en dos o tres lugares diferentes.

—Ajá. Aun así, creo que eso no es todo. Podría empezar por contarme, por favor, por qué huyó de la estación de Baker Street aquella noche.

—¿No creerá que fui yo quien mató a esa pobre chica?

—Yo nunca doy nada por supuesto, aunque muchos otros sí. Dígame por qué salió corriendo.

Cotton mira al suelo, como avergonzado, y habla con tono inseguro.

—Tengo razones delicadas y personales…

—¿Desea usted ser colgado, míster Cotton?

Henry Cotton se pone blanco.

—¿Colgado? Seguro que esto no llegará a tanto.

—¿De verdad está usted tan seguro?

Cotton hace una pausa, y por fin continúa, reluctante.

—Mi familia, inspector, no sabe de estos estudios míos en la metrópolis. Creen que estoy en Italia.

—¿En Italia?

—En un *tour* para ver antigüedades romanas.

—¡Por Dios! —exclama Webb—. ¿Ese es su motivo? ¿Se fue usted corriendo porque creen que está usted en Italia?

—Si mi padre se enterase de dónde estoy, o, peor, de la temática sobre la que escribo, y en qué me he estado gastando mi asignación anual…, en fin, que si algo de eso saliese a la luz me cortaría dicha asignación; me dejaría sin un penique.

—¡Pero la chica estaba muerta!

—Bueno —replica Cotton, intentando justificarse a sí mismo en su respuesta—, ¿y qué? No maté a esa pobre desgraciada. Debía de estar muerta ya desde antes de que yo la viera. Creí que dormía.

Webb lo mira fijamente a los ojos.

—¿Está seguro de eso, míster Cotton? ¿Desde antes de que usted la viera?

—Sí. Ella ya estaba en el vagón.

—¿Se había subido antes que usted?

—Doy por supuesto que sí.

—Míster Cotton, esto es importante: cuénteme exactamente qué sucedió esa noche. ¿Por qué cogió el metro?

—Decidí volver a casa, a dormir en una cama como Dios manda.

—¿Una cama como Dios manda? Se refiere usted a Meulton Street.

—Sí.

—¿Tiene usted sirvientes, míster Cotton?

—No. En general me encargo de mis cosas yo mismo, inspector. Sería, digamos, difícil hacerlo de otra forma. Y mi, ejem, situación financiera no es ideal.

—Entonces, pensando en su cama, en su casa vacía, compró usted un billete y bajó al andén, ¿es así?

—Sí.

—¿Y entonces?

—Esperé a que llegara el metro.

—¿No estaba ya en la estación?

—No. Éramos varias personas. No recuerdo sus caras.

—No había chicas jóvenes. No estaba Sally Bowker.

—No lo sé. Ahora que lo pienso, no la vi.

—Entonces llegó el tren, se bajaron algunos… y se subió usted.

—No. Bueno, no de inmediato.

—¿Por qué no?

—Algo sobre los vagones. Un guarda nos dijo que esperáramos mientras «acoplaban», o como se diga, otro al final. Creo que mencionó que tenía que ver con las obras en Paddington, que lo iban a necesitar por la mañana o algo así. Lo dijo como disculpándose.

—¿Cuánto tiempo les hicieron esperar?

—Unos cinco minutos.

—Y entonces sí, se subió usted al vagón y vio a la chica.

—Sí. Bueno, no exactamente. El vagón al que me subí tenía poca iluminación; apenas veía como para leer mis notas o escribir. Me levanté y me fui a otro. Entonces vi a la chica. Estaba claramente embriagada, o eso me pareció. Pensé que sería instructivo observarla, aunque fuese por ver su reacción al despertarse. De verdad se lo digo, inspector, creía que solo había bebido demasiado. Se lo juro por mi vida.

Webb lo mira, sorprendido.

—El vagón estaba al final del tren, ¿no?

—Sí. ¿Por qué?

Webb aprieta los dientes y murmura:

—Míster Cotton, es usted un estúpido egoísta. Y yo soy completamente idiota. Aunque ya podían haberme avisado…

—No lo entiendo. ¿Qué podía hacer yo? Ya estaba muerta.

—Podría usted haberme contado todo eso hace dos semanas. ¿Es que no lo ve? La chica estaba en el último vagón, que añadieron en Farringdon. Probablemente debió de estar todo el día aparcado a un lado. Ella no cogió el metro: la mataron en la maldita estación.

—Bueno, pero no veo qué…

—Levántese, hombre. Se viene usted conmigo.

—¿Adónde?

—A Farringdon.

Capítulo 46

Henry Cotton está en el interior de un taxi, al lado del inspector Webb. Se subieron en una parada de Marylebone High Street, y ahora avanzan por las calles desiertas de Londres a una velocidad alarmante. Es como si toda la ciudad fuese un borrón de calles llenas de humo con ocasionales y breves puntitos de luz de gas.

—Esto hubiese podido esperar, inspector.

—Yo no lo veo así, míster. Puede usted estar agradecido de que no lo haya acusado a usted. Al menos, no todavía.

—No he hecho nada malo.

—Ha estado usted impidiendo el avance de la investigación desde el principio. Por no mencionar el allanamiento de morada.

—De mi propia morada, inspector.

—Creo que la tiene en alquiler, ¿no? ¿Y qué hay de su amigo Hunt? Me dicen que le rompió las costillas a uno de mis colegas.

—Yo no tuve nada que ver con eso.

—Seguro que su padre estaría de acuerdo con usted, míster.

Cotton parece horrorizado ante la idea. Una vez que recupera el aliento, sigue:

—¿Y para qué me necesita a mí? Es de noche; la estación estará cerrada.

—Tengo que saber exactamente dónde estaba cada cosa. Y tengo entendido que hay un vigilante nocturno. Ya me ha hecho usted esperar bastante, míster Cotton.

—Ya veo.

—Está muy bien decir «ya veo», pero es demasiado tarde. —Webb se saca la libreta de Henry del bolsillo y se la tira—. ¡Mire! ¡Tantas malditas notas y ninguna que le resulte de utilidad a nadie!

Al cabo de menos de media hora, Decimus Webb, Henry Cotton y el vigilante nocturno de la estación de Farringdon –un hombre mayor, nada contento de que lo hayan despertado de su estado habitual de entresueño– se encuentran en el mismo andén en el que estuvo Cotton dos semanas antes. Tanto el vigilante como el policía llevan sendos faroles de aceite, que tiñen de un tenue color naranja las oscuras vías que tienen ante sí. Cotton tiembla ligeramente. Un leve ruido de movimiento hace que Webb se dé la vuelta al instante y pase la luz por el andén.

–Ratas –dice el vigilante, como si nada.

Webb tarda un instante en recuperar la compostura. Contempla el desasosiego de Henry Cotton y, a pesar de la opinión que le merece el joven, siente cierta lástima por él.

–Dígame, míster Cotton, ¿dónde estaba el tren?

–¿Dónde diablos cree usted? Aquí, al lado del andén.

–Sí, pero ¿desde dónde hasta dónde? Muéstreme en qué lugares empezaba y acababa exactamente.

–De eso hace muchos días.

–Aun así, inténtelo.

Cotton camina inseguro, guiado por el farol del vigilante, hasta el final del andén, de cara a la entrada del túnel.

–Diría que la locomotora estaba aquí.

–¿Y el último vagón?

Cotton da unos cuantos pasos largos.

–Aquí.

–¿Antes de que añadieran el nuevo?

–No; creo que después. Recuerdo salir y venir más o menos hasta aquí.

–Queda demasiado a la vista –murmura Webb.

–¿Perdón?

–No la dejaron en el vagón ahí. Cualquiera podría haberlo visto. Dígame usted –se dirige ahora al vigilante, que contempla la escena confuso–, ¿dónde estaría aparcado el vagón adicional?

–¿Adicional?

–Uno de repuesto, de sustitución, que espera a que lo conecten a un tren; por la razón que sea.

El anciano se encoge de hombros.

–Hay varias otras vías a la derecha, ¿ve? Solo hay que conectarlas a la principal desde la estación nueva.

Webb dirige la luz de su farol hacia donde indica el vigilante. Las vías se adentran en la oscuridad; dan la impresión de seguir hasta el infinito.

–¿Qué es eso junto al andamio?

–¿Eso? Solo es la caseta de los obreros. Ahí guardan las herramientas.

–Queda al lado de donde estaría el vagón extra, ¿no? –El hombre vuelve a encogerse de hombros–. Yo creo que sí. Vamos.

–Yo ahí no voy. No es seguro, y menos a oscuras.

–Buf. Muy bien, pues dele el farol a él.

Y señala a Cotton.

–¿A mí?

–Es lo mínimo que puede hacer para resarcirme, míster Cotton. Venga.

Él lo hace, aprensivo. Los dos van hasta el final del andén y bajan hasta el suelo de gravilla. Incluso con los dos faroles resulta difícil cruzar las vías, y tardan un poco en superar los escasos veinte metros hasta la caseta de madera. Para sorpresa de Webb, no está cerrada con llave.

–¡Salga! –exclama, y su voz resuena por la estación vacía.

No sucede nada.

Coge la puerta, la abre de golpe e ilumina el interior. Está vacía excepto por las diversas herramientas de los trabajadores, pulcramente ordenadas en estantes. Pero en un rincón hay dos o tres sábanas contra la pared y una botella vacía a su lado. Webb se pone en cuclillas y examina la tela.

–¿Cree que aquí había alguien esperando? –pregunta Cotton, incrédulo.

–¿Huele esto?

–¿El qué?

–Ginebra. Y aquí no hace tanto frío, ¿verdad?

–No lo sé.

–Alguien ha estado aquí hace poco.

–Sería alguno de los trabajadores. Seguro que les apetece un trago de vez en cuando.

–¿A estas horas?

–Quizá sea el turno de noche, y…

Pero Cotton se detiene a media frase cuando Webb se lleva el índice a la boca para indicarle silencio. Se oye un ruido, claramente de pasos sobre la gravilla, y a no muchos metros.

–Será el vigilante –susurra Cotton.

–Dijo que no iba a bajar.

Webb sale a toda velocidad de la caseta y pasa de lado a lado la luz del farol, pero resulta imposible distinguir ningún movimiento en la oscuridad, y el ruido se aleja, resonando en las paredes.

–¿Qué hacen ahí?

Es la voz del vigilante, que ha ido a buscar un tercer farol y ha decidido bajar con ellos.

–¿Ha oído usted algo hace un momento?

–Les he oído a ustedes dos haciendo tonterías.

Cotton suspira con alivio; la presencia del hombre le resulta reconfortante, por muy cascarrabias que sea. Entonces ve un destello de luz en la distancia, más allá del gran túnel al fondo. Webb también lo ve.

–¿Hay gente trabajando a estas horas?

–¿Dónde? –pregunta el anciano, con un tono que sugiere a la vez confusión y sospecha de que los otros dos hombres no están bien de la cabeza.

–En el túnel.

–No. Por la noche pasan un par de trenes que traen material para las obras, pero no hay trabajadores tan tarde.

Webb piensa un momento y después tira a Cotton del brazo.

–¡Venga, sígame! –exclama, y echa a correr siguiendo las vías, en dirección al túnel.

El anciano contempla incrédulo cómo el uniforme azul desaparece en la oscuridad.

–¡No pueden ir ahí!

Henry Cotton lo mira, y después mira el túnel. Respira hondo y sale corriendo tras el inspector. Oye las pisadas de Webb sobre la gravilla u ocasionalmente sobre las traviesas de madera. También ve la luz de su farol, que se agita de un lado a otro mientras el policía corre. Así, a Henry Cotton, con la ventaja que le proporciona su juventud, le resulta fácil seguirlo incluso en la oscuridad, y lo alcanza al cabo de unos cien metros, dentro del túnel; aun así, siente cómo la sangre le golpea en el cuerpo debido al esfuerzo.

Webb aprovecha la ocasión para recuperar el aliento.

–Escuche. Lo oigo, no está lejos.

Cotton no oye más que los latidos de su corazón. Es el único ruido que no resuena y se amplifica en el túnel; todos los demás parecen extenderse hasta el infinito en el gélido aire subterráneo. Entonces los dos oyen también una única palabra, pronunciada sin aliento:

–Basta.

Unos diez metros por delante de ellos, Bill Hunt sale de donde estaba oculto.

Capítulo 47

–¿Lo ve, míster Cotton? –dice Webb con tono triunfal mientras ilumina la desastrada figura que tienen delante–. Ya hemos encontrado a nuestro hombre.

Cotton asiente, aunque no puede evitar sentirse nervioso ante su presencia.

–No he hecho nada malo –arguye Bill Hunt, entornando los ojos por la luz; tiene el rostro negro por la suciedad del túnel.

–Pues yo creo que sí, muy míster mío. Si no, no estaría usted merodeando por aquí y escondiéndose de un agente de la ley.

–No me escondo de nadie. Solo estaba echando un trago –replica él, sarcástico.

–El asesinato no es algo para tomarse a broma, amigo. ¿Va a entregarse y acompañarnos pacíficamente?

–No fue asesinato. Ese hombre se lo ganó a pulso.

Webb frunce el ceño.

–¿«Ese hombre»? –repite.

No está seguro de haber oído bien.

–Ese maldito bastardo. Con esa pinta inocente. Por su aspecto nadie hubiese adivinado lo que hacía. Ni siquiera se resistió, ¿saben? No hizo nada mientras yo… –Pero se queda mirándolos a los dos, sin acabar la frase. Incluso en la semioscuridad, iluminados solo por sus faroles, ve la confusión en sus rostros. Al cabo de un segundo sigue, incrédulo–. Ni siquiera saben de quién hablo, ¿verdad? Por Dios.

Hunt mira a su espalda, nervioso, como valorando sus posibilidades de salir corriendo de nuevo.

–Ni se le ocurra –le dice Webb al ver su expresión–. Tengo hombres por todas partes. Será mejor que venga con nosotros.

—No oigo a nadie más.

—No tiene usted adónde ir, amigo mío —insiste el inspector sin responder al comentario, aunque su voz suena un punto nerviosa.

Hunt da un paso atrás, sin dejar de mirar a los otros dos.

—¿Y qué hay de la chica, de la chica muerta? —pregunta Cotton.

Lo dice a toda prisa, como si las palabras abandonasen su boca demasiado rápido y corrieran resonando por todo el túnel.

—Ni la toqué. Bueno, solo para moverla.

—¿Para moverla?

—La metí en el vagón, pero eso no es ningún crimen. En algún lugar tenía que dejarla, quitarla de en medio.

—Entonces, ¿quién la mató? —dice Webb, que da un paso adelante por cada uno que Bill Hunt da atrás.

Hunt resopla con desprecio.

—Nadie.

—Fue estrangulada.

—Les digo que yo no fui.

—¿Quién, entonces? Tenga por seguro que alguien va a acabar en la horca. ¿Va a ser usted?

Hunt niega con la cabeza. De repente parece perder toda la calma; quizá la palabra «horca» le ha hecho rememorar alguna visita olvidada a la cárcel de Newgate un lunes por la mañana, entre la multitud que contempla cómo un hombre encapuchado cae por la trampilla y queda colgado por el cuello.

Se le arruga todo el rostro y empiezan a acumularse las lágrimas en sus ojos.

—Les he contado lo del viejo, ¿no? —dice en un ruego—. Ya estoy muerto.

Sigue respirando rápidamente, casi en un jadeo. Grita y sale corriendo de nuevo.

—Maldición —murmura Decimus Webb.

Mira a Henry Cotton y, a desgana, ambos reemprenden la persecución. Pero esta vez hay algo diferente. Comienza sin ser más que un ruido, un trueno muy lejano, que parece llegar desde detrás de ellos, después desde delante, y parece acompañarlos en su carrera sin aliento por entre la oscuridad. La situación resulta tan extraña que no se dan cuenta desde el principio de la presencia, pero esta resulta inconfundible a medida que se acerca. El suelo vibra por el movimiento, las vías resuenan expectantes. Aparece un círculo de luz que se va haciendo más grande, con la silueta de Bill Hunt delante, como una sombra chinesca. La aparición del monstruo de hierro no es nada nuevo para él. Y, sin embargo, sigue corriendo en su dirección, hacia la luz ardiente y las ruidosas ruedas de la locomotora que avanza por las vías.

Es demasiado tarde como para que la máquina pueda detenerse.

–¡Por Dios, apártese! –grita Cotton, y le da un empujón a Webb, enviándolo contra la pared.

Pero él mismo se golpea la cabeza contra los fríos y húmedos ladrillos, y su cuerpo se dobla hacia atrás. Si oye algo mientras pierde la conciencia no es el grito del conductor ni la voz ansiosa de Decimus Webb, que ahora es quien lo apoya a él contra la pared; es el chillido de furia infinita de los frenos.

Suena como si el propio tren mostrara su indignación hacia el hombre que ha osado interponerse en su camino.

Capítulo 48

–¿Está usted despierto, míster?

Henry Cotton lo está, aunque siente dolor de cabeza. Y lo suficientemente vivo como para sentir la molestia de que alguien le esté propinando leves cachetadas. Abre los ojos. Reconoce la estructura que lo rodea: es la estación de Farringdon, aunque ahora con las luces de gas encendidas; por un instante, y en su confusión semiinconsciente, el brillo parpadeante de estas le hace creer que el lugar está en llamas, y se incorpora de repente, sobresaltado. El policía que tiene frente a sí, el sargento Watkins, se inclina para mirarlo de cerca a los ojos.

–Parece estar bien, míster –le grita a la figura de Decimus Webb, que está un poco más lejos en el andén, supervisando la labor de una docena de agentes, cada uno con una linterna, que examinan cada centímetro cuadrado de la estación y, con algo más de aprensión, también las obras de abajo.

–¡Ah, míster Cotton ha despertado! –Webb camina hacia él–. ¿No le pedí, míster, que no me siguiera?

Cotton intenta protestar débilmente.

–No, no hace falta que se disculpe –lo interrumpe en inspector.

–¿Cuánto tiempo he estado…?

–¿Inconsciente? Unos diez minutos. Llegué a pensar en lo peor.

–Yo creí que íbamos a morir los dos.

–No. –El rostro de Webb se vuelve un poco más grave–. Solo el pobre desgraciado del túnel.

–¿Quién era?

–Uno de los peones, nadie especial. Se llamaba Bill Hunt.

–¿Hunt?

–Venga, venga, no me negará usted que al menos el apellido le suena. Tengo entendido que es familia del cómplice de usted, un primo o algo así. Lo ha identificado el mismo agente.

—No lo había visto en mi vida.

Webb lo mira inquisitivamente; Watkins, sin ocultar su incredulidad.

—Como mínimo —comenta el inspector— tiene usted un talento especial para conocer gente en las circunstancias más inoportunas.

Cotton frunce el ceño. Recuerda los últimos momentos en el túnel.

—¿Está usted seguro de que es el hombre al que buscaba? —pregunta, mientras se frota el chichón que se le ha formado en la cabeza—. ¿Fue él quien mató a la chica?

—Eso creo —asiente Webb.

—Pero él lo negó.

—Mintió, eso es todo. Fue solo un mórbido intento de justificarse.

—¿Y lo que dijo sobre un anciano…?

Pero Cotton se interrumpe al llegarles el grito de uno de los agentes uniformados, que ha alzado su linterna para iluminar la zona en la que se encuentra, a unos diez metros de la caseta. Llama a los otros hombres. Webb se vuelve y corre hasta el final del andén, desde donde salta a las vías. Por su parte, Watkins sigue vigilando de cerca a Henry Cotton, que, aunque con equilibrio precario, se levanta e intenta seguir al inspector. Naturalmente, el sargento debería a su vez intentar detenerlo, pero también siente curiosidad por saber qué ha causado la conmoción, y así acaban los dos entre el pequeño grupo de policías reunidos en torno a una pila de escombros. Al principio parece que estén sacando un viejo saco de tela negra de debajo, pero la luz de una linterna revela que se trata del cuerpo de un hombre.

—Podría decirse que lo han descubierto las ratas —afirma uno de los agentes con tono autosuficiente—. Vi que una se metía ahí abajo. Siempre huelen la sangre.

—Deme su linterna —le pide Webb, impaciente, al hombre más cercano.

Se pone en cuclillas y limpia la suciedad del rostro del cadáver.

268

—Conozco a este hombre.

El inspector agita la cabeza con pesadumbre.

—¡Por Dios! —añade Henry Cotton al ver los restos mortales del doctor Arthur Harris—. Yo también.

El sargento Watkins se vuelve y mira sorprendido a Cotton. Ya se lo imagina subiendo los escalones del cadalso de Newgate. Webb también se vuelve hacia Henry Cotton.

—Creo que usted y yo vamos a tener que hablar un poco más.

Henry Cotton está sentado solo, tomándose apocado una taza de té entre el caos del despacho de Decimus Webb, en la comisaría de Marylebone Lane. Al cabo de unos minutos entra el inspector y se sienta a su mesa. Son las siete de la mañana, y ninguno de los dos ha dormido desde el descubrimiento en la estación de Farringdon. Durante ese tiempo, entre otras cosas, Cotton ha narrado todas sus acciones desde la noche del asesinato al inspector y a un descreído sargento Watkins.

—Míster Thomas Hunt tiene, por así decirlo, una naturaleza poco dada a la cooperación.

—¿En eso estaba usted? No me sorprende mucho —replica Cotton.

—Dice que apenas conocía a su primo y que no puede dar cuenta de nada de lo que haya hecho.

—Ya veo.

—Y añade que somos una manada de polizontes mentirosos que deberíamos estar ardiendo en el infierno. —Cotton alza las cejas—. Lo he dejado con Watkins, quien, para su información, cree que es a usted a quien deberíamos considerar como cómplice. —El hombre niega con la cabeza; lleva ya horas negando toda relación con Bill Hunt y está cansado de hacerlo—. No puede ser una coincidencia. —Cotton se encoge de hombros—. En fin, en cualquier caso tiene usted que esperar aquí. Voy a visitar a misses Harris; quizá pueda arrojar un poco de luz sobre el asunto. Va a ser un encuentro de lo más agradable. Y a ver qué tiene que decir miss White sobre su *affaire* con usted.

—Por favor, inspector, créame: no ha habido ningún *affaire*.

—La mayor parte de lo que dice usted resulta difícil de creer, míster Cotton, pero recuerde que hasta ahora le he concedido el beneficio de la duda.

—Ya le he explicado que conocí a miss White por casualidad.

—¿A la entrada del refugio?

—Aquella mañana había leído en la prensa lo de esa chica, Bowker. Sentí curiosidad por ver dónde vivía. Como sabe, la cuestión me interesaba. Y allí conocí por casualidad a Clara White. Todo eso ya se lo he contado, inspector.

—Mmm…

Cotton suspira.

—Entonces, ¿no le ha contado aún a misses Harris lo de su marido?

—Pensé que merecía dormir bien esta noche.

Webb vuelve a levantarse de su escritorio. Cotton alza la vista.

—Me gustaría ir con usted.

—¿De qué serviría eso?

—Podría hablar con Clara, animarla a que ella hable a su vez con usted. No siente ningún aprecio por la policía.

—Sí, esa ha sido mi experiencia. Pero podría acordar con ella que cuente lo mismo que usted.

—No me refería a hablar yo con ella en privado. Además, creo que me lo debe usted, inspector; podría decirse que le salvé la vida.

Webb suspira.

—Eso podría decirlo usted, míster, no yo. —Cotton toma otro sorbo de té—. Pero puede usted venir y quedarse con Watkins en el carruaje, por si necesitamos su ayuda con la chica.

—Gracias, inspector.

—No me lo agradezca, míster Cotton. Solo es que creo que es mejor que pueda vigilarlo a usted de cerca; parece ser un verdadero imán para los problemas.

Capítulo 49

Decimus Webb toca el timbre de Doughty Street. Lo oye resonar por la cocina y el pasillo, pero no percibe pasos en las escaleras, no sale ninguna de las sirvientas a recibirlo. Da un paso atrás y mira la fachada: todas las cortinas están cerradas.

Llama de nuevo. No hay respuesta.

Vuelve hacia el taxi que espera en la esquina y les indica con un gesto a Watkins y a Cotton que se bajen.

–Sargento, pregunte en la casa de al lado si hay algún problema o si la misses ha salido. Usted, míster Cotton, acompáñeme.

–¿Los espero? –pregunta entre dientes el conductor, mirándolos a los tres y muy consciente de que aún no le han pagado.

–Sí, por favor –le responde Webb.

El hombre saca su pipa y la enciende.

–¿Sospecha usted que ha pasado algo malo? –pregunta Henry.

–Lo ignoro, míster. Supongo que no habrá nada que usted no nos haya contado, ¿verdad? –replica el inspector.

A Cotton no le da tiempo de responder a la insinuación: los dos ven cómo la puerta principal se abre de repente. Tras ella está misses Harris, con un elegante vestido de viuda de terciopelo negro. Tiene el pelo recogido con una cinta negra de seda, y lleva pendientes de azabache a juego que favorecen sus facciones. Parece más compuesta que en la anterior visita de Webb, y se dirige a ellos con un tono extrañamente calmo.

–Ah, inspector. Y míster Phibbs, ¿verdad? –Henry Cotton asiente, un poco nervioso. Webb lo mira de reojo–. Por favor, pasen.

El inspector asiente y va hacia la casa. Duda de qué hacer con Cotton; por fin le indica que lo siga.

Misses Harris los conduce al salón de la planta baja y les pide que se siente mientras ocupa la *chaise longue* y se alisa la crinolina del vestido.

—Si no le importa, yo preferiría quedarme en pie, misses —contesta Webb—. Tengo noticias que darle.

—Es sobre mi marido, ¿verdad? ¿Está muerto?

Webb parece un poco sorprendido.

—¿Cómo lo ha sabido, misses? ¿Habló alguien con usted anoche?

—No. Solo confiaba en que fuera ese el caso.

—¿Confiaba? —repite Cotton involuntariamente, sobresaltado.

—Me ha oído usted correctamente, míster. En cualquier caso, si querían ver a mi esposo, está claro que ya es demasiado tarde.

A Cotton no se le ocurren palabras adecuadas con las que responder.

—Míster Phibbs ha venido conmigo —dice Webb— por razones que le explicaré más tarde, si me lo permite. Por supuesto, la acompaño en el sentimiento, misses, pero comparto la sorpresa. ¿Le deseaba usted la muerte a su marido?

—¿Está usted casado, inspector?

—No, misses.

—Ajá. Entonces no puede imaginarse los sacrificios que tuve que hacer por ese hombre, por esa imitación inútil y podrida de hombre.

Webb frunce el ceño.

—Está usted alterada, misses. No hay buena manera de decirle esto, pero su esposo fue asesinado por un hombre llamado Hunt. ¿Conoce usted a alguien con ese nombre?

—No, que yo sepa.

—Perdone que lo diga, pero parece usted notablemente tranquila.

—Ya he acabado mi duelo, inspector.

Webb intercambia una mirada nerviosa con Cotton: la conversación no está discurriendo como esperaba.

—¿Puede explicarme por qué ha dicho que confiaba en que su esposo estuviera muerto?

—Yo… —en ese momento ella duda. Su expresión de compostura férrea casi desaparece, y se lleva una mano temblorosa al rostro. Pero apenas durante un momento— no puedo responder a eso.

—Me temo que debe hacerlo, misses.

—Vengan —dice ella, y se levanta y sale a paso rápido.

Confusos, los dos hombres la siguen hasta el piso de arriba, donde la mujer los conduce al estudio de su cónyuge. El orden habitual se ve mancillado por las numerosas libretas y papeles apilados sobre el escritorio.

—Iba a sacarlos y quemarlos, pero supongo que querrán tenerlos. Les agradeceré que se los lleven. Es usted anticuario, ¿verdad, míster Phibbs? —Cotton asiente—. Si lo desea, puede usted quedarse los libros. Los publicados, quiero decir. Me gustaría librarme de ellos. —Webb va hasta el escritorio y coge uno de los cuadernos, que está abierto por una página—. Léalo, inspector, si es que tiene usted el estómago para esa clase de cosas.

Webb examina el texto, en la cuidada caligrafía de Harris.

31 de julio de 1863

Una chica agradable, fruto recién florecido y aún no recogido. No tan fresca como hubiese deseado, pero misses F. la preparó bien. Le hice un examen completo: más rellenita de lo esperado, fisonomía no tan agraciada como la de la última chica; nada de especial, aunque gritó mucho al tomarla yo. Le dije a misses F. que prefiero a las silenciosas, por mucho que nadie pueda oírnos. Aun así, le di a la chica cinco libras.

Henry Cotton hace como el inspector, y los dos leen varias entradas similares. Sobre la mesa hay aproximadamente una docena de cuadernos con contenidos por el estilo. Webb mueve los pies, sin saber cómo proceder con misses Harris, que ahora parece más ansiosa.

—¿Es por esto por lo que…? —dice él; deja deliberadamente la frase sin acabar.

—No lo ve usted, inspector, ¿verdad? No ve lo peor de todo. Ese hombre me estuvo tomando el pelo durante treinta años. Mire. —Coge un libro, lo abre por una página y se la muestra—. Vea usted los nombres en las entradas. —Webb mira los márgenes. Lee los

273

nombres «Meynell» y, unas semanas más tarde, «White»—. Eligió de entre esas criaturas desviadas las que se vinieron a vivir a mi casa, inspector. ¡Mi casa! ¡Mis sirvientas! ¡Esas fueron las mujeres que eligió para mí! ¿Qué piensa ahora del santurrón de mi marido?

—Me temo —dice Webb— que tendré que hablar con ellas, mistress, especialmente con White.

—Pues yo me temo que no puede.

—¿No? ¿Y por qué?

—Anoche las despedí a las dos. ¿Cree usted que iba a tenerlas ni un minuto más aquí? ¿Cree que todo esto me resulta divertido? —Misses Harris se ha puesto un poco colorada—. Por favor, llévese todas estas cosas.

Webb asiente.

—Así lo haremos, misses. Quizá debería usted descansar un poco.

Solo cuando misses Harris ha salido, Webb se dirige a Henry Cotton.

—Este es un asunto de lo más desagradable.

—Nunca hubiera esperado eso de él.

Cotton sigue leyendo incrédulo el contenido de uno de los cuadernos.

—Mmm. ¿Cree usted que quizá míster Hunt hizo bien?

—No llego a tanto, pero al menos eso explica lo sucedido, ¿no? Una de estas chicas sería su hermana, su prima, a saber. Hunt buscaba vengarse de Harris.

—¿«Una de estas chicas»? Tiene usted que tener en cuenta todos los hechos, hombre. Es obvio quién está detrás de todos los lamentables hechos de Sally Bowker en adelante.

—¿Ah, sí? Pues me tiene usted en desventaja, inspector.

—Bueno, quizá debería haber dicho que he reducido las posibilidades a un par de personas, aunque es difícil decidir cuál.

Capítulo 50

Clara White camina por Wapping High Street. Las chimeneas de la zona de los muelles de Londres escupen al aire nubes sulfúricas formadas por partículas de ceniza, y el propio cielo está oscuro, preñado de lluvia. Mira el pequeño bolso que contiene sus escasas pertenencias y no puede evitar ver a su madre en esas mismas calles sucias, con dos niñas pequeñas y desastradas siguiéndola. Y es que encuentra recuerdos de infancia por todas partes: los mismos *pubs* destartalados, los vendedores callejeros especializados en toda clase de gorros y sombreros, fachadas de edificios cubiertas de abrigos y pantalones de tela colgados a secar, la tienda de empeños de Red Lion Street cuyo cartel no muestra las tres bolas típicas sino un globo terráqueo y compases marinos. El propio aire le resulta familiar, aderezado por los muelles con leves aromas extranjeros, el polvo de cargamentos orientales arrastrados hasta los enormes almacenes tras los muros; todo ello junto con el omnipresente olor a tabaco y, al pasar por el Black Boy, a ron y a ginebra barata.

Se da cuenta de que ninguno de esos recuerdos le resulta agradable, pero aun así sus pies parecen haber conspirado para llevarla de vuelta allí, al lugar horrible donde todo comenzó.

Gravehunger Court.

Al llegar ante el callejón duda; no ha estado allí desde que encontraron a su madre. Echa un momento la vista atrás y entra en dirección al patio del otro extremo. De niña, piensa, ese mismo patio le parecía un inmenso parque para jugar; ahora, en cambio, la hace sentirse encerrada, hasta los pulmones casi se le ahogan con el aire fétido y atrapado del lugar. No mira mucho el pozo; se concentra en la casa de su abuela, esas paredes de ladrillo y estuco en equilibrio precario que una vez formaron algo parecido a un hogar. Mientras mira hacia arriba empieza a llover, y por un instante cree ver a alguien que se mueve tras una ventana del segundo piso, o al menos tras el marco de esta, ya que no hay cristal.

Corre bajo el porche y empuja la puerta, que apenas se sostiene por las bisagras oxidadas.

–¿Hola?

Su voz resuena por la casa. El edificio está tan destartalado que se imagina que el ruido va a hacer que se desprenda otro trozo de yeso de alguna de las paredes. Mira en las habitaciones de abajo. Están casi vacías. Hace ya mucho que se quedaron sin nada de valor; de hecho, los listones de madera empapados del suelo son lo único que queda. Le parece curioso lo fuertes que suenan los ruidos que llegan desde el río, sin ningún otro sonido que los amortigüe.

Un momento.

Sí oye algo más: pisadas. Vuelve al pasillo y de nuevo saluda a voz en grito, sin obtener respuesta. Sabe que no puede fiarse de las escaleras; ve dos o tres peldaños partidos por la mitad, con clavos torcidos que asoman de la madera donde alguien intentó arrancarlos para usarlos como lumbre.

Oye pisadas de nuevo.

Prueba el primer escalón, y después el segundo, y los demás, subiendo poco a poco, siempre tentando cada uno con el pie antes de someterlos a todo su peso, hasta que alcanza el primer rellano. El viento entra con fuerza por otra de las ventanas sin cristal, esta vez detrás de ella, al fondo, y trae la lluvia consigo. Desde allí llega a ver el negro río. Los barcos amarrados parecen acurrucarse juntos y asentir con sus mástiles en una comunicación silenciosa. Al cabo de un momento, cuando la brisa disminuye un poco, Clara vuelve a oír el ruido.

–¡Sé que hay alguien ahí! –grita hacia arriba.

Sube el segundo tramo de escaleras con más seguridad; los peldaños parecen en mejor estado. Mira cautelosa en cada habitación hasta llegar a lo que, en un pasado lejano, pudo ser la sala de estar de algún comerciante olvidado, con vistas al patio; ahora no es más que una caja vacía forrada de papel pintado que se despega a tiras, y el aire contiene el olor terroso a yeso húmedo y descompuesto. Dentro hay una figura solitaria a la ventana.

–¿Lizzie?

–Sabía que serías tú –contesta su hermana sin volverse a mirarla.

–¿Qué haces aquí, Lizzie? Mírame.

Ella mueve la cabeza hacia la puerta. Incluso a la penumbra de la habitación, mientras fuera atruena la lluvia, Clara ve que tiene el rostro demacrado, con los ojos inyectados en sangre y la piel de alrededor hinchada.

–¿Y tú? –pregunta Lizzie–. Has venido a buscarme, ¿verdad?

–No sabía que estabas aquí. Yo…, bueno, ya no tengo donde vivir.

Lizzie suelta una carcajada histérica, repentina.

–¿No tienes donde vivir? Y buen lugar que era, ¿no?

–Lizzie, te juro que no sabía nada de él hasta que ayer me enteré… de lo que te había hecho.

–¿Así que ahora sí lo sabes? ¿Lo sabes todo?

–Alice me contó cosas. Y él lo escribía todo en cuadernos. Los encontró su esposa. Hasta tenían nombres. Vi el tuyo.

–¿El mío? –Clara asiente–. ¿Y el tuyo?

–No, a mí nunca me tocó. Pero a Alice sí. Da igual; su mujer nos despidió al momento. ¿Por qué estuviste con él, Lizzie? ¿Por dinero?

–¿Que por qué estuve yo con él? Pregúntale a nuestra bendita madre. Pregúntaselo a ella.

–Está muerta, Lizzie.

–¿Crees que no lo sé? ¿Y por qué piensas que él nunca te tocó a ti, eh? Como si tú fueras tan buena niña…

–No lo sé.

–Porque eso fue lo que acordamos.

–No lo entiendo.

–Me vendió, Clarrie. Nuestra mamá, la furcia vieja. A cambio de tener ella plaza en el maldito refugio y que tú vivieras en la casa de él. A mí me llevó a otra casa. Me encerraron allí, ¿sabías eso?

Clara White agita la cabeza, incrédula.

—Estás alucinando.

—No. Mi propia madre me sirvió en bandeja a ese asesino, como si yo fuese solo un trozo de carne. Pero él cumplió con su palabra, ¿no? Como todo un caballero. ¿Por qué te crees que lo hice?

—¿Que hiciste qué?

—No te enteras: fui yo la que la mató. A nuestra santa madre.

Clara se estremece. Hay una nota de satisfacción en las palabras de su hermana.

—No puede ser.

—Bueno, en todo caso yo le di el empujón. Fue suficiente.

Clara se apoya contra el marco de la puerta.

—No te creo.

Pero el temblor en su voz la traiciona.

—Creí que eso que se metía acabaría con ella si tomaba lo suficiente. No fue así.

—¿Qué es «eso»? ¿El sedante, en el refugio?

—Le di un frasco entero. Y también le dije lo que pensaba de ella. Pero entonces apareció esa chica y lo fastidió todo.

—Sally Bowker.

La última voz no ha sido la de Clara, sino la de Decimus Webb, que está detrás de ella, en el pasillo.

—¿Usted también ha venido a por mí? —dice Lizzie, aunque no con tono desafiante, más bien como si el inspector fuese un taxista o un recadero—. ¿Cómo ha sabido que estaba aquí?

—He seguido los consejos de un conocido —responde Webb con cautela—. Entonces, ¿admite usted haber matado a la tal Bowker? ¿O fue Bill Hunt quien se encargó?

—¿Bill? Bill no le haría daño a nadie a menos que lo convencieran. No; le dije a Bowker que la trataría bien si no decía nada.

—Le dio usted la bebida. Y el opio.

—Se puso muy alegre. Me dijo que nunca había estado en el metro. Fue como salir de paseo. La llevé al escondrijo de Bill. A él le dije que se sentía mal, así que se fue a ver si podía conseguirle algo.

—¿Y entonces usted la estranguló?

Lizzie Hunt se encoge de hombros.

—Apenas se tenía en pie. No me costó mucho.

–¿Y a Arthur Harris?

La chica vuelve a encogerse de hombros.

–Hunt mismo lo admitió –le dice Webb–. Puede usted decir la verdad.

–Le conté a Bill lo que me había hecho el viejo. –Una lágrima se desliza por su mejilla–. Y me inventé que también había sido él el que acababa de pegarme. Bill fue directo a por él. Volvió muy orgulloso.

–Bill Hunt está muerto.

Lizzie no parece inmutarse, excepto por un segundo en el que su mirada muestra una sombra de arrepentimiento. Pero solo por un segundo.

–No importa –dice, y mira por la ventana–. Todo se ha ido al garete. Ya ni siquiera tengo al bebé.

Webb parece confuso. Clara da un paso adelante. Ve un reguero de sangre oscura en la parte trasera de las faldas de su hermana.

–¿Lo has perdido? –le pregunta.

Por extraño que parezca, lo dice con una cierta ternura. Por segunda vez, Lizzie se seca una lágrima.

–Cuando Tom me pegó. No lo hizo a propósito…

Calla al ver que el inspector se adelanta hacia ella, quizá para reducirla. Detrás de él distingue la silueta de Henry Cotton.

–¡Tú! –exclama, sorprendida e indignada–. ¡Tú lo has traído aquí! Querías traicionar a Tom, ¿verdad, desgraciado? ¡Ya sabía yo que estabas con la bofia!

La laxitud que ha estado mostrando Lizzie desaparece de repente, y con un grito se precipita sobre Cotton, como si cada uno de los nervios de su cuerpo pretendiera alcanzarlo. Sortea al inspector y a su hermana como una furia vengativa, con los brazos extendidos como para clavarle las uñas en la cara. Cotton, a su vez, da un paso atrás, solo para darse cuenta, demasiado tarde, de que las tablas enmohecidas del suelo no van a resistir su peso.

El resto sucede tan rápidamente que es imposible seguirlo. Se oye cómo se rompe la madera y Henry cae de espaldas. Su cuerpo cae al piso de abajo. No es una caída suave; hay una explosión de polvo y astillas que salen disparadas. En la confusión, Lizzie tropieza y, al intentar recuperar el equilibrio también cae, ella por el hueco de las escaleras, más de seis metros, tras derribar las barras que aún quedaban de la barandilla como si fuesen fósforos.

Y, una vez que llega al suelo, ya no vuelve a moverse.

Epílogo

Henry Cotton se mueve, incómodo, en la silla que le han proporcionado al fondo del tribunal. Aunque soportable, el dolor en su pierna se ve amplificado por lo abarrotado de la sala. Así, no puede evitar los deseos de que el juez forense llegue cuanto antes a su conclusión y él pueda dejar de tomar notas taquigráficas sobre la sesión. Pero el resumen final de las circunstancias de la muerte de Lizzie Hunt y el veredicto de «muerte accidental» aún tardan diez minutos más.

Cuando acaba por fin el ritual completo, Cotton es conducido por Decimus Webb a una sala adjunta. Tardan un poco en llegar, dado que Henry ha de apoyarse en una muleta debido a su pierna rota. Clara White ya está sentada, esperándolos. Lleva un sencillo vestido negro y el pelo recogido con una cinta del mismo color.

–Creo –dice el inspector– que será mejor que esperen aquí hasta que se vayan los caballeros de la prensa. Le he dicho lo mismo a miss White.

–Tengo intención de escribir mi propio artículo sobre todo este asunto –replica Cotton *sotto voce*.

Webb sonríe.

–En ningún momento lo he dudado, míster. Enseguida vuelvo.

Y, con eso, el inspector abandona la sala, dejando solos al hombre y la mujer.

–Me imagino que este juicio habrá sido un trance para usted –dice Cotton tras un largo silencio.

–Sí.

–Yo me he reconciliado, o quizá debería decir que he llegado a un acuerdo, con mi familia.

–Me alegro por usted.

–Es una pequeña cantidad anual, pero suficiente para vivir. ¿Tú ya tienes un nuevo trabajo? –Clara niega con la cabeza–. Por supuesto, voy a buscarme otra casa.

–¿Con su nombre verdadero?

Cotton sonríe.

–Sí. Clara, estaba pensando que necesito a alguien de confianza para el servicio.

Ella lo mira, sorprendida. No dice nada, pero se aleja hasta el otro extremo de la sala con movimientos apresurados y ansiosos, dándole la espalda.

–Es usted tan pérfido como él –dice con tono incrédulo.

–¿Como quién?

Cotton se siente algo indignado por la respuesta tan poco agradecida.

–Harris.

–¡Por favor! No estaba insinuando nada.

–¿Ah, no?

–No.

Cotton se pone en pie y va con dificultad al lado de ella. Le pone las manos en los hombros con suavidad y la hace volverse para mirarla a la cara. Se acerca más; sus cuerpos casi se tocan.

–Te trataría tan bien como cualquiera. Mejor. –Clara lo mira, dudosa–. Además, ¿quién si no va a contratarte, después de este asunto tan desagradable? Sería como empezar de nuevo. Para los dos.

Ella se separa y coge su bolso de la mesa.

–Creo que los de la prensa ya se habrán ido –dice.

–Lo dudo.

–En todo caso, necesito aire fresco.

–Te acompaño.

–No es necesario. Seguro que puedo ir sola.

–¿Pensarás en mi propuesta?

–Sí –responde Clara mientras abre la puerta.

Cotton la observa salir. A su manera, esa pequeña sala le resulta tan opresiva como la del juicio. Espera caminando en círculos y tocándolo todo, inquieto, hasta que al cabo de un cuarto de hora

Webb regresa, solo; es entonces cuando se da cuenta de que es improbable que Clara reaparezca.

Y, por si le quedara alguna duda, ve confirmada su sospecha cuando, al rebuscar en el bolsillo interior de su chaqueta, ve que le ha desaparecido la cartera.

Clara White sale cautelosamente a Wapping High Street. Pasa desapercibida, y el sol aún brilla. Al poco se encuentra en los callejones que dan a Ratcliffe Highway.

Unos quinientos metros más adelante examina el contenido de una cartera de cuero, de la que extrae un billete de una libra y unas cuantas monedas antes de tirarla a la alcantarilla.

Índice